雄略の青たける島

半井肇

郁朋社

【目次】

装丁／根本 比奈子

雄略の青たける島

（1）

……自分の家柄ほど血なまぐさい系統のそれは天下広しといえども少なかろう。というのも、そもそもこの家柄を継ぐということは、とりもなおさず、兄弟始め親族たちを倒してこそ可能であるという条件を前提にしており、その残虐行為を規制する掟がないのは人間どもが神々の行為を如何することもできないのと同じだからであり、過去の継承者の内、その即位から退位までの間に親族たちを殺さなかった者が果たして一人としていたか疑問ですらある。

自分の血が冷酷さに慣れた血であるとして何の不思議があろうか。聞くところによると、自分の家柄を継いだ人間即ち日の本の国の大王となった者の寝起きした場所に親族以外の者が立ち入ると、研ぎ澄まされたような不思議な凝血を全身に感じるというが、さもありなんと思う。

好んで殺すのではない、殺さなければ自分が殺されるからそうするのだ。常人どもには分からぬことだが、自分たちはその点について放縦な神々の世界にいるのと変わらないのである。常人どもは掟によって縛られ、しかし同時に守られている。が、自分たちには掟が無い。掟を創る立場にいるのだ。自分にとっては強い拘束力を持たない掟を弄ぶ立場に居るのだ。神々と同じなのだ……

西暦四五〇年八月、大泊瀬皇子《おおはつせのみこ》つまりは後の雄略天皇は、猪の首を断ち切ったばかりの太刀を片手に垂らしたまま、木陰に入り、涼を取りつつ、料理が出来上がるのを待っていたが、異常に昂ぶっている神経を休ませようとして、しかし、抑えきれず、太刀を幾度も脇の樫の木に叩きつけていた。

……誰が兄の安康大王を殺したのだ？　もちろん、眉輪王《まよわのきみ》が安康大王によって殺された彼の父親の仇として手を下したのだが、未だ十歳の子供の眉輪王をそそのかしたのは誰なのだ？　自分を可愛がってくれていた兄貴を殺した黒幕は誰だ？

別の兄貴たち、つまりは八釣白彦皇子《やつりのしろひこのみこ》か？　坂合黒彦皇子《さかあいのくろひこのみこ》か？　あるいは従兄の市辺押磐皇子《いちべのおしわのみこ》か御《み》馬皇子《まのみこ》？　いや、たとえ黒幕でなかったとしても、大王、オオキミになるのは、なれるのは、兄貴や従兄ということになろう。ふむ？　俺を含めたそれら親族の誰かが大王にならねばならぬのだ……いったい、誰がなるのだ？　なり得るのだ？

安康天皇は、部下の讒言によって殺してしまった叔父の大草香皇子《おおくさかのみこ》の妻、中帯姫《なかしひめ》を妃に迎えていたのだが、大草香皇子の遺児眉輪王の手で寝首をかかれて死んでしまったのである。

それは蒸し暑い夏の日のことで、じっとしていても汗が流れるほどであった。安康天皇は涼しい山間の谷川で遊ぶことを考え、山宮に行幸し沐浴した。谷あいには桜の木が多くて、緑なす葉は強い匂いを放っていた。天皇は子供のようにはしゃいで水の中に入り遊んだが、中帯姫を愛することも激しかった。中帯姫は豊満な体の持ち主であったが、姫もまたその体を露わにして沐浴し、天皇と戯れるのに疲れを知らなかった。天皇は姫ともども裸に近い姿態で酒を飲んでいたが、姫の調合した酒が格別のしつらいであったのか、半ときごとに天皇は姫の色つややかな肢体と結ばらねばならないほどで、姫もまた天皇以上に結ばれることを好んだ。

「姫、わたしはお前をこんなにも愛する。しかし、お前と大草香皇子の子供の眉輪王を、わたしは恐れる」

遊び疲れた天皇が最後にそう語り、中帯姫にもたれかかって泥酔して半とき経たぬ内に、天皇は眉輪王の剣によって胸を刺し通され殺されたのである。

……眉輪王は桜の木に登って遊んでいたという。大王と母親の戯れを怒り、あるいは大王が洩らした最後の言葉を盗み聞きして殺したのかも知れぬ。道理といえば道理だ。しかし、殺すという行為がそう簡単に子供の手で成就されるものだろうか。やはり、黒幕に誰かがいたと考えるべきではないだろうか？

大泊瀬皇子はそう思いながら、一方では我が身の危険も感じざるをえなかった。

「舎人！」

皇子は突然大声で家来に言った。

「昨日の事件は、兄貴たちの仕業かも知れないぞ。そして、俺も危ないのだ。大王と俺とは仲が良かったからな。兄貴たちを問いただしてみなければならない。それに、大王が死んだ今、誰かが新しい帝にならなければならないのだ。それこそが問題だ……」

そう言うと太刀を振り廻し、馬に飛び乗った。

（2）

八釣白彦皇子はへちまを乾していた。彼は何故かへちまが好きで、自分の館の庭にへちまの柵を作って育てていたのだが、知らぬ間に大きくなるその実という奴は、ごろごろしながら世の中を過ごしている我が身に似ているせいか気に入っているのであった。

もっとも、そんな事をしている八釣白彦であったから近臣の者たちにも疎んじられがちなのであった。

が、その日は、朝からへちまの繊維状の部分を水で洗って天日に乾すという作業を行いながら、館の内外が常とは違う雰囲気に包まれていることを感じていた。というのも、昨日、大王が殺されたからではあったが、それ以上にどうやらへちまを乾している当人に普段とは異なる尊崇のこもった色眼ともいえるものが世間から向けられているらしいのであった。

八釣白彦皇子とてその世間の関心を知らないではないのだが、だからといってへちまをいじる以外になすべき術を持たないところに彼の悲劇があった。へちまをいじっていたとて大王にはなれやしない。やはり、これが公平な世の中の裁きというものだろう。しかし、彼は逆にへちまをいじっている自分を神格化してしまっていた。おそらく彼があまりにも常日頃怠惰であった所為であろう。そして反面、人並みに、偉い人間、地位の高い人間を夢見る者であったからであろう。

（へちまこそ幸運を与えてくれるものだ。今日以後、人々はへちまを見直すであろう）

などという都合の良い自己暗示にかかり、もったいぶった手つきと小児病の手つきとを交えて、へちまを乾していたのであり、そんな自分を皆は羨望と尊敬の眼で眺めているなどと勝手に良い気持になっていたのだ。

だが、

「へちまを乾していたって、大王にはなれやしない」

と誰かが意地悪く言ったら、彼は痛い所を衝かれた驚きと悲しみで、途方に暮れてしまうに違いなかった。

気がつくと、館の庭の外に砂塵が舞い上がっていた。そして大泊瀬皇子が十数人の兵士を連れて庭の中に足早に入ってくるのが見えた。八釣白彦皇子の衛兵たちは直立不動のまま身動きもできない有様であった。

「兄者」

と大泊瀬皇子は大声で叫びつつ、八釣白彦皇子の方へ近づいてきた。もともと八釣白彦皇子は乱暴者の大泊瀬皇子を怖れていたし、嫌っていたのだが、今日は甲冑を着て兵まで連れているのだった。

八釣白彦皇子はしかめ面をして大泊瀬皇子を睨みながらも声を出すことさえできなかった。

「なぜに大王を殺させた？」

大泊瀬皇子はすさまじい形相で八釣白彦皇子の前に立ちはだかり詰め寄った。

「……」

八釣白彦皇子はすっかり青ざめ、口をわななかせたまま物が言えなかった。

「兄者が子供をそそのかして、殺させたのだろう？」

大泊瀬王子は苛々として太刀を抜き放ち、脇にぶら下がっているへちまを切り落とした。それから、

「……」

八釣白彦皇子の顔は困惑と恐怖のあまりゆがんだ。

「このへちま野郎！」

と叫びながら、八釣白彦皇子の脳天から股先まで一気に斬り下ろしてしまった。

大泊瀬皇子は背が六尺一寸あった。その両の腕は丸太棒のように太く、たくましかった。五尺そこその八釣白彦皇子は、その右腕で振り下ろされた重い鋭利な太刀で裂かれてしまったのである。

大泊瀬皇子はたしかに殺された安康天皇を頼るべき唯一の兄として信用していた。性格的に似たところがあったのであろうか、安康天皇は親族間で乱暴者として鼻つまみ者だった大泊瀬皇子を不思議に可愛がってくれていたのだ。

そもそも、安康天皇が大草香皇子の子供の眉輪王に殺されたのも、もとをただせば、大泊瀬皇子の嫁取りが発端となっているともいえるのである。大草香皇子は、安康天皇の命令に反し、その妹を大泊瀬皇子に嫁がせなかったという理由によって、安康天皇の怒りを買って、殺されたからである。

もっとも、安康天皇が大草香皇子を殺した動機が自分の嫁取りのみによっているとは大泊瀬皇子は思っていなかった。それはむしろ二義的な口実であって、実のところは、安康天皇は大草香皇子の妻、つまり中帯姫を最初から欲しかったのではないか、或いは、叔父としての立場にある大草香皇子の存在が天皇にとって煙たかったのではないか、とも思われるのだった。大泊瀬皇子に自分の妹をあたえることについて、大草香皇子は反対せず、むしろ喜んで了承していた、という噂があるからであった。

このちぐはぐな伝承はその後も尾を引くのであったが、いずれにせよ、大草香皇子を殺すことによって安康天皇はその妻を自分のものとし、大泊瀬皇子はその妹を自分のものとしていたのであって、その罪も抱え込んだ危険性も共有していたのであった。

安康天皇が寝首をかかれたように大泊瀬皇子も誰かに刺されるかも知れないという立場にあり、その不安が大泊瀬皇子をして警戒心と猜疑心を兄たちに対して強く持たせていた。

兄や従兄たちは大王が殺されたという不幸を喜んでいるのに相違ない。淫乱で腹黒い大王と乱暴者皇子大泊瀬の連帯を彼らは忌々しく思っていたはずなのだ。

（戦争だ）

八釣白彦皇子を斬った瞬間から大泊瀬皇子は自分に強く言い聞かせた。

（皆をやっつけてやる。誰にも皇位を渡すものか）

（3）

八釣白彦皇子が大泊瀬皇子に殺されたと聞いて、坂合黒彦皇子は円大臣《つぶらおおおみ》の家に逃げていった。大和朝廷始まりの頃からの名族といわれる葛城氏の本流の出である円大臣は、安康天皇に仕えて実際の政治を行っていたのだが、天皇が突然に死去し、その空白を埋めるために、さらに大きな責任を背負う形になっていた。

「大臣」

と坂合黒彦皇子は苛立っていた。

「大泊瀬皇子を捕らえてほしい。あの馬鹿者は逆上して我々を疑い、殺そうとしている。それから、大臣が保護している眉輪王は早いところ処分すべきではないのか」

眉輪王もまた大臣の所に逃げ込んでいたのである。

「なにぶん子供なのです。困りました」

円大臣は本当に困った様子であった。それを見て、坂合黒彦皇子は更に苛立って言った。

「なによりも、大泊瀬皇子をいかがする気だ？　あれはすぐさま取り押さえるべき乱暴者だ。何の罪もない八釣白彦皇子を殺したのだ。そして、私のことまで疑っているらしい。疑うというより問答無用で私たちを害しようとしている。大臣、これは一体どういうことなのだ？　奴は皇位を狙っているのではないか。そうだぞ、きっと。あんな暴れ者を皇位につかせる気か。大臣、兵を動かせ。大泊瀬皇子を捕らえろ」

「……」

何とできの悪い皇子たちだ、と円大臣は思った。その皇子たちに仕えるのが自分の役目だったのだが、未だ仕え足りないというわけか。喧嘩は勝手にしたら良いだろう。誰の味方をして次の皇位を決めたら良いのか見当もつかない。

どいつもこいつも一長一短あり、総じてろくでなしで可愛くもない。そして、部族の実力者たちもてんでんばらばらの意見を持っている……

「大臣、お願いだ。何とか手を打ってくれ」

坂合黒彦皇子は叫び続けていた。

「大泊瀬皇子の暴力を制御するのは大臣の役目ではないか。兄の八釣白彦皇子が死んでしまった今となっては、皇位を継ぐべき長子は私ではないか。大臣が兵を動かさないのなら、私とて軍がないわけではない。兄弟の争いを大臣は認めるのか？」

円大臣は坂合黒皇子をひいきする気はなかった。しかし、そのように言われると、政府の大臣としての誇りと義務を示さなければならなくなった。したがって、大泊瀬皇子が使いを寄越して坂合黒彦皇子と眉輪王の引渡しを要求してきたとき、それをはねつけた。

――古来、人臣が事を起こして、王室に逃げて隠れるということは聞き及んでおりますが、王族が臣の家に隠れるということは聞いたことがございません。たしかに坂合黒彦皇子と眉輪王は今私の所に来ておられますが、私ごとき身を頼りとしておられるお二方をいかがして差し出すことができましょうか……

大泊瀬皇子は兵を率いて大臣の館を取り囲んだ。甲冑を着込み、太刀を抜き、大臣の館の兵たちと睨み合っていた。

「皇子と眉輪王を出せ。それとも、大臣はこの俺と一戦まじえる気か？　こちらの覚悟はできているのだ。どうだ？」

大泊瀬皇子は凄まじい形相になり大声で怒鳴った。

黒彦皇子と眉輪王は円大臣の食間で青ざめて小さくなっていた。昼食をとっていたのであるが、席を立った円大臣の後姿を不安そうな眼で追っていた。

円大臣は暗い憂鬱な顔をして庭に出ていたが、やがて、

「妻よ」

と言った。

「白い装束を持ってきて着させておくれ」

「何だ？」

大泊瀬皇子は外から眺めていて苛々として聞いた。

「おい、あいつは何をしているのだ？」

大声で叫び、剣を振り回した。すると、円大臣の妻が走りよってきて、泣き崩れつつ、垣の間から一枚の紙を差し出した。

臣の子は　栲《たへ》の袴を　七重をし　庭に立して　脚帯《あゆひ》撫だすも

やがて円大臣が出てきて言った。白装束を着て、地面にひざまずき、静かに、しかし力をこめて語った。

「私は、罰せられても御命令に従うわけには参りません。昔の人が、匹夫もその志を奪うのは難しい、と言いました。私の志を奪うわけにはいきません」

大泊瀬皇子はうなった。ちょっと感動したのである。死ぬ気か、と思った。だが、次の言葉が続いた。

「葛城の家七か所と私の娘の韓姫を奉りますので、死罪だけはお許しください」

大泊瀬の顔が恥じらいの為に赤くなり、次いで青白くなった。なぜ恥じらいを感じたかというと、問題は韓姫だったのである。

韓姫は歳十七、その可憐な美しさはつとに広く知られていた。一方、大泊瀬はといえば、その乱暴性から皇族の娘たちに怖れられ、嫌われていて、亡き安康天皇が多くの親族に頼んだにもかかわらず、すべての娘たちは結婚を断り、最後に大草香皇子の妹を安康天皇は大草香皇子を殺すということによって大泊瀬に与え得たのであり、今、韓姫を持ち出され、大泊瀬は慌てざるをえなかった。と同時に、大泊瀬皇子の弱点をついたような円大臣の作戦に怒りを覚えてしまった。

そして、円大臣の提案に政治的不快感を覚えたのが長年大泊瀬を支えてきていた豪族の平群の一党だった。韓姫と大泊瀬のつながりは、大泊瀬と彼ら平群氏との間にくさびを打ち込むようなものだったのである。この期におよんでの円大臣の政治的な巻き返しなのか、とさえ思った。

「皇子、だまされてはいけませんぞ」

彼らは口々に言った。

大泊瀬は突然口がきけなくなって、ただ、剣を空に向けて立て、ぐるぐると振り回し、眼をつり上げていたが、

「焼いてしまえ」

とかすれ声で叫んだ。

「奴らを家もろとも焼いてしまえ」

火が放たれた。

円大臣は従容として館の中に姿を消し、坂合黒彦皇子や眉輪王といっしょに焼け死んでしまった。

（4）

いったい、国は如何なっていくのか？　大王が殺され二か月経っても、肝心の後継ぎ会議が行われず、とりまとめ役の大臣もいなくなってしまった。人々は不安と興味をもって皇子たちの争いを眺めている他なかった。大泊瀬皇子は二人の兄を殺した後、しばらくは凝と静かにしていた。そして残る二人の皇位継承候補者、従兄の市辺押磐皇子と御馬皇子は、軍兵を集め、用心深く大泊瀬皇子の出方を見守っていた。

今や、血筋からいうと大泊瀬皇子が皇位継承者として最右翼に立っていた。しかし、彼は声望に乏しかった。というより、悪名の代表者みたいなもので、平群氏が担いでも、衆意は大泊瀬に動かなかった。そして、その内、市辺押磐皇子が皆に選ばれそうな気運になってきた。市辺押磐皇子は人望があった。かつて、安康天皇すら皇位を彼に譲りたいと人に洩らしたことがあるほどの人物であった。

大泊瀬皇子は面白くなかった。

何のために二人の実兄を殺したのだ？　市辺押磐皇子に皇位を持っていかれたら、自分は阿呆ということになる。挙句の末、死刑か重罪に処されてしまうのがおちではないのか。

大泊瀬皇子は市辺押磐皇子に手紙を書いて巻狩に誘った。

――親愛なる市辺押磐皇子殿
近江の狭狭城山君韓袋《ささきのやまのきみからふくろ》の知らせによりますと、今、近江の蚊屋野《かやの》という所に猪や鹿が多く集まってくるそうです。その角は枯木の枝に似ており、集まった脚は淹木のようであり、吐く息は朝霧に似ているそうです。
十月の風があまり冷たくないとき、共に野に遊んで心を楽しませ、狩をしようではありませんか
――

市辺押磐皇子は性格のすなおな人間であった。多くの人々に愛され信頼されているだけあって、頭も良かった。そして、その頭の良さもすなおな頭の良さであったのであり、つまりは物事を長期的にかつ客観的にとらえていくのに優れていたのである。もし、絶対的な権威を与えれば、まずは間違えたリーダーにはならない資質を持っていた。しかし、世の中というものは悪意に満ちた瞬間の連続で成り立っているようなところがあって、つまり、昨日、今日、或いは其処、此処での不意の出来事が重なって出来上がっているようなところがあって、或いはその偶然的、瞬間的な悪意が長期的な歴史をも作ってしまうのであり、道路にたとえればデコボコ道の連続が人生でもある。油断大敵という奴である。率直な秀才の多くはこれに破れ、ズルはこれを利用する。市辺押磐という率直な人格者は大泊瀬皇子という悪童のために、罠にはまり、狩場で殺されてしまったのだった。
いかにも友情を示した狩場において、

「猪がいた」

と叫びつつ、大泊瀬皇子は市辺押磐皇子を狙い射たのだった。

市辺押磐皇子は用心をし続けるべきであった。しかし、まさか、という出来事に破れるのがすなおすぎる人間の運命でもあったのだ。


そのとき、風がごうごうと吹いて、草や木が大いにしない、青い空が白く光り、真っ赤な紅葉がくるくると廻って、あちこち飛び散っていった。

「大風よ、吹け」

と市辺押磐皇子は、はしゃいで叫んでいた。

大泊瀬皇子は、片目を薄く開けて、その後姿を眺めやり、手の弓を静かにひきしぼりながら、いきなり、馬の腹を蹴り、前方に突進しながら、

「猪がいた！」

と叫びつつ、弓矢の的をしっかりと市辺押磐皇子の背中にしぼり、三間ほどの距離から打ち込んだ。

矢は皇子の背中を貫き、胸元に一寸ほど突き出た。皇子は馬から落下したまま身動きもできず息絶えた。


皇子の舎人は絶叫して、転がり廻った。

「どうしたのだ？　どうしたらいいのだ？　大変だ、人殺しだ、人殺しだ」

死体の周りを跳びまわりながら泣き叫んだ。

大泊瀬皇子はやがて馬を返して、その舎人を無言で切り倒し、部下に命じて、市辺押磐皇子の部下十数名を皆殺しにしてしまった。

血しぶきが吹きまくる風の中で飛び散り、蚊屋野の野山を染めた。

（5）

大泊瀬皇子の野心はもはや誰の眼にも明らかだった。最初の意図はどうあれ、兄や従兄たちを亡き者にすることによって皇位に就こうとしているのだった。

御馬皇子も覚悟をしていた。兄や従兄を虫けらのように殺してしまった大泊瀬皇子のことである。自分の命をも狙っていると思った。戦うより他ないだろうと思った。

御馬皇子は頭はさほど良くなかったが、武勇においては勝れていた。大泊瀬皇子のような化け物じみた体格ではなかったが、均整のとれた体で、腕の筋肉は隆々としていた。

「簡単にはやられないぞ」

と言っていた。

一騎打ちになったら、大泊瀬皇子の長い脚を狙って斬りつけてやると思った。勝算がある気がした。

そして、必死に兵集めをした。殺された皇子たちの兵をも呼び入れ、その数五百を越え、大泊瀬方の手勢と互角であった。

長老たちが心配していた。大泊瀬皇子と御馬皇子の両方に対し鉾をおさめるように嘆願し、故大王の軍隊が両者の喧嘩に関係せぬよう最大の努力を払っていた。

「私は鉾をおさめても良い。が、御馬皇子が私を恨んでいる」

と大泊瀬皇子は長老たちに言い、御馬皇子は、

「大泊瀬皇子は八頭の蛇のように信用できない」

と語っていた。

このとき大泊瀬皇子が鉾をおさめても良い、と言ったのは、しかし、あながちでたらめで言ったわけではなかった。大泊瀬皇子は御馬皇子を亡き者にしなくても皇位に選ばれると読んでいたのであって、むしろこの際は話し合いこそ望ましく、御馬皇子まで殺してしまうのは如何なものかと思っていたのである。もっとも、御馬皇子があくまでも大泊瀬皇子の即位に反対するのなら話は別なのであって、やはり滅ぼさなければならないと考えていた。

三輪君身狭《みわのきみむさ》という有徳の男がいて、両方の皇子と親しくしていたので、その男の所へも大泊瀬皇子

は出かけていって調停の労を頼んだりした。

「もちろん、皇位にはわたしが就く。御馬皇子は、今後とも一切皇位を望むべきではない。しかし、同じ血を分けた親族として然るべき地位につけるのに反対しているわけではない。御馬皇子の希望を聞いてもらいたい」


しかし、大泊瀬皇子が三輪君身狭の家を幾度目かに訪れたとき、御馬皇子は先回りしていて、五百人の兵士を連れて、大泊瀬皇子の一行に襲いかかった。

大泊瀬皇子一行は三十人ほどの少人数であり、事態は絶望的に思われた。が、大泊瀬皇子は必死に刀を振り廻し、御馬皇子に向かって突進していった。大泊瀬皇子の怪力とすさまじい形相を兵士たちは怖れ、道を開けた。

御馬皇子は大泊瀬皇子が近づくと気負って前に出てきて、斬りかかった。大泊瀬皇子は太刀を御馬皇子に投げつけた。そして、同時に組みついていった。もろともに馬から地面に転げ落ちたが、咄嗟の間に大泊瀬皇子は御馬皇子の首根っこを押さえつけ。足で御馬皇子の頬を大地に踏みつけてしまった。御馬皇子がもがくと大泊瀬皇子は足先に力を入れ、頬骨を踏み砕かんばかりにしたので、御馬皇子は身動きができなくなってしまった。

「どうだ、皆」

大泊瀬皇子は仁王立ちになり、片足で御馬皇子の頬骨を踏み敷きながら、御馬皇子から奪い取った剣を片手に垂らし、敵兵たちを睨んで言った。

「さっさっと引き揚げるがいい。さもないとこの通り、顔も頭も踏みつぶしてしまうぞ」

御馬皇子は苦痛に顔をゆがめ地面に這わされていた。

「わたしの援軍があそこに数百人やって来た。さっさと失せろ。それとも皆殺しにされたいか」

御馬皇子側の兵たちは声も出せず退却せざるをえなかった。


まもなく、御馬皇子は縛られ、農家の庭先の柱にくくりつけられた。

「言い遺すことはないか」

大泊瀬皇子は御馬皇子を見下ろして言った。

彼は御馬皇子に怒りを覚えながらも、殺してしまうことに何故か苦痛を覚えていた。自分以外に皇位に就くべき血筋の者が居なくなってしまう、それは望んでいたことでもあったようだが、同時に、不安な気持にもさせられていた。

「縄を解き、水を飲ませてほしい」

と御馬皇子は言った。

かたわらの井戸の澄んだ美しい湧き水が満ち溢れ、夕陽に光っていた。御馬皇子は杓で掬うと美味そうに水に口をつけ、飲み終わると、手を胸元にしっかりと組み、叫ぶように祈って言った。

「神よ、王者に不幸があらんことを。この水が農民のためのものであり、王者のためのものではなからんことを。王者には決してこの水を与えないでください」

のちのち大泊瀬皇子はその井戸水を思い出す度にごくりと喉を鳴らした。しかし、御馬皇子のせめてもの意地と処刑した霊を思い、その井戸水に手を触れることはしなかった。

（6）

大泊瀬皇子は夢にうなされていた。大王に即位する日の明け方のことであった。その夢は、広い野原をどこまでも逃げ廻ろうとする自分の姿であった。追いかけてくるものは自分が殺した四人の皇子たちであった。彼らは大泊瀬皇子の馬の進む横合いから幽霊のように現れて彼を苦しめるのであった。現れてきて、それでどうこうするのではなかったが、とも角も執拗についてくるのであった。八釣白皇子は真っ二つに裂けた顔のまま血だらけの手でへちまを握り締め、歯ぎしりし、坂合黒彦皇子は煙にまかれて絶叫し、市辺押磐皇子は胸に矢を突き通したまま血を吐き、御馬皇子は大地を掻いて大泊瀬皇子を睨んでいた。

眼を覚ましたとき、大泊瀬皇子は額にねっとりと汗をかいていた。

「亡霊！」

窓辺にほの白い朝の気配が感じられたので、そこまで這っていき、戸を力一杯引き開け、朝の新鮮な空気を入れた。

群雀が飛び散り、竹の葉が騒いでいた。彼方の三輪山麓の裾野から朝陽が昇り始め、大泊瀬皇子の顔を照らした。

（自分としたことが）

と彼は思った。

（強い者が生き抜き、王家を継ぐ、その手本を生きたまでだ。亡霊どもに負けてたまるものか）

立ち上がると愛用の大弓をつかみ、外に向かい、弓をつがえて、矢を放った。矢は竹林を飛び越え、今しも舞い降りようとしていた一羽の大鳥を射抜いて、朝の光が漂い始めた空高く飛んでいった。

（王家の名を汚してならぬ。あくまでも強く生き抜くのだ。野蛮や残酷の行為を恐れてはならぬ。ただ、臆病をこそ忌避すべきだ。それが王家たる由縁ではないか）


露台に立つと、岡の上の高床式の館の其処からは初瀬の集落が一望できた。朝もやにかすんだ集落には未だ人の動く気配はなかったが、山手の斜面の草原や下手の初瀬川の辺には三々五々鹿の姿が見えた。

大泊瀬皇子は軒から吊るしてある大きな銅鑼を木の棒で力一杯叩いた。音は周囲を揺るがし、十人ほどの舎人が走りより皇子を見上げた。

「有司は居るか」

と皇子は怒鳴った。

「……」

誰も答えなかった。未だ自宅で眠っている時刻であった。

「即位の式をすぐ始めろと伝えろ」

そう言うと館の中に引きこもった。

舎人たちが慌ただしく駆け出していった。

大泊瀬幼武の帝、即ち後称雄略天皇の即位は、それから半ときの後、彼の館の敷地続きに建てた朝倉殿という新設の御殿で行われた。


大泊瀬皇子は尊大な態度で式の進行に合わせていたが、時々、じっとしているのにもあきて、あきらかに苛々とした態度を示し、関係者をはらはらさせた。三種の神器を受け取ったときは、何やら嘲笑的ににやりと笑い、八咫鏡は付き人に持たせて覗き込み、あごひげを撫でしかめ面をしたりした。草薙の剣を受け取ると、鞘から刀身を抜き放ち眼を凝らして眺め入ったが、やや失望したような顔をして脇の付き人に渡してしまった。勾玉にはほとんど興味を示さなかった。

式が終わりに近づき、大王の玉座に腰を下ろすと彼は第一声を放った。さらに尊大な調子で、大声であった。

「民、農民の平和を第一とする」

続いて言った。

「平群臣真鳥《へぐりのおみまとり》を大臣《おおおみ》とし、大伴連室屋と物部連目を大連《おおむらじ》とする。この地初瀬朝倉を宮とする」

人々の間でざわめきが起こった。新興の平群氏がついに大臣を出したのだ。名門葛城氏の円大臣亡き後、ずっと雄略に軍事的、政治的支援をしてきたのは平群氏だったのである。雄略は立ち上がり、その長身で人々を睥睨しながら悠然と退座した。

（7）

大和朝廷第二十一代目の天皇とされる雄略は、遡ること二百年ほど前の初代天皇神武、神日本《かむやまと》磐余《いわれび》彦《この》天皇《すめらみこと》を尊敬していた。理由は強かったことであり、その結果として日本の中央を統治する王になったからである。

雄略はその年二十五歳で即位するまで、子供の頃から側近の語り部によって、何十回となく神武天皇にかかわる話を聞いてきた。赤木の水日子といわれたその語り部の男は、正論からは異なる異説を語っていた男で、後に雄略からも追放されてしまうのであったが、少なくとも皇位に就くまでの雄略の唯一の語り部の爺やであり、雄略の精神に大きな影響を与えていたのであった。いや、追放した後においても、水日子の物語は雄略の脳裏から消えることがなかったといえる。

「神武の大王は身の丈六尺五寸ありました」

と言うのが水日子の常であった。

「皇子に似た体躯でございますが、同時に腕力人に勝れ、かつ健脚でございました。その力は雄牛の首をへし折るほどであり、その脚は一日中歩き続けても疲れを知りませんでした。

生まれた場所は隠岐の島。三十歳の頃、出雲に渡りましたが、その後、知人を頼って、九州の日向海岸に移り、地元の長の娘と結婚しました。

腕力抜群、頭脳明晰であり、四十歳の頃には、集落の長の地位を継ぎました。

四十五歳のとき、台風の被害甚だしく、村ごとの移住を思い立ちましたが、やはり隠岐の島出身の者たちが、近畿の盆地で平和で豊かな稲作生活を営んでいると聞き、其処へ移りたいと思いました。しかし、その地ヤマトでは饒速日命《にぎはやびのみこと》という者が民を支配し、その男に帰順するのでなければ足を踏み入れることができないとのことでした。

神武大王の一族も饒速日命の一族も隠岐の出身で選民意識がしっかりとしておられた。と言いますのも、二人の曽々祖父の代に大陸の後漢の皇帝の命を受け不老長寿の薬を求めて船出した一行三千人の漢民族の血が流れていたからで、漢王朝の滅亡と難破によって当初の使命は頓挫していたものの、蛮人たちとは自ずから異なる意識であったのです。さらに、一行三千人とはいえ、各階級がございまして、お二方の曽々祖父は皇帝がじきじきにお目通りした軍の将校であったのであり、かつ皇族であられた。それ故、お二方とも漢の皇帝からもらった紋章入りの天羽羽矢を持っておられたのです。

さて、神武の大王は、兵百人、一般人五百人を連れての移動を日向から始めたのですが、北九州を過ぎた頃には、兵千人、一般人五千人に増えていました。と言いますのも、単なる移住ではなく、神武大王が《ヤマトの地征服そして秋津島統一》を掲げて、諸部族に呼びかけていったからです。

衆が集まった理由は、神武大王がその秋津島の長にふさわしい出自で、しかも力強く、賢明な人物に思われたからでしたが、同時に、日向の娘すなわち神武大王のお妃も、自分たちは北九州で勢力を誇っていた邪馬台国の女王であった陽巫女《ひみこ》の末で、秋津島全体の長たるべき立場にあるのだと語っていたからでございます。

われは行く、なれも来よ、ヤマトはうまし土地ぞ、共に国を肇めるべし、と神武の大王と妃は人々に呼びかけ、部族の区別なく、仲間に入れていったのです。

船旅でしたが、陸にも寄り、その度に新しい帰順者が集まってきました。

二か月後には吉備国に到着しました。

吉備は気候、地形的に恵まれた場所で、神武の大王も若い頃、隠岐から出雲を経て九州日向に向かうとき、数か月足をとどめたことのある馴染みの処でしたが、今回は三年ばかり其処に留まることになりました。というのも、当初は衣食住を得るための移住だったのですが、いつか国造りの旅になってしまっていて、とはいえ、その事業にはそれなりの準備が必要だったからです。

一番の問題は、すでにヤマトの地を治めている饒速日命との和戦交渉の問題でした。饒速日命も、また、秋津島統一の動きを示し始めていたからで、神武を大王として迎えるのではなく、逆に神武を迎え撃ち、九州遠征をも考えていたからです。

この両者の睨み合いに決着をつけるべく、神武にヤマト突入の助力を与えたのが、伯耆の地の大国主命《おおくにぬしのみこと》でした。大国主命は、山陰から中部山地にかけての場所を自分の領地としていた豪族ですが、当時砂鉄からの製鉄をものにしている数少ない先駆者でした。いや、日本列島で本格的に製鉄（タタラ）を行っている唯一の人物ですらあったのでした。つまりは、勝れた武器の唯一の生産者であり、供給者だったのです。

なぜ、神武の大王が大国主命の協力を得ることができたかと申しますと、

第一に若い神武大王が隠岐の島を出て出雲に渡ったとき、因幡の白兎同然の頼りない身を助けられ、タタラの場所で働かせてもらっていたからです。つまり大国主命は、神武大王にとっては知己、というより恩人だったのです。そして、逆に言うと、大国主命にとっては神武大王はタタラの頼もしい理解者、一番弟子、タタラの縁者であったのです。

第二に、ヤマトで朝廷ができたとき、正妃として、大国主命の息子の娘、つまりは孫娘を迎えることの約束を神武がしたからです。

たしかに、神武の大王は約束を守りまして、大和朝廷成立と同時に大国主命の長子たる事代主神《ことしろぬしのみこと》の娘五十鈴姫を正妃として迎えたのでございます。

第三に、大国主命を大黒様として祀る社殿を作り、末長く命を敬うことを約したからです。

第四に、その証として、毎年陰暦十月に全国の部族長たち、つまりは神々を出雲に呼び寄せ、社殿

で大国主命を寿ぎ、部族融和、婚姻推進の祭りごとを行うとの約束をしたからでございます。出雲のみをその月は神在月、他国は神無月として、全国首長集合の場所としたからでございます。

吉備国に滞在して三年後、大国主命の協力を得た神武大王は勝れた武器をも手にして、諸部族たちを引き連れ、ヤマトに攻め入り、激戦の末、ヤマトを征服すると共に、秋津島の大王としての第一歩を宣言なされたのです」

そんな史実を語っている語部は他になかったことを雄略は成人して後知るのであり、特に日向海岸以前のいわば神武の出自や大国主命との関係については、朝廷中枢の史部や語部の言う高天原降臨説とは異なる立場に立っていたのである。その水日子という老人は片目を害していて一見すると悪魔のような顔つきであったが、片目だけは生き生きとしていて、記憶力も抜群に良く、語り口は静かだが確信に満ちていた。

成人するにつれ、雄略は、この男の語る漢貴族漂流説を採るか、天孫降臨説を採るかで大いに迷うのであったが、神武天皇が人一倍武力に勝れていて、数多の敵を倒した、という点では共通していることであった。

雄略にとっては、神武天皇がうらやましかったというより他になく、雄略の時代で何ができるかといって、せいぜい兄弟や従兄弟らを殺すこと、あるいは一部の不満分子を罰することぐらいしかできない気がして暗澹ともするのであった。

現に、即位式が終わったとき、彼自身が急いで形作らなければならなかった事柄と言えば、後宮の充実ということぐらいであったのである。

（8）

春三月、雄略は、以前からの妃である橘姫を皇后とした。先帝安康によって殺された叔父大草香皇子の妹である。いわば安康天皇の権力によって強制的にも雄略に嫁入りさせられていた橘姫であったが、ここに雄略政権の誕生と共に国の皇后となったのである。雄略より年上で、なかなか頭の良い女性であった。雄略にとっては叔母にも当たる。

橘姫を皇后とすると同時に、雄略は三人の妃を持つことを公にしたが、一人は先に焼き殺した円大臣の娘、韓姫であった。

他に吉備の大豪族吉備上道臣の女稚姫、そして先皇の采女あがりの童女君という女を妃にした。

韓姫は、半年前父親の円大臣が雄略によって焼き殺されてから、母親と二人でひっそりと暮らしていたのだが、妃になる話が持ちかけられたとき、恐ろしさと不安のため病気にもなりかねないほどであった。

　あのとき、父円大臣は、私を差し出すから坂合黒彦皇子と眉輪王を助けてくれと頼んだはずだ。それを一蹴して父をも殺しておきながら、今さら何の魂胆であろうか。何の計算、何の策略であろうか。

　韓姫は母親に言った。

「私は死にとうございます。大王様は何をお考えなのでしょうか。恐ろしいことです」

　雄略に特別の魂胆などあったわけではない。ただ、惚れていたのである。実は、円大臣を殺した後、韓姫をもらわなくて惜しいことをした、などと語る人がいたこともあって、韓姫とはどんな女性なのだろうと興味を持たざるをえず、或るとき、何気ない風を装って、韓姫が菜を摘みに出たと聞いたとき、それとなく見に行ったのである。そして、なるほど、円大臣が切り札にしただけの娘ではあるわい、と後悔した。

　韓姫は十七歳、あどけなさを残した美しい顔には自然の気品が備わっていた。そして、冷たいという感じが全くしないのは不思議なくらいで、おっとりとしているのは円大臣の人柄に似たとも思われた。

　韓姫を見て帰る雄略は、やるせなさと腹立ちをどうすることもできなかった。

　妃の件で韓姫に行かせた使者の返事がはっきりしないのでひそかに探らせたところ、韓姫が雄略を怖れ、病気にもなりそうな様子であると聞き、雄略はさもありなんと思ったが、韓姫への不憫さが重なり、恋心はつのる一方であった。

雄略は韓姫に会って心中を吐露したかったが、ぶざまな様を天下に知らせることは彼にとってはできない相談であった。それで、手紙を出すことにした。彼にとって女人に手紙を出すのは初めてであった。

――私の希望にご当惑の様子、もっともだと思います。私は、何といっても、貴女の父君を亡き者にしてしまったのですから。

しかし、貴女に理解していただきたいのは、政治というものは非情なものでもある、ということです。私はあの行為を取らざるをえなかった。それがあのときにおける私の政治的立場でした。

先君を殺した眉輪王を貴女の父君はかばわれた。何の為にです？

実際、今でも私は父君が何をなさろうとしていたのか疑いの気持でいます。たとえ子供であっても、犯罪は犯罪です。最初から同情するのは国を治める者として合点の行かないことです。否定されねばならない行動です。もし、私に引き渡すのが嫌なら、父君なりの罰を眉輪王に対してくだすべきでした。少なくとも捕縛ぐらいの処置は取るべきだったのです。私には納得のいかない態度を父君はとられたのです。そして、結果として、私は父君を殺さなければならなくなったのです。どうかこのことを理解してください。

何を隠しましょう、私は貴女が岡辺で菜を摘んでいる姿を見て心を奪われてしまったのです。

私の希望を入れてください――

たけだけしく残酷であるはずの雄略からの手紙にしては韓姫の心をなごませるものではあった。それに思わず韓姫をして顔をあからめさせたのは岡辺での出来事であった。あの方が雄略であったのか？

その男は突然馬に乗って現れ、かなり長い間じっと韓姫を見つめていた後、静かに岡辺を下っていったのだが、韓姫を見る眼には真剣なものがあって、そして、何故かいたわりを含んだ優しい光があった。

非常に男らしい風貌のその男は、しかし、知性の欠如した暴れ者とはとても思えなかっただけではなく、韓姫の方で異性として魅かれるものを感じ、思わずしばらく立ちすくんで見送っていたのであった。

あの方かしら？

韓姫はそう思いながら、もし、雄略がその男であったなら、という気持になっていくのであった。

「大王様を一度見たい。だって、どんな方か知らないのですもの」

韓姫は母親や付き人に言った。

今度は韓姫が雄略を盗み見に行ったのである。

雄略が狩りに出かけたとき、道中で眺めた。

雄略は十数人の兵士たちに守られ、早足の馬に揺られ、肩をいからせ、傲慢不遜な表情で激しい眼光を周囲に散らしていた。だが、その獰猛性は知性が欠如しているというのではなく、その知性の質が尋常ではない、とでも評したらよいのか。そして、その非尋常性は人並みはずれた自我の強さに由来するものだと感じられた。

雄略の視線は四方の者たちを震え上がらせずにはおかないものであった。が、偶然であろうか、それと知ってであろうか、韓姫を木立の陰に見やって過ぎたその一瞬においては、なぜか微笑を含んだ優しい眼の光だったのである。

あの方だ、と韓姫は思った。


実のところ、雄略の異常性は女性にとっては怖れるべきものではなかったのかも知れない。というのは、その異常性は競争相手の男性に対してのみ発揮される性質のものであったからである。韓姫もそれを感じた。

他人に対しては残酷でも自分に対しては優しい人間。それを拒否できる人間は稀かも知れない。終いには韓姫も雄略の求愛を受け入れることになったのである。

韓姫が雄略から受け取った恋文は前述のものの他に数通あったが、その中には後代万葉集の巻頭を飾ることになったかの有名な歌もあった。

籠《こ》もよ　み籠《こ》持ち　掘串《ふぐし》もよ

み掘串持ち　この岡に　菜採《つ》ます児
家聞かな　名告《のら》さね
そらみつ　大和の国は　おしなべて
吾こそ居れ
しきなべて　吾こそ居れ　吾こそは
告らめ　家をも名をも

この方は、と韓姫は思った。あらゆる悪徳にもかかわらず、この歌一首によって、愛されざるをえないかも知れない。倫理上、人道上、この方を敵視する人々も、この歌ゆえに憎みきれないのではないか、と。

韓姫は一男一女を産んだ。男子は、雄略の死後、皇位を継いで清寧天皇となる。雄略は死ぬとき、他の二人の異母兄たちを差し置いて清寧を後継者に指名したのだ。清寧自身の人格も評判が良かったが、雄略の韓姫に対する愛情にも感じられる。

清寧天皇という人は、父親の雄略とは気質も行いも正反対の人であった。生まれたときから髪の毛が白かったのは父親の因果が子に及んだのか、或いは父親の非道を悩んで白くなってしまったのかも知れないが、白髪武広国押稚日本根子尊《しらがたけひろくにおしわかやまとねこのみこと》といわれ、天皇になってからも子供ができず、皇胤が絶えるのを心配して、父親が殺した市辺押磐皇子の皇子二人、皇女一人を丹波の国から探し出してきて自分の養子と為し、やがて次の皇位すなわち第二十三代顕宗天皇及び二十四代仁賢天皇につけるのであり、まるで父雄略の尻拭いのような事をしているのであった。そんな性格の息子を雄略は自分に似合わぬ人格者として認めていたのかも知れない。

（9）

稚姫は中国地方の豪族吉備上道臣の人妻であったのを、夫の田狭《たさ》の自慢話がもとで、雄略の手に渡ることになった。

「天下の美人でうちのやつに優る者はいないでしょう」

と田狭は常々知人に自慢していたのだ。

「上品さが際立っており、あかるく輝き、にこやかで、香水をつける必要もない。永い世にも類稀というより他にない。いまどきは、こんな美人を他に探したって居やしない」

その噂を雄略は耳にしていた。

そもそも、吉備氏は第十五代天皇応神の寵愛を受けて、中国地方の備前、備中、備後に封ぜられ成長してきた名族だが、大和朝廷への忠誠はかならずしも完璧とは言いがたいものがあった。彼らは地域により六つに分かれていたが、大別すると、東方の旭川流域、今の岡山市を含む地方の上道臣グループと、西方の高梁川流域、今の倉敷を含む地方の下道臣グループとに分かれていた。

因みに語れば、和気清麻呂で知られる和気氏は、吉備氏と境を接して東側に勢力を張っていた氏族で、第十一代天皇、垂仁天皇の第二妃の長子鐸石別命《ぬでしわけのみこと》を祖としているが、大和朝廷にとっては吉備氏を牽制する存在であったとも思われる。

そして、雄略も、吉備氏の勢力を削がねばならないと以前から思っていた。彼らは物質的豊かさと大陸や朝鮮との歴史的関係の深さを自慢していたのだ。

雄略は田狭の自慢話を聞いたときも、常日頃の吉備グループの奢りを感じざるをえなかった。そして、地方豪族の分際で大王の妃以上の良い女を持つことは許されない、ましてや、それを吹聴するとは小癪であり、自分や自分の后に対する非礼ですらある、と思った。

雄略は田狭を朝鮮半島の日本支配下の任那《みまな》の国司に任命した。そして、田狭が現地に赴任するなり、労をねぎらうという名目で稚姫を館に招いた。

一番奥まった一室で待っていた。桜の花がちらほら咲き始める頃で、陽の射す縁で足を投げ出して待っていると、酒が入っていることもあって汗ばむほどであった。下心が彼を落ち着かなくさせていた。

女は狭い筒袖風の衣装で、襞つきの衣を足腰にまとって部屋の隅に現れ、手をついて挨拶した。薄緑の衣は大陸の絹と思われ、耳たぶで微かな音を立てている耳飾は新羅の金製のものに相違なかった。

「田狭は無事任那に着いたらしい」

　と雄略は座ったまま女の方を見ながら言った。

「有り難きことにて……」

　雄略は女を見ながら、その稚姫が年増であることを今更に知った。と同時に、凄麗ともいうべき色っぽさに心を奪われていた。そして眼の光沢と鼻と口に淫情を覚えた。好色な女、だと思った。自分が手を出せば田狭を裏切って自分と楽しむことができる女だ、と思った。

　雄略は言った。

「田狭が居なくて淋しいであろう」

「しばらくは致し方ありませぬ」

　しばらくか、と雄略は思った。いや、あの男は帰ってこぬ方が良いのだ。

「しばらくではない。何年もだ」

　雄略は残酷を楽しむ風に言った。

　稚姫は、はっとして雄略を仰いだ。それから体を硬くして思いつめた顔になった。

「心配せぬで良い。私が居る」

　稚姫は一瞬顔をほころばせたが、すぐ余計に体を硬くして下を向いてしまった。

　雄略は立ち上がり、縁の御簾を下ろしながら言い続けた。

「三月、春のしるしで、雲の色が変わる。雲は暖かい水蒸気を帯びて大地から空に昇る。ぽっかりと浮かぶ。いくつも、いくつも、雲の祭りと言うべきか。春のしるしなのだ」

　部屋を一巡しながら、すべての御簾を下ろしてしまった。

「わたしの妃になるのだ、稚姫」

「……」

「田狭は帰ってこぬ」

雄略は強く言い切った。

「帰ってきたとて、わたしが殺す」

言いながら、雄略は突っ立ち、じっと稚姫を見下ろしていた。

稚姫の顔には表情がなかった。夫の死など気にせぬ様子でさえある。いや、もう一瞬の間に諦めてしまったのかも知れない。冷たくさめた美しい顔にはむしろ不敵で淫靡な微笑すら感じられた。

雄略は稚姫の肩に手をかけ、衣服を脱がせにかかった。

興奮の為にあわてていたのは雄略の方で、女はいささかも動じなかった。

(10)

田狭は任地の任那で稚姫を雄略に奪われたと知り嘆いたが、遂に本国に対する翻意を決意した。雄略が大王になって以来、朝貢しようとしない隣国の新羅と通じ、反雄略、反日の約束をした。

「犬畜生にも劣る行為をして帝に成り上がった男が犬畜生にも劣る政治をしている。貴国が大和朝廷に朝貢することなど不要であるのはいうまでもなく、任那も新羅に差し上げます」

雄略は田狭を斬ろうと思った。しかし、妻を奪っておいて田狭の不満を一顧だにせず斬るというのは政治的に問題がありすぎた。それに、田狭は任那の政治を握ってしまっていたから、田狭を斬るためには任那と一戦交えなければならなかった。個人的行為が原因で自分の国の出先を戦うというのは如何なものか。

それよりこの際、朝貢してこない新羅の頭を下げさせ、かつ田狭との密約を破棄させた方がいいのではないか。群臣たちが考えた出した結論は新羅征伐だった。

が、雄略は率直には同意しなかった。

「それでは、任那をどうするのだ。田狭をどうするのだ？」

と聞いた。

おそるおそる寵臣が言った。

「新羅が頭を下げてくれれば独りでに物事は解決されましょう」

「どうして独りでに解決されるのだ？」

雄略はしつこく確認した。

「新羅が田狭に協力しなければ田狭は自ずから任那を去ります」

「自らか。百済に援助を求めるではないか」

「百済は我国に対して弓は引きません。ご存知の通りです」

「なるほど。しかし、高麗は朝貢してきていないぞ」

高麗！　そんな北の国と田狭が如何して手を結ぶのだ？　皆、馬鹿馬鹿しいので黙っていた。

「どうした？　田狭が高麗と手を結ばないという保証でもあるのか？」

雄略が苛々として怒鳴った。

寵臣の一人が、うんざりしながらも、しかし丁重に語った。

「任那と領地を接しているのは新羅と百済のみです。なるほど、北の高麗が田狭と手を結ぶことも全く否定はできませんが、今は新羅の恭順を確認させましょう」

田狭は稚姫との間に二人の子供を持っていて、兄君、弟君、と呼ばれていた。弟君は未だ十五歳であったが、雄略は新羅征伐の大将にこの弟君を選んだ。吉《き》備《びの》海《あま》部直《の》赤尾《あかお》という臣を参謀長に付けてやった。

弟君を総大将に選んだことを人々は雄略の残酷な仕打ちだと思った。何故なら、新羅を屈服させるということは、間接的にせよ、実父の田狭を討つことだったからである。

東海の島に悪鬼の治める国あり。その悪鬼を大泊瀬幼武大王と言い、その国を日本と呼ぶ。当時、半島の人間は雄略の出現をそのように評した。事実、雄略は異常なまでの残酷さを身につけていたといえる。

このときの新羅征伐というのは、しかし、新羅説得と言った方が妥当だったのであり、弟君以下百人ほどの一行では武力的に新羅と争う力もないわけで、友好国の百済の案内を得て新羅に向かうといっても、戦争のできる人数ではなく交渉が主な目的なのであった。

が、肝心の弟君の一行の足は百済に停まったまま、新羅に向かおうとしなかった。というのも百済政府が新羅への政治干渉をしぶり、非協力的だったからで、その代わり、日本側の、特に雄略の機嫌を損ねないようにと、朝鮮の大工たちを数十人献じて弟君に渡した。

百済側の新羅への道案内が消極的だったこともあって、もともと気が進まなかった弟君は新羅行きを諦めて大工たちを連れて日本に帰ることにした。

しかし、日本で待っている雄略のことを考えるとそれもしぶりがちになり、順風を待つことを口実になかなか船を出さなかった。

すると任那の田狭が、百済の弟君のもとに人を遣わしてきて言った。

「息子よ、新羅に行かなくて良かった。しかし、日本に帰るのも止したらいい。お前は、お前の首がそんなに丈夫だと思っているのか。何の確信があるのだ。大王は、私の妻を奪い、そして新たに子供ができたという。お前の身に禍が及ぶことは明白ではないか。お前は百済に身を隠し、日本と通じるな。私も任那にたてこもり、日本とは通じない」

弟君は日本に帰るのを止めた。しかし、そのために一緒に来ている一行まで巻き添えにはしたくなかった。それで、弟君は考えた末、一緒に連れてきていた妻と相談して、自分が妻に殺されたということにした。

「私は夫の弟君の謀叛を憎み、ひそかに弟君を殺しました。私の国家に対する愛情は深く、君臣の義を重んじ、心のまめやかなことは照り輝く太陽にも勝り、心のまっすぐなことは青松よりも勝っていたいと思っております」

弟君の妻は吉備海部直赤尾を通じてこのように雄略に報告した。そして、雄略はその報告を是として弟君無しの一行の帰国を許した。

弟君はこっそり父親の田狭の処へ走った。

そして間もなく、田狭も任那から姿を消し、以後、長い間、二人は世間に名を顕わさなかった。

（11）

三人目の妃の童女君は、先帝の采女の一人であった。男好きのする肉付きの良い女で、雄略は誘惑に勝てず一夜を共にした。交わること一夜に七度であった。その後、世間がうるさくて手を出さなかったのだが、女は、雄略の子供だという女の子を生み育てていた。

「俺の子供が居ると？　馬鹿なことを」

と雄略は言っていた。

じっさい、一夜だけで出来上がった子供など相手が多情の采女だけに信用できなかった。しかし、童女君との一夜の情事は雄略の忘れがたい良い思い出となっていたので、童女君が欲しくなっていた。その雄略の心中を大連の物部連目が知っていて、童女君の四歳になる娘、すなわち雄略の子を見て言った。

「美しい女の子ですね。昔の人が、子は親に似る、と言いましたが、庭をもの静かに歩いているのは一体誰の子でしょうかね」

雄略は喜んだ。そして、いささか当惑しながら照れて聞いた。

「お前は何を言いたいのだ？」

「あの子の美しい姿は大王に似ていると思います」

「大連、皆そんなふうに言うよ。しかし、私は一夜を共にしただけで童女君が身ごもったというのは異常だと思っているのだ。疑わしくはないか」

「それならば、一晩に何回お召しになりましたか」

「七回だ」

「童女君は清らかな気持で一晩を共にせられたのでしょう。どうして安易にお疑いになられるのですか。妊娠しやすい者は褌が身に触れるだけで身籠るものです。ましてや一晩中共にせられて、疑ってかかられるのは問題です」

なるほど、なるほど、良いことを大連は言う、と雄略は喜んだ。そして、女の子を皇女と認め、その母の童女君を妃に加えたのである。

しかし、大娘皇女《おおいらつめひめみこ》と名づけられたその皇女は、後年、市辺押磐の遺児（仁賢天皇）との間に、悪名雄略をしのぐ淫虐非道の天皇武烈を生むことになるのであった。

一人の皇后、三人の妃の他に、雄略は十数人の采女を持ったが、百済から贈られた采女の池津姫は石川楯という男と密通したのが見つかり、二人とも手足を縛られ、桟敷の上に置かれ、焼き殺されてしまった。

（12）

即位して一年経たない内、雄略は非道の帝という悪名を国民たちからもらっていたが、誰一人として雄略に向かって直接そんなことを言う者はいなかった。また、誰一人として雄略の行為にまともに反対する者もいなかった。母親の皇太后と正妃の橘姫がときおり駄々っ子でもあやすように諫言するぐらいであった。

よく人を殺した。たとえば、吉野に行幸したときのこと。狩猟を楽しみ、沢山の獲物をとり、すっかり良い気持になった雄略は群臣どもに言ったのである。

「面白かったたな。だが、狩の楽しみは、また、料理にある。野宴を行おう。自分たちで料理を作ってな。どうだ？　俺の考えは？」

しかし、群臣たちは雄略の狩の付き合いにうんざりするほど疲れていた。この上、血なまぐさい料理に自分たちで包丁を握る気にはとてもなれなかった。皆、当惑したように押し黙っていた。

雄略は苛々とした。皆の沈黙の中に自分に対する非難を感じたのである。

「お前は料理を作れないのか」

雄略は御者の大津馬飼という者を指して聞いた。大津馬飼は薄笑いをして首を振り、身分の高い群臣らに迎合するような目つきをした。

「無礼な返答をするな！」

雄略は怒鳴ると同時に、大股で歩み寄り、刀を抜き、逃げようとする背中を斬り下げた。

あまりにもひどい、と群臣たちは雄略を怖れる一方、憤りを覚えていた。御者が殺されたのは自分たちへの当てつけと思えた。しかし、どうこうできるわけでもなかった。自分たちが害されないように気を配るだけだった。

雄略が吉野から帰ると言い出したとき、皆はほっと解放され、家路を急いだのである。国民たちは、この事件を聞き、暗い気持になり、かつ前途を恐れた。

皇太后や皇后も心配していた。采女の中でも特に美しかった日姫という女を出迎えに出した。皇太后と皇后が入口の両端に立ち、日姫が膝をついて、御酒を水甕に入れ捧げて、出迎えたのである。

雄略は青ざめた表情で家に入ったが、日姫の前で立ち止まり、水甕を手にした。

「酒か」

と匂いをかぎつつ言い、やっと微笑を浮かべた。一口入れながら、吐息をして言った。

「美しい顔を喜ばせたいものよ。美しい顔を曇らせる気はないよ」

酒を飲み干してしまった。そして、日姫の細い指をつまむと、一緒に歩き出した。

「さあ、ひと休みだ。疲れたよ」


翌日、雄略は皇太后に語った。

「沢山の獲物をとった。群臣と料理を作ろうと思い、たずねたのに返答がなかった。せっかく野宴を開こうと思っていたのに。それで、私は怒ったのだ」

皇太后は雄略の立場を考え、慰めようとして言った。

「群臣は遊猟の場に料理人を置きたいという陛下の真意が分からなかったのでしょう。それで黙ってしまったのです。料理人の宍人部《ししひとべ》を献上いたすべきでした。私が最初に献上します。私の所の膳臣長野《かしわでのおみながの》は、陛下のお好きな生肉料理を上手に作ります。如何でしょうか?」

雄略は照れながらも喜んだ。宍人部を置いてくれという意味ではなかったが、結論的に言えばそういうことにもなる。

「そうしてもらえると有り難い。まったく以って、貴人は相手の心が分かる、と卑しい奴等が嘆ずるのはもっともだ。まさにこの事である」

皇太后も雄略がそう言うのを聞いて喜んだ。

皇太后は更に二人の料理人を献上した。そして、臣、連、供造、国造らも料理人を献上し、宍人部を作ったのである。

（13）

何故、自分のような人間が帝であり得るのか、と時々思わないでもなかった。しかし、その答えを一番よく知っているのは自分自身ではないか、とも思った。神武以来の貴種に生まれついていること、そして武力を有すること。

だが、貴種はそれほどの権利、つまり長年にわたり、永久的に、君臨する権利を有しているのか。いや、そもそも神武が大王になる以前からの、太古からの貴種とは何だ？

史部に身狭《むさの》村主《すくり》青《あお》という男がいた。この男を一度呼びつけて大王家の歴史について語らせてからすっかり気に入り、何事につけても重用するようになった。主青の語る歴史は、隻眼の語部が雄略に語っていた内容とはまるで違っていた。

神武は天照大神という女神の末で、高天原という天から降りてきた神の子孫であるという。

「うーむ」

と雄略はうなった。

「私のところの隻眼の語部は、神武の曽々祖父が大陸からきた軍人だったと言っておる。隠岐の島に流れ着いたのだという。いずれが正しいのだ？」

村主青は答えた。

「そのようなことを語っている者は語部の中でもあの隻眼だけです。もともとあの男は下種の身で、それに、過去に幾度か問題のあった部族の子孫とも聞いております。私といたしましては、何故、あのような男を殿下が語部に加えておくのか、また、可愛がっておられるのか分かりません。細々と語られているうちは未だしも、そもそもが彼の説は危険な説だとお思いになりませんか。特に対外的には問題です。

朝鮮が我々を侮るでしょう。新羅が朝貢してこない背景には何かそのような理由、つまり、殿下と隻眼との関係にかかわることがあるようにも考えられます。また、大陸の政府にいたしましても、もし、かりそめにも、殿下の家柄が彼らと同根、しかも枝根だと聞けば、その態度の大きくなることは明らかです。干渉も強めてくることでしょう。

そもそも私の説というものは、過去百年以上も正当なものとして語られてきたものです。何とぞ、皇位に就かれましたからには、荒唐無稽な話はきっぱりと忘れていただき、かつ隻眼の陰謀を助長するような態度はお止めになってください」

荒唐無稽な話？　陰謀？　雄略はそうは思わなかった。

漂着した隠岐から出雲を経ての日向への旅。そして、日向の衆を引き連れての東征。出雲勢力からの協力を得てのヤマトへの進撃。そこには汗にまみれたロマンがあり、現実がある。しかし、政権安定の根幹が貴種を貴種として定めるところにあるとするならば、隻眼の言い草には配慮に欠けたところがあると言わざるをえまい。

特に国際的には好ましくないかも知れない。大和国家の自主独立の存立に関わることが出てこないとも限らないのだ。

雄略は隻眼を呼び寄せた。

「赤木の水日子よ」

と隻眼の名を呼んだ。

「お前の語る私の家つまり皇室にかかわる話の内、私の気に入らないものがある。お前は私が気に入らない点を知っておるか」

水日子はもう年老いていた。片目どころか両目もままならぬ態だったが、一生懸命に雄略の話を聞いていた。そして、低い声で、

「知っております」

と答えた。

雄略はなぜか気味悪くなった。化け物でも見る気持で水日子を眺めていた。それから、苦しげに、

「知っていて何故語るか」

と聞いた。

すると、水日子はすらすらと暗誦しているかの如くに答えた。

「造られた神話よりも、ありのままの真実を殿下は愛されると信じておりましたので」

「真実だと？」

雄略は思わず刀の柄を握りしめていた。

「真実だと？　お前は真実を語っていない！」

雄略は拳で卓を叩いた。

「お前は醜い真実を語っているだけだ。美しい真実を語っていない」

水日子は反射的に答えた。

「真実は美醜とは関係ないものです」

「……」

雄略は黙らざるをえなかったが、やがて忌々しげに言った。

「何故、醜い真実が要るのか。俺は一寸もそんなものを必要とはしていない。俺が必要としているのは、真実であれ、嘘であれ、美しくまた役立つものだ。世の中を保っていくのに大切なもの、それだけが真実として尊いのだ」

「……」

「そう思わぬか、隻眼の水日子。お前は隻眼のために、心が歪み、美しい真実というものの意味が分からないのだ。その有り難さが見えないのだ」

水日子は頭を垂れたきり返事をしなかった。

「私の祖先が高天原から降臨した神の末か、大陸からの漂着者か、どちらの説を採るべきか、明白ではないか」

　水日子は口をもぐもぐと動かした。聞き取りにくかったのは、故意にそうしたのかも知れないが、彼はこんなことを言っていたのである。

「醜い真実と殿下は言われますが、私の申し上げている説などは未だ美しい方でございまして、私の亡くなった仲間の一人などは、ご先祖さまをば何の変哲もない北部九州のごろつき連中と言っておりましたよ。いずれ、朝鮮半島から新しく物騒な武器やら騎馬などを持ち込んだ流れ者の連中で、大人しい農耕民族をば征服しただけの話でございますとな。

　しかし、私は何分ロマンチックな夢を捨てきれない人間で、人も好いゆえに、何かとご先祖さまをかばっているのですよ。たとえば、神武の大王も漢王朝の貴族の末裔としておりますし、日向の由緒ある娘と結婚したとも申しておりますのです。大きな勢力を張った邪馬台国のヒミコの流れをくむ娘と結婚したことにしているのです。

　これなど私のいささか親切すぎる説にも思えましょうが、しかし、神武の奥方がヒミコ、つまり陽巫女の子孫であられたことは間違いないことです。それは、伊勢神宮のご神体が女神であることからもそう言えると思います。今、伊勢の神宮に鎮座まします天照大神様とは陽巫女と奥方の合体のお姿であるのですからな。それは出雲の神様が大黒天と地方ボス大国主命親爺の合体であるようなものでもありまして……」

「お前は何を言っているのか、口の中で呟いているだけで良く聞こえぬが、ヒミコがどうしたというのだ」

「神武様の奥方はヒミコの末裔だったと申しておるのです。ヒミコの遺児が阿蘇山の草千里を越え、日向の海に下ってきたのでございます。大陸の政府は例によって卑弥呼などと蔑称しているようですが元々は陽巫女でございますから大変なお方で、奥方と合体の天照大神になったのでございます。しかし、神武様ご自身はあくまでも隠岐島のご出身者で、出雲の海岸でひ弱い兎同然の身を大国主命に助けられ、製鉄タタラの技を教わり、日向に下り、奥方の家族に信頼され、入婿し、養子になったお方です」

雄略の顔は怒りで青ざめていた。

「おいぼれ奴。語る言葉も内容も、判然とせぬ。だが、何ゆえ、神武の祖先が大陸からの流れ者であったり、神武が隠岐島生まれで出雲の海岸で大国主命に助けられたり、九州日向くんだりの田舎豪族の入婿であらねばならぬのだ」

「もともと日向では女系家族だったのではございませんか」

「黙れ！　死ね」

水日子の姿は翌日から見えなくなった。雄略の手下に殺されたとも、自殺或いは逃亡したとも伝えられた。

雄略は神がかってきた。それは生まれつきの性格的な問題であると同時に半ば意識的な計算でもあった。

(14)

……

現在も葛城山の麓に在る一言主命神社の一言主命という神は、雄略との邂逅によって歴史に登場したのである。

その男に雄略が出会ったのは葛城山で狩猟をしていたときのことであるが、実はその男は神どころか山賊であった。男は天領で密猟をしていたとき、雄略の一行と出会って困り、かつ怖れたのだが、生まれつきのペテン的資質を持っていて、咄嗟にふてぶてしい演技をしたのである。背が高く顔つきも雄略に似ていたのが幸いした。

「どこの者であるか」

と雄略が谷間の川をはさんで呼びかけたところ、山賊は、

「姿を現した神であるぞ。先に王のお名前を名乗りなさい。その後で私が名乗ろう」

と言ったのである。

雄略は喜んだ。自分を神の子孫だとは思っていたが、その同類が欲しくもあったのだ。神との邂逅、

それは待っていたことでもある。

喜び、興奮し、答えた。やはり、生まれつき頭が少しおかしかったのかも知れない。

「幼武尊である」

と答えると、男は、

「一言主神《ひとことぬしのみこと》である」

と名乗った。

「ひとこと？」

「そうです。良い事も悪い事も一言です。一言で言い分ける葛城の神とは他ならぬ私のことです」

「……」

山賊は詐欺的な人間の常として、いささか気障っぽく、しかし言葉遣いは極めて丁重であった。


「いっしょに遊猟をいたしましょうか」

と雄略に語りかけたのだが、その眼差しには神が人間に対するときのような慈愛と威厳の輝きに満ちているのであった。雄略は感激して、生まれて初めて使うような丁重な言葉を使うようにもなったのだが、まるで謙譲さを競っているような対話の仕方は、それを続けていけばいくほど一つの楽しいリズムを成していったのでもあった。

「お見事なお腕前で」

「いえ、とんでもございません」

「おっ、彼方に鹿が見えます」

「雄鹿ですね。そして、運良くも風下です」

「まことに運良くも、雄鹿で、風下です」

「ここから届きましょうか」

「我々の腕なら充分ではございませんか」

「お先にどうぞ」

「いえ、お先にどうぞ」

「それでは失礼いたします」


「お見事！」

「有り難うございます」


こんな調子で山賊は大げさな手振り、身振りも交えて続けていったのであり、雄略もその呼吸に乗って楽しんでいったのである。はたから見ていて何となく安っぽい芝居を見ている感じを持った者もいたのだが、有り難がった農民たちも沢山いて、雄略を、

「有徳な帝である」

と讃えた。

喜んでいたのは山賊で、彼は自分の好きな芝居を楽しめたし、ご馳走まで口にしたのである。彼は、

しかし、農民たちとは違って、日記には、

「馬鹿者の帝のために一日を費やしたが、神と敬われて悪い気はしなかった。一言主命の神社を作るという。結構、結構」

と記したのである。


一言主命の神社を作った後、しかし、雄略は男の正体に気がつき、立腹し、この神社を廃し、神を土佐の国に追放した。葛城山に神社が戻ったのは三百年を経た奈良時代八世紀の四十八代天皇称徳のときであった。

……


三輪山のご神体が蛇であるとはっきり示し、今日までそうあらしめているのも雄略の所為であった。

彼は或るとき、如何しても三輪山のご神体を見たいと思い、力持ちに命じて、連れてこさせたのであるが、力持ちが連れてきたのは大蛇であった。

「なかなかにでかい蛇だな。日本にもこのような大蛇がいるのか」

雄略は嬉しそうな顔をして、錦蛇まがいの長さ三間程もあろう蛇を眺めながら顎を撫でた。

「しかし、これが神であるとの証拠でもあるのか？」

「……」

「何故に神か」

突然、蛇は雷のような音を立て、雄略を睨んだ。雄略は怖れ、神を感じ、退いて隠れた。そして大蛇を山に返して放った。

三諸《みもろ》の神奈備と称され崇拝されてきた三輪山のご神体は蛇であるとの伝説は、このときに始まって今日に続いている。

……

奈良県吉野にあって萩の名所だった秋津野（蜻蛉野）は、その名を雄略に命名されたのである。というのも、蜻蛉が彼に尽くしたからである。

狩をしたとき、獣を射ようとしていると、虻が飛んできて雄略の肘を刺そうとした、それを蜻蛉が飛んできて食べて飛び去ったのだ。

雄略は感動し、

「私のために蜻蛉を讃えて歌を詠め」

と群臣たちに命じたのだが、群臣たちは何だか馬鹿らしい気もして誰も歌を作ろうとはしなかったので、雄略が自ら次のような歌を詠んだ。

倭《やまと》の　峰群《をむら》の嶺《たけ》に　猪鹿《しし》
伏すと　誰か　この事大君に奏す
大君は　そこを聞かして　玉まきの　胡床《あごら》に立たし

倭文《しつ》まきの胡床に立たし
猪鹿待つと　我がいませば　手腓《たくふら》に虻かむつき　その虻を
蜻蛉はや食ひ
昆《は》ふ虫も　大君にまつらふ　汝が形は　置かん　蜻蛉嶋倭《あきつしまやまと》

「蜻蛉まで私に尽くしてくれている。この地の名前を蜻蛉と名づけよ」

雄略は率直な詩人ではあった。歌を作るのが常であったのである。
雄略は初瀬の朝倉に宮を建てて住んだわけだが、初瀬川が流れている三輪山の麓のその地を愛していた様子の歌も残している。

隠国《こもりく》の泊瀬《はつせ》の山は　出で立ちの　よろしき山
走り出の　よろしき山の　隠国の泊瀬の山は　あやに麗し
あやに麗し

隠国の、という語は、初瀬が山に囲まれた地であることから言われたのである。

雄略は人民に対して絶対的な君主であった。罰することは厳しく、死刑を重んじた。すぐに人を殺そうとしたのである。人民は許してほしいとき、歌を作り、歌好きの情に訴えるのであった。雄略の情とはプライドの高い誠に扱いにくい代物であったが、歌に触れると不思議に残酷さが消えるのであった。

(15)

或るとき、葛城山で狩をしていて危うく猪にやられそうになったことがある。

雀ほどの大きさの、しかし長い尾をした不思議な鳥が警戒の声を上げていた、と突然、怒り狂った大きな猪が草の中から飛び出してきた。舎人たちは、あわてて逃げ出し、木に登った。

雄略は、舎人に命じて、

「あわてるな、射ろ」

と言った。

「心を静かにして向かえば、暴れる猪も静かな猪と同じである」

しかし、舎人は青い顔になったまま、雄略を置いて木に登ってしまった。

猪は雄略に向かって突進してきた。

雄略は大地を踏まえ、大弓を引き絞り、二間ほど手前で射こんだ。猪の足がもつれたところを蹴倒し、踏んで踏んで、終に息絶えさせた。

木の上の舎人を睨みつけた。

「お前は何という輩だ！　大王の戦いを高みの見物とは！　許せない」

舎人は斬られることになった。

皇后が一緒に来ていたが、暗い顔になり、死刑は止めてもらいたいと頼んだ。

「舎人の肩を持つのか」

雄略は怒った。

「お前はわたしが猪に殺されても良いと思うのか」

「いいえ、そうではありません。しかし、臆病だった舎人を殺すことに何の意味がありますか。国人は皆、陛下のことを狩猟好きだと言っておりますが、それとて、良い意味で言っているだけではないのです。ましてや、狩猟のために、暴れた猪のために、舎人を罰して殺すということは、たとえれば狼と異ならない行為です」

「狼？」

「舎人が泣く泣く詠んだ歌をご覧ください」

我が登りし　在丘の上の　棒が枝　あせを

「あせを（ああ）か。なさけない奴だ」

「かわいそうだと思し召せ」

「ふむ」

雄略は苦笑した。

「狼だと言われてはな。棒が枝　あせを、か。死刑は中止してやろう」


また或るときは、大工の名人を死刑しそうになった。

行幸中に大工の名人が木材を石の上にあてて斧で削っているのを見たとき、木材を立てて上から斧で削っていたのだが、斧が誤って石に当たるということはないようなのであった。雄略は感心すると同時に、手慣れすぎたその所作を憎らしくも思った。

「石に斧を当ててしまうということはないのか」

と聞いたところ、

「絶対にありません」

ということで、その所作および誇ったような態度はいよいよ憎らしく感じられた。

「ふむ、不遜な輩だ」

雄略はその大工に敵愾心を抱いた。韋那部《いなべ》の真根《まね》と名乗っていた。

雄略は采女たちを裸にし、ふんどしを着けさせると、真根が仕事をしている前で、相撲を取らせた。

「はっけ、よーや」

采女の一人が行司となり、威勢よく声を張り上げ、ばら色の肌の女同士がもみ合って、悩ましく腰を振った途端、真根は気をとられたはずみに、つい力の調子を狂わせ、石を叩いてしまった。しくじった、と思って雄略の方を盗み見た真根の眼を雄略の視線が鋭く捉えていた。

「見よ、失敗したではないか」

と雄略は叫んだ。

「お前はどこの何者だというのだ。私を畏れず、不貞の心を持って、やたらに軽々しく答えるとは！」

真根は不遜の罪に問われて斬られることになり、物部の者が引っ立てて野に連れていった。暑さの残る九月の午後、手に縄をかけられ、額に汗を浮かべ、真根はうなだれ歩いていった。

人々は、もちろん雄略の悪政だと思った。何のために雄略は采女たちに裸で相撲をとらせてまで真根に失敗をさせなければならなかったのか。いや、仮にそれは雄略の愛嬌だったとしても、失敗した真根に死を与えるというのは如何なことか。しかし、人々はどうすることもできなかった。雄略の暴虐に反抗する力がなかった。

救う手立ては歌を作るだけであった。友達の大工が真根の腕を誉めてうたった。

惜《あた》らしき　韋那部の匠《たくみ》
懸けし黒縄　そが無くば　誰か懸けむよ
あたら黒縄

雄略はその歌を聞いて心を動かされ、真根を許すことにした。死刑の執行を中止させるべく、赦免の使いを甲斐の黒駒に乗せ、刑場に走らせたが、「鞍など付けている暇はないぞ。急いで走れ」と使者を怒鳴りつけた。
そして、自ら歌を作った。

ぬば玉の　甲斐の黒駒　鞍着せば　命死なまし　甲斐の黒駒

(16)

治世七年、雄略の政権は一応の国内平和を維持していたが、人々の雄略に対する反逆心の炎は雄略の圧制の陰で常にくすぶっていた。

妻を雄略に取られて、朝鮮半島の任那で反逆した吉備上道臣田狭と隣り合わせの吉備下道臣グループに於いても、雄略に対する反感心は強かった。

吉備下道臣前津屋《さきつや》も雄略をひどく憎んでいる豪族の一人であった。彼は地元における日常の生活の中で、反天皇の気持を隠そうとしないどころか、堂々と表現した。

「大王などと今でこそ偉そうに名乗っているが」

と彼は口癖のように言った。

「もともとは誰よりもあくどかった一族に過ぎないじゃないか。我々の祖先が謙虚過ぎたか、神に近い綺麗な性格であり過ぎたということになる。まったく人間同士の統治などというものは、図々しくした奴が末永くその役割を演じ、自分の権利を強めていくことになる。因果なものさ。

今の雄略を見よ、あの暴虐ぶりは一族の代表というより他にない」

吉備下道臣出身の虚空という男が雄略の舎人をしていたが、その男が休暇で帰ってきたとき、前津屋は色々な用事を与えて使い、同時に反帝の感情を煽った。実は、洗脳して雄略の暗殺に役立たせようと思っていたのである。虚空は雄略に信頼され、常に側に仕えて働いていたから、暗殺者には最適に思えた。

「虚空よ、お前はこの地の者であることを忘れるべきではない」

と前津屋は虚空に言い聞かせていた。

或る日、前津屋は虚空に格闘技を見せた。

女同士の闘い、次いで鶏同士の闘いであった。

「面白いぞ、よく見ていくが良い」


女たちのそれは大女と小女の対決であった。

どちらも鼻が低くて眼つきの悪い女たちであったが、手に樫の木の棒を持っていた。

「大きいのが私で、小さいのが帝《みかど》だ」

前津屋は悪戯っぽく笑いながら虚空にささやいた。

大女が棒を振りかぶって進み出ると、小女は低く構えて防御の姿勢を取った。大女は棒をぴゅんぴゅん振り回し、今にも小女を打ち砕く勢いであった。小女は後ずさりするのみであった。大女が一振りして、小女の肩口に棒が当たった。だが、今一度振りかざしたとき、小女は地面に這う姿勢で大女の脛を横に払って打った。大女が一瞬よろめいたとき、小女は思い切りよく飛び込み、大女の顔面を棒で叩いて、大女がふらつくと、頭部を乱打した。大女が前に倒れて地面に手をつくのを、なおも打ち続けたので、大女は気を失ってしまった。

前津屋の顔は蒼白になっていたが、次の瞬間、腰の太刀を抜くと、足早に小女に近づき、小女を斬り捨てた。

「馬鹿大王めが」

と叫んでいた。

二匹の鶏を引き出してきた。小さい雄鶏と大きい雄鶏とであった。前津屋は小さな方をとらえると翼を小刀で切り落とし、羽をむしった。鶏が不恰好に騒ぐのを眺めて嘲笑し、

「帝だ」

と言った。

一方、大きい鶏には美しい鈴を胸元につけ、足の爪に金の爪をはめた。

「私だ」

惚れ惚れとした眼で眺め入った。


二匹を向かい合わせて、ぶっつけ、闘わせた。翼を切られた小さい方の鶏はバランスを失いがちであったが、果敢に突き、蹴った。

一方、大きな鶏は胸に付けた鈴の音に仰天してしまったようで、自らは攻撃するのを忘れて傷ばかりつけられていた。たまに蹴ったが、金の爪には力がこもらず、いたずらにタイミングを失ってばかりいた。見る見るうちに大きい鶏は血だらけになり、死にそうになった。

前津屋は立ち上がると、刀を抜き、一閃した。小さい方の鶏の首は刎ねられ宙に飛んだ。

虚空が吉備に下ったきり、長い間帰ってこないので、雄略は人を立て迎えに寄越した。

前津屋は虚空を大和に戻すに当たり、雄略の暗殺を指示した。

しかし、虚空は雄略に可愛がられていたし、わざわざ迎えを寄越してくれた雄略の心中を有り難いものと思い、大和に着くなり、前津屋の不忠を雄略に告げてしまった。

雄略は物部の兵三十人をすぐに秘密裏に発たせ、三日後には前津屋を始め一族七十人を誅殺してしまった。前津屋は反攻する機会を得ず斬り殺されたのである。

（17）

朝鮮半島では、高麗、新羅、百済の所謂三国時代であったが、日本の占有領土ともいうべき南端の任那政府も、七代前の十五代天皇神功皇后以来健全であった。

仲哀天皇の皇后であり、応神天皇の母親であった神功皇后を天皇の中に入れない考え方もあり、従って、以後の天皇の代位もそれによって違ってくるのであるが（本小説でも雄略の代位を二十一代目というのは神功皇后を天皇の位にいれていない計算）、いずれにせよ、この女傑は、四世紀末、夫仲哀の死後（九州の熊襲征伐で戦死）華々しく、或いは乱暴に朝鮮半島に押し渡った人で、朝鮮半島列国の大和朝廷への朝貢はこのときに始まったとも言われている。

しかし、元来が武力を以って屈服させられていた関係でもあり、また、雄略の時代になってからは、吉備上道臣田狭の反逆などもあって、任那を除いた三国の内、日本と交誼を通じているのは百済のみであった。北方の高麗は言うにおよばず、以前は気まぐれながら朝貢していた新羅も雄略が即位してからは八年間挨拶がなかった。新羅は高麗との友好を深め、共に反日的な姿勢を示していた。

雄略天皇については、一種の侮蔑感と嫌悪感をもって語られていた。すなわち、残酷で暴力的な帝、人妻を奪った非人道的な帝、独断的な帝、神がかった帝、朝貢などするに価しない徳なき帝、つまりは関係などは持たない方が良い相手としてであった。

朝鮮の人々は日本人が何故そのような男を帝として認めておくのか理解しがたく思ったが、そこに日本人の本質を見たようにも思った。日本人は彼ら半島人に比較すると驚くほど従順なのであった。時の権力者が如何様なものであれ、現に権力者である以上その人物を中心に据えて協力して生きていこうとする、それは島国で生きていくための功利的な知恵でもあったに違いないが、見ていて滑稽であり、気の毒であり、ときとしては腹立たしくも感じるものだった。

日本に朝貢し続ける百済を新羅や高麗は馬鹿にしていた。百済の王の加須利君《かすりのきみ》は雄略が即位して間もなく池津姫という親族の女人を雄略に贈ったのだが、既述もしたように、不義の科で、雄略は池津姫を焼き殺してしまったのである。それなのに加須利君は懲りずに今度は弟を日本に贈り、雄略に仕えさせたのだ。腰抜けも良いところだ、と新羅の人々は百済を評していた。

しかし、雄略八年、新羅は任那の日本政府に救いを求めることになった。高麗との衝突が原因であった。

新羅の王は自分の護衛として高麗から贈られた兵百人を置いていたが、その年、彼は高麗の野心と謀略に気がつき、国内の高麗人を殺してしまったのである。

高麗の野心の露見は、高麗からの護兵の内の一人が、馬飼いの新羅の男に、

「お前の国は、まもなく、わが国のものになるだろう」

と語ったところによる。

王は国中に使者を送り、次のように発布した。

「人々は、家の中で養っている鶏の雄を殺せ」

新羅の国人たちは戸惑ったが、まもなく意味は密かに口で伝えられ、国内の高麗の男たちは一人を残して殺されてしまったのである。だが、逃れた一人が、高麗の王に新羅の仕打ちを報告した。

高麗の王はただちに軍を出動させ、新羅の領内に入って駐屯した。高麗の歌舞を奏し、女を犯し、食料を持ち去った。そして筑足《ちくそく》流域という現在の大邱地方を掌握してしまった。


そこで、新羅の王は任那に援兵を求めることになったのである。

「高麗の王が我国を奪おうとしている。今や新羅は、吊り下げられた旒旗のように高麗の思いのままに振り回されている始末で、国の危うさは卵を重ねているが如きである。願わくば、救援を日本府の方々にお願い申し上げる」

任那にも朝鮮人の王がいたことはいたのだが、全く日本の保護によっている、というより日本の家臣のようなものであり、統治もワタノミヤケ（海外の屯倉＝直轄米穀調達所）といわれる日本府によっ

て行われていた。

で、任那の朝鮮の王は直ちに日本府に相談し、日本府は本国との相談の結果、新羅を援助することに決めたのである。

膳臣斑鳩《かしわでのいかるが》、吉備臣小梨、難波吉士らが軍を率いて派遣された。

派遣軍は任那と新羅の国境に陣営を固め、状況を探っていたが、突如、前進して、新羅国内の高麗軍の正面に出て、対陣した。対峙すること十日余り、膳臣らは夜間に地下道を掘り、高麗軍が攻めてきたとき包囲するべく、兵を地下道に分散して待った。

地上の軍兵が少ないのを見て、高麗軍は、派遣軍が退却したと思い、追撃のつもりで攻め込んできた。そこで地下道を使った派遣軍は高麗軍を包囲し、散々に撃破した。

高麗軍は新羅の外に撤退した。

「お前たちは、非常に弱いのに、極めて強い高麗軍に当たった。もし、我々日本軍が来て救わなかったなら、かならずや高麗に滅茶〳〵にされたであろう。高麗の領土になったに違いないのだ。今から以後は決して我が天朝に背いてはならない」

と膳臣らは新羅の人々に語った。

しかし、高麗の脅威が去ると、新羅の王は以前にも増して日本の朝廷をないがしろにした。任那の王に簡単な礼をしただけで、朝貢をしようとはしなかった。

雄略は苛々とした。自分で新羅に乗り込んでいって、新羅の王の首をはねてやろうと思った。

しかし、神主たちが神意として行くべきではない、と止めた。

「気長足姫尊《おきながたらしひめのみこと》（＝神功皇后）は」

と雄略は声を荒げて言った。

「女性の身で、かつ臨月であられたのに朝鮮に出かけられ、新羅を征服なされた。何故に神意が私の渡海を許さないのだ？」

「行くに及ばずということでございましょう」

と神主たちは慰めた。

しかし、実のところ、神主らは政府の高官たちから朝鮮における雄略の不評の噂を聞いていて、雄略が出かけてもろくな結果にはならない、と判断していたのであった。

紀小弓宿禰《きのおゆみのすくね》、蘇我韓子宿禰《そがのからこのすくね》、大伴談連《おおとものかたりのむらじ》、小鹿火宿禰《おかひのすくね》ら四人が新羅征伐に行くことになった。

「新羅はもともと西方の地にあって、代々臣従してきた。しかるに、私が天下の王となるや、新羅は身を対馬の外に隠し、跡を梁山の地に置き、高麗の貢を阻止し、百済の城を併合し、朝聘なく、貢賦なし。山野の狼の心と同じく、馴れにくく、馴化しにくい。食に飽きると去り、飢えるとついてくる有様である。お前たち四人を大将とするから、王旗をかかげ、謹んで、天罰を加えてこい」

と雄略は言った。

紀小弓宿禰らは、新羅に入ると行く先々の郡を葬ったが、新羅の王は数百の騎兵と共に逃れ、姿を隠してしまった。また、中心地の慶山を占有したが、新羅の兵はゲリラ化し、その掃討の任に当たった大伴談連は戦死してしまった。

一位の大将だった紀小弓も、厳寒での戦いの無理がたたり、春三月、未だ桜の開花を見ぬ異国の地で肺炎になり死んでしまった。

五月、紀小弓の息子の紀大磐《きのおおいわ》が亡父の代わりに来たが、自分の部下のみならず、他の大将連すなわち小鹿火宿禰と蘇我韓子宿禰に対してまで上位の者として振る舞いがちで、面白くない気分を陣営に与えることになった。

まず、小鹿火の掌握していた兵や馬や船そして官吏を自分の指揮下に置いて、勝手に使った。小鹿火は仕事をやる気をなくすと同時に紀大磐を恨み、今一人の大将仲間の蘇我韓子に警告した。

「新参の大磐宿禰は、『自分がさらに蘇我韓子宿禰の掌っている官を掌握するのも間近であろう』と言った。あの若造がね。どうかあなたの掌っている官を固く守りなさい」

そして、大磐と韓子との間でも仲たがいが起こったのである。

百済の王は三人の武将連の仲が悪いのを見て心を痛め、三人を百済の王宮に招いて心を楽しませようとした。しかし、王宮に行く途中で事故が起こった。

河に到り、三人は渡りかけたのだが、道中での紀大磐の態度がいささか癪に触っていた蘇我韓子は、悪戯半分、先に行く紀大磐の馬の尻を狙って矢を放った。矢は鞍の後部の横木に当たった。大磐は驚き、怒り、逆上し、振り向いて、韓子をまともに射てしまったのである。

韓子は矢に射抜かれ、河に落ちて死んでしまった。

最早、新羅相手の戦いどころではなかったし、百済の王宮見物なども不可能だった。

小鹿火は帰国の申請を任那の日本府に提出し、部下たちも戦う意欲を失くし、紀大磐も酒と女で気を紛らわせるより他になくなってしまった。

雄略の新羅征伐は挫折したのであった。

以後、新羅、高麗の離反は続き、百済だけが日本の友好国と言うより属国としての絆を強めていった。

百済はもともと大河の漢江を中心として発展した、現在のソウル市を含む地帯の国で、其処には早くから漢文化の移入があったと伝えられているが、半島に在っては、常に東側の新羅や北方の高麗に攻め込まれていて強国とは言えなかったのである。西暦六六三年、天智天皇のとき、日本との同盟にもかかわらず、唐と新羅の連合軍によって永久に滅ぼされてしまった百済を、現在の韓国の人々はかならずしも好意的には見ていない、というより国史の中心には置いていないようだが、しかし、日本にとっては漢文化の吸収ルートの中心地として、古代、飛鳥時代における重要な国だったのである。

雄略は仏教が日本に伝来してくるのに先立つこと百年前の世界に生きて死に、それは同時に飛鳥時代のほぼ百年前のことなのだが、この男が崇めたのは祖先であり、大和の諸神であり、自分自身、そして力であったということになろうか。

力で政権を奪い、力で統治し、力で外交に当たった。その功罪の評価はさて置いて、百済に関しては、その時期、百済は雄略の力の陰で命脈を保っていた弱小国だったと言えるかも知れない。

雄略二十年の冬、高麗が百済を侵略したとき、もし、高麗の軍が百済に留まり、百済の軍を徹底的に掃討したならば、百済は完全に亡くなっていたであろうと言われている。ただ、高麗の王は百済と日本国との関係を恐れたのである。そして、部下の進言にもかかわらず、百済を占有することを避けて語った。

「百済の残兵を追い払うというのは良くない。百済は日本国の宮家として由来が深いと聞いているし、現にその王族が日本に行って仕えている」

百済の王は、そのとき、蓋鹵王《がいろおう》（加須利君）であったが、七日七晩、高麗軍の猛攻を受け、皇后および皇子ともども王城にて殺されてしまっていた。

雄略は蓋鹵王の母弟の汶州王に任那国の久麻那利《こむなり》という地を与え、百済国再興の手助けをした。

数年後、汶州王《ぶんしゅうおう》が亡くなると、その次の王として雄略は汶州王の第二子の未多王を推して東城王となした。未多王は日本に居たのだが、幼いのに聡明であるのを愛し、内裏に召し、親しく励ました。そして筑紫国の軍士五百人をして守らせ、兵器を与え、百済の王たらしめるべく百済に送った。

（18）

ところで、四世紀から七世紀にかけての朝鮮半島の諸国と日本の大和政権との関係や攻防を語るに、歴史学者の人々は次のようにも説明している。

……大和の政権を作った中核の民族は、もともと半島から来た夫余族であった。夫余族の故郷は満州であり、ツングース系の一支族だが、百済を作った民族も夫余族であり、一方、新羅は夫余族が半島に来る以前から半島に居た、所謂、原韓民族である。大和政権が常に百済と組み、一方新羅が孤立した存在であったというのも、こういった民族問題が背景にあると考えられる。

……高句麗も夫余族であった。しかし、百済や大和の人々とは別の北方支族であった。

……新羅と百済、高句麗との争いは従って原韓民族国家と征服国家との争いであったともいえ、結局、原韓民族国家の勝利に終わったと言えるのである。

雄略の時代を含め、大和朝廷とは常に争いの絶えなかった新羅ではあるが、六六〇年、白村江の戦いで、百済を滅ぼし、次いで、高句麗をも滅ぼし、朝鮮半島を統一することになった原韓民族国家新羅の長年に渉る忍耐こそ大変なものであったとは言えよう。

日本書紀でも神功皇后の時代に、新羅の王を虜にし、王の膝の筋を抜いて石の上に腹這わせた後、海辺の砂に埋めてしまったという話が出てきたり、朝鮮側の三国遺事という本によっても、同時代の頃、日本で人質となっていた新羅の皇子を機略によって逃がした忠臣が足の裏の皮をはがされた上、葦の葉の上や熱した鉄の上を走らされ、終いには焼き殺されてしまう話が出てくる。

中国との関係について語ると、雄略は中国史伝「宋書」の倭人伝に記される倭の五王の一人、武王であると言われていて、そうすると中国の南朝の宋（四二〇〜四七九年）に対して朝貢していたということになる。

宋に朝貢する一方、半島での統治権を主張、懇願している姿がうかがえるのだが、それは雄略にかぎらず、倭の五王たちは、皆、中国の南朝の宋に朝貢する際、朝鮮半島における統治の権利を懇願、主張している。

宋と君臣の礼を尽くしている様子すら記されているのは、書き手が宋の人間だからかも知れないが、讃、珍、済、興、武と呼ばれている倭の五王は、いずれも宋から安東将軍とかの称号を授与されるのを願っている姿が見える。

その頃、或いはその頃も、と言うべきか、中国大陸の政府はそれだけ近隣の国にとって大きかったのか、また、東方の島国の王は、国内では暴君ともいえる立場にあったとしても、一将軍の名をもらって喜ぶ程の国の王に過ぎなかったのか、そして、朝鮮半島は小さな島国の王の支配をも許す領域だったのか、と今更ながらの興味を惹起させられる。

広い面積と多くの人口を基盤とする大国意識の強い専横的政府、温暖な気候と豊かな大洋に恵まれ、外向的侵犯性をも有する島国の政府、その両者に挟まりながらのせせこましい半島内闘争が絶えない民族の政府、その姿は近年とて変わらないのかも知れない。

(19)

さて、雄略政権を誕生させ、背後から強く支えてきたのは、新興の平群一族であり、彼らは旧来の名族、名門を抜いて最高位の大臣に平群臣真鳥を持った。しかし、雄略は決して彼らを臣以上のものに増長させる政策は取らなかった。その意味では雄略は稀に見る強権の王であり、悪魔のように賢く、ときには虎のような残酷性を発揮し、臣たちを統治した。

根使主《ねのおみ》事件というのは、雄略が平群臣の勢力を抑える要となった出来事である。

雄略十四年四月、南朝の宋の客人を接待することになったときのことである。客人はその年一月から滞在していたのだが、帰国も近くなり接待されることになった。宋の客人は織物の熟練者四人、即ち漢織、呉織、衣縫関係者を大和朝廷に献上していた。

接待役として真鳥以下の臣たちは根使主を雄略に推薦していた。

「根使主か」

雄略は根使主の起用に反対はしなかった。しかし、報告を終えて部屋を出ていく真鳥の後姿を見送りながら、雄略は、はるか以前、兄の安康大王が叔父の大草香皇子を殺したときの事を思い出していた。

安康は大草香皇子がその妹（現在の雄略の皇后）を雄略に差し出すのを拒否したという理由で殺した。大草香皇子は、安康の使者根使主に対して次のように答えて拒絶したというのである。

「そもそも同族だと言ったとて、どうして、私の妹をあの暴れ者の大泊瀬皇子なんぞの妻とさせることができましょうか」

しかし、それは使者、つまり根使主の作為であったという説が当初から一部で流れていた。本当は次のように答えたという。

「私は最近、重病にかかっています。そして、私の命は、たとえれば、潮を待っている積荷の船の如きです。寿命というものでしょう。惜しんでも仕方ないものです。ただ、私の妹の橘姫皇女が孤児になってしまうのが心配です。

今、陛下は、妹が醜いのを厭わないで、ご兄弟の妻とし、宮廷で働く女性に加えようとなされています。有り難いことでございます。

赤心をあらわす為、私の宝の首飾りの押木珠縵《おしきのたまかずら》を、遣わされた臣の根使主に託して奉献いたします」

しかし、根使主が安康大王に伝えた返事は正反対のものだったし、美しい首飾りの押木珠縵も安康の手元には届かなかった。

根使主は嘘をついたのだろうか。

根使主の言をそのまま信じて安康は怒り、大草香皇子を殺したわけだが、一方、心底には叔父の大草香皇子を煙たがる気持、そして大草香皇子の妻中帯姫への横恋慕もあったと思われる。そして、それに便乗して、というよりそのように誘導していった平群臣の動きがあった、陰謀があった、と雄略は感じていたのだった。

大王家をとりまく豪族たちの間で、当時は葛城氏の勢力が大伴、物部氏らよりも強く、平群氏などは傍流に過ぎなかったのだが、葛城氏に近い皇位継承たちを失脚させることにより、そして安康及び雄略を担ぐことにより、平群氏は中心的な豪族になったのである。たとえば、平群氏は、安康の即位に当たっては、安康の兄を廃嫡するのに成功し、次いで自分とは疎遠で他豪族に近かった安康や雄略の叔父大草香皇子を安康を使っての策略で消し、安康大王の死後は雄略を擁立し、常にその武力行使を助けてきた。そして、その間、葛城氏の円大臣を坂合黒彦押子といっしょに葬り、自分が大臣となる布石を固めたのであった。

雄略は自分のことを良く押し立ててくれた、と思う反面、平群臣真鳥の野心に警戒心を持ち続けていた。

この際、根使主の非を暴露することにより、つまり間接的方法により、平群氏の伸張に歯止めをかけておいた方が良い、と雄略は思った。事実、大草香皇子誅殺に対する実妹の皇后橘姫の怨念は強かったのである。

その誅殺は偽計だったのであり、安康天皇や雄略も無関係ではないとはいえ、直接の陰謀にたずさわったのは、根使主であり、平群臣真鳥だったのだ。


「橘姫」

雄略は皇后を呼び寄せて言った。

「私は近いうちに根使主を引見しようと思う。そのとき、彼が身につけているという美しい玉縵が、果たして押木珠縵か如何か見てくれまいか」


根使主は宋の客人を石上の高坂原という所で馳走したのだが、雄略は舎人に様子を見に行かせ、その服装について報告させた。

「根使主が着けていた玉縵は、非常に美しいものです。前の使者を迎えたときもそれを身につけていたということです」

雄略はその報告を聞いてさもありなんと自分の計画に満足した。

予定通り、臣や連を呼んで、その皆の前で、根使主を引見することにした。名目は、どのように宋の客人を接待したか、の報告を聞くということで、根使主には宗の客人を饗応したときと同じ服装、装飾で出席するように命じた。

当日、引見の場で、皇后は天を仰いで涕泣した。

「どうしたのだ？」

と雄略。

皇后は腰掛から下りて、雄略の前にひざまずいて答えた。

「根使主の着けている玉縵は、昔、私の兄の大草香皇子が前の故大王の勅をうけたまわって、私を陛下にたてまつったとき、誠心の証として、故大王に献上すべく、根使主に渡したものです。なぜ、根使主がそれを持っているのか、つい、疑いを根使主にかけるにつけても、昔の事が思い出され、不覚にも涙が落ち、悲しんでいるのです」

「一体、これはどういうことだ？」

雄略は怖い眼で根使主を睨んだ。

根使主は青ざめたまま、つい、大臣の平群臣真鳥の顔を仰いだが、真鳥も不意の出来事に驚き、かつは緊張のため、手足をこわばらせて微かに震えているのであった。

根使主はその玉縵を横取りするに際しては、真鳥の暗黙の了解を得ていた。今さら、それを公の場で責められるのは心外だった。そもそも、大草香皇子を亡き者にすることは、現在の権力者仲間に共通した利益ではなかったか。そして、そのためには、玉縵の着服は偽言と共に必要なものではなかったか。玉縵を安康大王に渡しながらの偽言などあり得まい。しかし、無断の泥棒行為はあくまでも泥棒行為であり、それを責められては如何ともし難い。

根使主は不満な心中を押さえながら言った。

「お詫び申し上げます。まことに私の間違いでございます」

「何ということだ」

雄略は叫んだ。

「皇室を何と心得ているのか。そうではないか、平群臣真鳥大臣！」

雄略は鋭い眼で真鳥を見た。真鳥はぎこちなく頭を下げ、うなずいた。

「根使主は、以後、子々孫々に到るまで、群臣の中に加えてはならぬ」

と雄略は言った。

雄略が剣を取ると、根使主は、飛び退いて、そのまま逃げだした。


根使主は、現在の大阪府和泉市辺りまで逃げ延び、そこに柵を造り、稲穂を積んで備えたが、雄略の差し向けた軍によって破られ、殺されてしまった。

ついで、根使主の息子の小根使主が不穏当な発言をしたというので、捕らえられ、やはり殺されてしまった。


根使主の子孫を二つに分けて、一つを大草香の民として皇后に封じ、他方を芽淳という地の県主に賜り、負袋者《ふくろかつぎひと》とした。

一方、大草香皇子に殉じて死んだ難波吉日吉香の子孫を求め、大草香部吉士の姓をさずけた。

余談にもなるが、大臣平群真鳥の野心の強さは消えるものではなく、雄略の四代の後の武烈天皇即位に当たっては、自身で王位剥奪さえ狙う姿勢を見せた。それを是としない大連の大伴金村の急襲攻撃により彼と一族は敗れ滅びたのであるが。

（20）

或る日のこと、雄略は春の陽気に誘われて、桜の木々が茂る庭園を散策しながら、はるか二十数年前、自分が大王になったときのことを思い出していた。兄の安康帝が桜の木の下で真夏に殺されたというのは油断といえば油断だが、運命といえば運命ともいえる気がするのであって、自分の命も何時、眼に見えぬ運命の糸によって突然の破局を迎えるかもしれないと、常には似合わぬ諦観的な感慨にふけっていた。

歳かな、と思わないでもなかった。

十日ほど前にも、狩猟の途中、矢を射かけられ、危うく命を落とすところであったが、捕らえてみると、十年ほどまえ罰として顔に入れ墨をほどこした鳥養部《とりかいべ》の男であった。

その年の冬、鳥官の鴨が犬に食われて死んだので、雄略は犬の飼い主を捕らえ、顔に入れ墨をして、鳥飼部というものを作ったのである。ところが、その事で雄略の悪口を言った二人が居た。

「何という帝だろう。我々の国には鳥が多く、積み上げれば小さな墓にもなる。朝晩食べてもなお余りがある。たった一羽の鳥を犬に食われたからといって、人の顔に入れ墨をするとは、道理に合わないことをする悪徳の君だ」

それを聞いた雄略は二人にすぐ鳥を積み集めるように命じた。そして、すぐには集められなかったので、二人とも入れ墨をされ、鳥養部にされてしまったのである。

多くの人間が自分を憎んでいるだろう、と雄略は思った。

宮中に忍び込んできた暗殺者も居た。力の政治が敵を呼び、しかし、その敵を抑えるには更に強い力以外に方法はなかった。

妻の稚姫を奪われて任那で雄略に反逆し、姿を消した田狭のことが気になっていた。田狭を最近丹波で見かけたと雄略に伝えた者があった。漁師をしているという。

考えられないことでもなかった。朝鮮半島と日本列島との往来は、天気が良くて順風であれば難しいことではなかった。しかし、雄略は漁師をしているという田狭がどうもぴんと来ないのであった。

「大伴の大連よ」

雄略は大伴室屋大連を呼んで言った。

「田狭を探しに丹波の国に行こうではないか」

大連は、雄略が厄介な事を言い出したものと、しかめ面をしながら雄略に言った。

「今さら、田狭を探してどうなさるおつもりで」

「別にどうもせぬ」

「それならば……」

と大連がしかめ面を強くするのを雄略は怒鳴りつけた。

「お前は、私が何かを言うとすぐに無愛想な顔になる。何時もにこにこ顔をするように心がけい」

「……」

「丹波の国には」

と雄略は語を和らげて言った。

「瑞江浦島子も居るしな」

「浦島子に会われますか」

大連は笑顔になって言った。

「それならば喜んでお供いたします」


丹波国余社郡管川（現在の京都府与謝郡伊根町箇川）の瑞江浦島子は、春の日に釣りをしていて、亀を助けた因縁から、竜宮城に招待され、楽しい日々を過ごして帰ってきたという。が、戻ってきて、土産にもらった玉手箱を開けたところ、煙が立ち昇り、浦島子はみるみるうちに髪が白くなってしまったという。

「浦島子は死んでしまったのかな」

「さて」

田狭の話をしているうちに浦島子の話になってしまった。そして、いずれにせよ、丹波の海辺に向かうことになったのである。

(21)

四十半ばを過ぎた雄略にとって、丹波の海への道行きはそう楽なものではなかったが、いつもの狩猟に出かけるような出で立ちで出発した。兵士百数名を従え、馬を駆って進んだ。

まず奈良盆地を北上し、京都盆地に出る。そして京都から西に走って亀岡盆地に出て、綾部に達した後、北に向かい若狭湾の宮津に到る。そして宮津湾や若狭湾に沿って北上すると、外海に出る手前、浦島子の居る浜に着くのであった。

田狭は宮津の浜にいるらしいという。

「松原美しく、波静かな所です。長い砂嘴が湾に突き出ていて長く伸び、対岸に達していますが、松林が生え続き、空や海にかかった橋のようでございます」

とのことであった。其処は、後年、天の橋立と呼ばれるようになった地である。

雄略の出立はいつも早朝だった。朝日が未だ山の端から昇りきらない内、彼は出発するのだった。四月一日、盆地が薄明の中で春の一日を迎えようとしていたとき、初瀬川の朝もやをついて、雄略以下百余名の一行は全員馬に乗り、北に向かった。奈良盆地を広く囲んで連なる山々は未だ青黒く眠り、路傍には満開を迎えようとする桜の花々が微動だにせず繊細な花びらを清澄な空気の中に浸していた。

雄略が時折発する掛け声で進ませる馬の足は今も昔も速かった。三輪山を離れ、山之辺の道の麓に沿って北上し、現在の奈良の若草山を右手に見やる地点に達するまで、二ときとはかからなかった。

そもそも、この度の旅の目的は何であるのか、皆は分かっているようで分かっていなかった。田狭に会うと言う。また、浦島子に会う。田狭に会って如何するのか、捕らえて罰するのか。その命令が出ているわけではなかった。そして、浦島子の話になると雄略が何を考えているのか見当もつかなかった。

田狭に会いたいというのは、最近、稚姫との間がきわめて冷えていることが理由かも知れなかった。雄略が手に入れた二十年前頃が女としての盛りにあったわけで、それ以後は花の色が褪せていくように魅力が減っていったのみならず、血筋から来るのであろうか、高貴さに欠け、性悪ともいえる性格ばかりが目立っていた。子供二人ができていたが、雄略は自分の後継者として育てるのに気が向かず、後からできた円大臣の娘の韓姫の子供に眼をかけがちなのであった。そして、現に前年、韓姫の子、白髪皇子を正式に皇太子にすえた。

あの女は、自分が田狭に会いに行くと知っているはずだが何を思っているのだろうか。雄略はそんなことを考えながら馬を走らせていた。

田狭に言ってやりたいことがある。それはあの女の悪口だ。悪口を言ったら田狭がどんな顔をするか、怒るだろうか、怒らせたい気持もする……

京都盆地に入ったのは、途中、渓谷で遊んだこともあって、日没の時刻であった。国造以下多数が雄略を出迎えた。

「酒盛りをせい」

雄略は命じた。

その頃の京都は、山々に囲まれた盆地に広がる草深い原っぱや雑多な林が茂る場所に過ぎなかったが、雄略たちを出迎えた処は、現在の京都市内の鴨川のほとりの一角であって、其処の宿舎に当てられた館は、俄然あわただしい活気につつまれることになった。

鴨川の魚を採って焼き、捕らえた鳥や鹿を料理する煙が立ち昇り、薄化粧をした近郷の女たちが陸続と招かれた。

四方の山々がすっかり黒い闇に包まれ、川瀬の音がひとしきりはっきりと聞こえてきた頃、大広間には雄略以下百余名の客人と地元の長以下の二十数人が、女たちの酌によって酒と料理を楽しみ始めていた。

雄略の希望によって大広間は幾つかの部屋の壁をぶち通して作り、さらに、にわかの座敷を継ぎ足したもので、その大広間の奥上段の高所に胡坐をかいて、皆をねめまわしながら酒をなめる雄略の姿は、大山賊と変わらなかったが、何を隠そう雄略の一番好きな雰囲気といえば、自然の中の、無礼講めいた酒盛りに他ならなかった。

とはいえ、雄略の気難しさと専制君主ぶりは、いっぺんに座を地獄に変えてしまう怖さを持っていたので、最初は、皆、緊張した態度で、咳払いひとつするのもはばかるほどの静粛さの中で、飲み食いしていたのである。

以前、初瀬の野外での宴会の最中、采女が葉の浮かんだ盃を気づかず差し出して殺されそうになったことがある。

雄略はいきなり采女を取り押さえ、首筋に太刀を当て切り殺そうとしたのである。

そのとき、采女は次のような歌を必死に詠み、許された。

まきむくの　日代《ひしろ》の宮は
朝日の日照る宮
夕日の日翔《かけ》る宮
竹の根の根足る宮
木の根の根ばふ宮
八百土《やほに》よし　い杵築《きづき》の宮
ま木さく　日の御門
新嘗屋《にひなへや》に　生ひ立てる
百足る　槻《つき》が枝は
上つ枝は　天を覆へり
中つ枝は　東を覆へり
下枝《しづえ》は　鄙《ひな》を覆へり
上つ枝の　枝の末葉は
中つ枝に　落ち触らばへ
中つ枝の　枝の末葉は
下つ枝に　落ち触らばへ

下枝の　枝の末葉《うらば》は
あり衣《きぬ》の　三重の子が
捧がせる　瑞玉盃《みずたまうき》に
浮きし脂　落ちなづさひ
水こをろこをろに
こしも　あやにかしこし
高光る　日の御子
事の　語りごとも　是《こ》をば

歌の一首でも心に入れて雄略に対していないと危険であったかも知れない。

が、今回は、しばらくして大伴の大連が、

「さあ、気を楽に、もっと賑やかにやってくれ」

と皆に言い、雄略が微笑するのを見て、人々は安心して宴会を始めたのであった。

（22）

綾部を抜けて、若狭湾の宮津に出たのは、翌々日の昼過ぎのことであった。成相山に登り、仮屋で休みながら俯瞰する海岸の松林の長く延びた洲の景観に心を楽しませていたが、田狭が蟹や貝、そして魚を持参して現れたというので大騒ぎになった。田狭は海の幸を大きな樽に入れ、頭に載せて、成相山に登ってきたのである。

「田狭だが、お目通り願いたい」

とその老人は言った。服装はみすぼらしかったが、容貌に自ずから光あり、応対に出た大伴の大連にはすぐにそれと知れた。

「田狭か、はっはっはっ」

平伏する田狭を前にして、雄略は思わず笑った。年老いた田狭を見ると、同時に自分自身の年をも思わざるをえなかった。笑いの内に、何とも複雑な表情が出た。

「元気か」

自分でも予期せぬような優しい言葉が出た。

「はい」

面を上げて雄略を仰いだ田狭の瞳の中にも安堵感と微笑が浮かんだ。

「何をしておるのだ？　魚を採っておるのか？」

「はい」

「ふーむ」

雄略は立ち上がって、田狭が持参した樽の中の魚の尾をつかんで眺めた。海の潮の香がして、魚の肌が生々しく光っていた。

「あじ、かな」


田狭の話によると、田狭は自分の息子の弟君といっしょに任那から姿を消した後、新羅に入り、弟君ともども田畑を耕し生計を立てていたが、任那を去るとき、多少の財産を持ち出せたので、下僕を雇う余裕があったという。今では、田五町歩、畑十町歩程の地主となり、弟君は新羅の女との間に五人の子供まで持つに至った。しかし、田狭自身は近年彼の地の妻を病で失い、日本に帰ってくる決心をしたのだという。


一年ほど前、田狭は日本に憧れる新羅の二人の下僕といっしょに新羅の東海岸から船を出し、海流に乗って三日間で隠岐の島に着いたという。それから対岸の出雲に渡ったが、南下して故郷の吉備に向かうのは止めて、海岸沿いに東上し、若狭湾の宮津に腰を下ろしたのであった。

「隠岐か」

雄略は考え深げにつぶやいた。

「半島から日本に渡るのに、対馬を経て壱岐から九州へは入らなかったのか。何故に隠岐を選んだのか」

「九州は人騒がしい故に」

田狭は笑いながら言った。

「それに何といっても私の故郷の吉備は隠岐や出雲の真南に位置し、私めとしましては、隠岐にわたるのが自然でした。しかし、出雲に上がった後は、吉備に近寄るのを躊躇しまして、知らず知らずのうちに東上し、当地に到ったわけでございます」

「ふーむ」

雄略は田狭が語るのを聞きながら、その昔、若い雄略に忘れえぬ物語を残して姿を消した隻眼の語部の隠岐島出発説を思い出していた。出雲の部族、吉備の部族、大和の部族、彼らが本拠地とした場所は隠岐島から南下していくと自然に突き当たる地点なのだった。

田狭は内心不安な気持を抱きながら、口をつぐんでしまった雄略に対していたが、雄略は自分の思考に取りつかれているのだった。

……もし、隠岐の島からこの国の歴史が始まったとすると、まず一番隊が出雲に定着し、二番隊が吉備に定着し、三番隊は吉備から東西に分かれ、瀬戸内海岸を移動し、一方は大和に入り、一方は日向に向かったのである。隠岐の島から出発して、神武大王が旗揚げした日向は一番遠く、また民度も低かった場所だ。

日向に行った仲間が自然、風土、文明に一番恵まれなかった。しかし、その連中が統一国家を推進する神武を擁することになったのだ……何故か？　気候風土に恵まれない不満が逆に偉業達成の原動力になったのか？

雄略は二十年前、語部の水日子を追放してしまったとはいえ、神がかりの天孫降臨説を信じきり、水日子の話を忘れてしまったというわけではない。雄略の心の中で、正論に対する異論としてひっそりと生き続けていた。天孫族の長としての雄略は今や降臨説の最大の支持者であり、その説をゆがめることは他者に対してのみならず、自己に対しても絶対に許さなくなっていたが、その物語の信憑性というものについて時折ひそかに検討を加えていたのではある。

「ここで生活することをお許し願いたいのですが」

田狭の声で我に返った。

「特別の野心があろうはずはなく、ただ、この国のやわらかい陽の光りと大地が懐かしく、この国にて静かに生涯を終えたいと思っている次第です」

「ふむ」

と雄略は言った。

「聞くところによると、半島はすべてに荒々しいというが、この国の大地はやわらかいかな」

「それは、もう、その通りでございます。半島の気候、風土というものは、寒暑の差が甚だしく、寒いときは底なしに寒く、暑いときはこれまた狂ったように大地が煮えくり返っております。土地はその所為か節くれ立ち、潤いに欠け、人の心にも優しさが宿りません」

「優しさか」

雄略は嘲るように言った。

「分かる気がするが、俺もまた優しさとは遠い性格の持ち主のようだ。俺の血には半島の人間の血が沢山流れているのかも知れぬな。

どうだ、田狭、そうは思わぬか」

「……」

田狭はいささか血の気の引いた顔になり、面を伏せ、黙っているより他になかった。

「俺も、極端な性格の持ち主だ、ということなのだ。何とも、中途半端な優しさという奴が俺には我慢がならないのだ。だからと言って、この国の自然、風土の持つ優しさが嫌いだというのではない。俺を慰めてくれるのは、いつもそんな自然や風土だ。しかし、俺自身が自身の行為に求めるものは、中途半端なものではなく徹底したものである。

徹底した愛や憎悪がなくては生きた気がせぬ……」

一体、雄略は自分の生存を許してくれるのだろうか、くれないのだろうか、田狭は不安になり始めていた。少なくとも、雄略の語る内容は自分にとって好ましくない方向へ移りつつある気がしてならなかった。愛になるのか、憎悪になるのか、憎悪になったら死刑であろう、と思った。

雄略はゆらりゆらりと歩いて崖縁に近づき、春の陽光に輝く海を眺めながら、稚姫のことを思い浮かべていた。稚姫の色香の衰えと共にか、稚姫への愛情は失せていた。むしろ、腹立たしい義務感のみがあった。あの女は駄目だ、あの女の息子も駄目だ、大王になる資質に欠けている……

資質とは何か、自分にはそれがあったというのか？　いや、と雄略は思った。もし、資質がなかったのなら、なおのこと、馬鹿が二代続いてはなるまい……


「田狭」

雄略は突き放すように言った。

「俺には、稚姫もお前も最早煩わしいのだ。好きな所へ行け。ただし、二度とわたしの前に現れてはならぬ。消えろ、田狭。静かに暮らしてくれ、お前がわたしに誓ったように」

（23）

浦島子という男は実在する人物なのか。

いや、仮に実在したとしても、竜宮城へ行ってきたとはとぼけた話ではないか。

その男もまた田狭の場合と同じように密航者なのではないのか。雄略は心の中でそんな具合に考えながらも、連れの大伴の大連には、珍しいものでも見物に行く朗らかさを表にだして、

「なあ、大連、浦島子という男はどんな顔をした男かな」

などと言っていた。

しかし、浦島子の村に着くと、村の長がかしずいて、浦島子はすでに死んでいることを報告した。「浦島子が玉手箱のふたを開けますと、中から白い煙が出てきまして、たちまち浦島子は白髪の老人と化し、息をつまらせ、間もなく死にましてございます」

「その玉手箱はどこにある？」

村の長は、雄略の訪問を前にして、玉手箱を保管していたので、それを差し出した。雄略がまじまじと一尺四方大ほどの箱を見るに、磨いた石でできている箱で、地は灰黒色、蓋に赤い石のはめ込みがあり、竜の模様になっているのであった。

「なかなか立派なものだな、重い。誰の所有になっているのだ？」

「誰のものでもなく、ただ、神社にしまってございます」

「ふむ、わたしがもらっておこう」

と雄略は言った。

蓋を開けながら、

「この竜の模様は大陸や半島のものと似ている」

と言い、ふと、鼻をぴくつかせ、

「これは臭いぞ。酸ではないか。そうだ、大陸や半島には塩酸とか呼ぶものがあり、臭気強く白い煙を発するという。わたしは、一度、半島の者からこの液をもらったことがある……

浦島子は、竜宮城とやらから、酸をだまされて貰ってきたのではないのか？」

「……」

皆、言葉を失い、ただポカンとしていた。

「浦島子はどこから舟を漕ぎ出したのだ？　そこに案内してくれ」

雄略の言葉で、村の長は、一行を浜に案内した。空には霞がかかっていて、浜ひばりが鳴き、高からぬ丈の松の林が続き、浅黄色の葦の葉が風にそよいでいた。海辺に出ると、海面は春の光で輝いていた。

波静かな入江の砂浜に出た。

「この辺からこぎ出しまして」

と村の長は言った。

「あちらの方へ行ったそうで……」

あちら、とは沖なのであった。沖も波が静かで、眺めているうちに、ぼうとかすんで睡くなる感じであった。

「それで如何した？」

「大亀を釣り上げたそうです」

「大亀？　ちょっと信じられないことだな。糸が切れてしまうであろう」

「……」

「まあ、良い。痛くて浮き上がってきたのであろう。それでどうした？」

「亀を捕まえました。しかし、可哀そうに思い、逃がしてやったのです。すると、美しい姫に変りまして、浦島子を竜宮城に案内することになったのです。」

「なあるほど。しかし、問題はそこなのだ。亀を逃がしてから、美しい姫が現れるまでの間のこと。お前は亀が変わったというが、そうではないのであろう。亀は亀、姫は姫なのだ。ただ、姫は浦島の所作を見ていて、心を打たれたのであろう。つまり、心の悪い男ではないな。浮気の対象に悪くないな、と思ったのだ。それで、浦島子をたぶらかして、楽しむことにしたのだ」

雄略は村の長がびっくりするのを無視して言い続けた。

「長よ、浦島子は色男であったのではないか」

「はい、そうも聞いております」

「長よ、浦島子の話は、朝鮮のうつ陵島の貴族の女と我国の色男の浮気話ぞ。浦島子は向こうの女に散々弄ばれ、骨抜きにされ帰ってきたのだ。お陰で、働かずに楽しい時を持てたが、体もくらげのように無力になったのだ。そして、用なしになった色男は煙で殺されたというわけだ。

長よ、お前はこの事実を知っていたであろう？」

「……」

「どうだ、長。お前もあちらの国に通じているのではないか。色男を提供し、その褒美として、金銀財宝などをもらったりしているのではないか？　それを隠すために竜宮城などという作り話にしてしまったのではないのか？」

村の長は返事をする代わりに、顔面蒼白となり震えていた。

大伴の大連は、雄略の語る内容に唖然としていた。突拍子もない推測で無実の罪を、ときおり、人々に押しつけてきた雄略は、今も人々に邪悪の性と呼ばれる性格を露わにして、罪のない人間を罰しようとしている……

「帝……」

大連はたまりかねて口をはさんだ。雄略は薄暗く血走った眼を大連に向けた。

「帝、その話は、大連の私めにも初めての話です。下々の者を責める前に、私めにお聞かせ願えませんか」

「……」

雄略は返事をしなかったが、うっすらと笑いを頬に浮かべて、照れたように横を向いてしまった。そして、今語ったことを忘れてしまったかのように眼を海原に向けると、ゆったりとした足取りで渚まで歩いていった。

潮風が雄略の長い髪に吹きつけ、雄略は、しばらくの間、気持良さそうに渚に立ち続けていた。眼を細め、うっとりと潮騒の響きに聞き入っているのであった。

「蜻蛉洲……」

とつぶやいた。

「はあ……」

大連は雄略の後ろにはべりながら、あきつしま、の意味をくみとろうとしたが、どうやら、それは詩作の言葉らしいので、ほっとした。

雄略はそれきり乙姫の正体に関する疑いを口にしなかったが、何時ぶり返すか分からないので、大連は、宿に帰ってから、村の長を招いて、一応の取調べを今一度した。

「お前は、竜宮城の乙姫とやらを知り、通じておるのか」

「滅相もございません」

「乙姫がよその国の女で、たとえばうつ陵島とやらの女か何かで、この国の若者たちをたぶらかしているということがあり得るか」

「……」

「何故、黙っておるか」

「分かりません。が、全然無い、とは言い切れないかも知れません」

「何か心当たりがあるのか」

「この地はご覧の通りの僻地です。ろくな女がおりません。若者たちの或る者は、女遊びのできる場所まで舟をこいで行きます。たいていは陸伝いに行きますが、場合によってはかなり遠くにまで行くことがありますし、半島の方へ漂流することもあるでしょう」

「半島までか」

「いや、小舟でこちら側から行くのは難しいかも知れませんが、大きな船で向こうの者が来るのは可能かも知れません」

「では帝の言われるとおりではないか。朝鮮の貴族の女が男狩りに来たのだ」

「……」

「おぬしは先方の誰かを知っておるのか」

「いえ、とんでも御座いません」

村の長は五十を越えた小柄な男であった。大連の質問に小さな体を更に縮ませ、顔を硬直させて答えていた。

「おぬしが後ろめたいことをしていないのなら」

と大連は最後に言ってやった。

「何もびくびくすることはないのだぞ。浦島子がひとりで竜宮城に行ってきたということにしておこう」

村の長に別段怪しいところはなかった。大連は村の長を帰してから、今一度、玉手箱を取り出して調べた。たしかに朝鮮の貴族が持っていそうな立派な造りのものであった。蓋を開けて匂いを嗅ぐと、酸の匂いが微かにするようでもあったが判然としなかった。

（24）

猜疑心が強かった。その為に雄略はずいぶん人を殺したり、殺しそうになった。つい先頃も、手違いで大工を殺しそうになった。

御田という大工のこと。名人というので楼閣を作らせたのだが、この男の身軽さは猿にも劣らぬほどで、楼に登り、四方に走るのがまるで飛んでいるが如きであり、それを見上げた采女の一人は驚いて、庭に倒れて、ささげていた膳をこぼしてしまった。御田がその采女を犯したのではないか、と雄略は咄嗟に思い、一旦思うとどこまでも疑い続ける雄略であり、御田を物部氏にあずけて殺そうとしたのである。

このときは近侍していたものが、琴を弾きながら、歌って、雄略に過ちを知らせ、大工は助かった。

神風の　伊勢の　伊勢の野の　栄枝《さかえ》を　五百経る折《か》きて　其が尽くるまでに　大君に
堅く　仕へ奉らむと　我が命も
長くもがと言ひし工匠はや　あたら工匠はや

浦島物語における雄略の猜疑心は、乙姫と浦島子との関係から発していた。それは情痴の関係だと思われ、しかも、他国者との勝手な交流だと思われた。情痴および勝手な交流を誤魔化すために、村の長までが一緒になって、浦島物語を作り上げたのだ、と雄略は思ったのである。

浦島子が死んでしまったという以上、追求は難しかったが、村の長が真相をつかんでいると雄略は思っていた。

翌日、大伴の大連が、村の長は潔白であり、その上何も知らないと雄略に告げたとき、雄略は不本意ながら村の長を許した。しかし、皮肉気味に言った。

「なるほど、それではやはり浦島子は海の底の竜宮城へ行ってきたのかな。大連、我々が行くわけにはいかないものか」

大連は皮肉の響きを解しなかった。

嬉しそうに答えた。

「行きたいものですなあ」

雄略は口をつぐんだ。

昨夜は波の音で眠れなかった、と雄略は思いつつ、松の枝越しに、海を眺めた。波の音を聞きながら、雄略は、見たこともない立派な幾艘もの帆船が近づいたり、遠退いたりしている夢に悩まされていたのである。

今も、庭の端まで歩いていき海原を眺めると、そこには現実には船は浮かんでいなかったのだが、彼は船隊を見ていたのであった。それはかつて宋の使者が語ってくれた大きな帆船であった。貝の肌のように、肉白色にかつ虹色に輝いていた。幾つかの帆船が集まり、重なり、海の水平線の彼方に広がっているのであった。そして、一隻の船が群れから抜け出て、先導するがごとくにも、軽やかに波を滑っているのであった。

雄略は眼を細め幸福な気持になっていった。

……皆、海を越えてやって来たのだ。田狭が、浦島子の彼女が、この豊かな島にやって来たのだ。そして、俺の祖先も？

神武、そしてその祖先たちは何者であり、何処から来たのか？　しかし、それはもはや二義的な問題に思われた。離島からか、天からか、それはこの際、どちらでも良いことに思われた。

そもそもがどちらとも確固とした証拠があるわけではなかったのだ。

はっきりしていることは、九州で力を身につけていた一族が神武を中心に結集し、東進し、大和朝廷を打ち立て、今、その子孫の自分がこの恵まれた島の全体をしっかりと統治している神に似た存在だという事実だけだった。

いってみれば、自分こそが〈神武〉であるのだった。いや、自分こそが〈神武〉であるべきなのだった。

うららかに晴れた、波の静かな日であった。風はほとんどなく、寒さは感じられなかった。ほど良い岩場に腰掛けた雄略に大連が釣竿をもってきて渡した。脇で付き人が餌をつけ、雄略が釣れた魚を取る。だが、釣り上げられた魚に手を触れたりする間にも、雄略は沖の彼方を走る幻の艦隊にうっとりとしていた。そして、口にした。

「我こそは神武なり……あきつしま大和の国　海と山との我が青たける島」

ふと彼は立ち上がった。幻の帆船がまたしても余りにもはっきりと沖合いから此方に近づいてきたからであった。更には、眼を疑ううちに群れから抜き出た一隻が風に帆を大きくふくらませ、ひと際白銀にまぶしく輝き、近づいてきたのであった。

そして、彼は声を聴いた。それは、囁くような、しかし凛然とした神の声であった。

「神の子よ、御足を運ばれたし。我が船に乗り、さらに広き世々を治め給え」

雄略はゆっくりと右手を挙げて応え、その帆船に向かって一歩踏み出した。

幻視と幻聴の世界が大空と青い海の間で突然崩れた。次の瞬間、雄略は浅瀬に転落していたのである。

(25)

その翌年の夏、雄略は五十歳に満たず、病気で意外にあっさりと死んだ。急性の肝臓病が死因であったが、長年にわたる酒と女の嗜みが元にあった。

死に際して、帝というものは民の幸せの為にあると語り、自分の努力もそこにあったと語った。そのような実績や恩恵を感じた人々は少なく、むしろ、その言葉に唖然としたほどであるが、そこに、或る意味では一生懸命であるが、独りよがりであることを死ぬまで止めることができなかった強権の帝の姿を見たのであった。

日本書紀は次のような彼の遺言を伝えている。

「今や、天下は一つの家となり、飯をたく煙は遠く万里に立ちのぼっている。農民はおさまり、平安で、四夷も服属している。これまた天意に日本全土を安寧にしようとする願いがあったからである。自分が心して自分を励まし、一日一日を慎んできたのも農民の為であった。

臣、連、伴造は、毎日、朝廷に参上し、国司、郡司もその都度参集してくれた。自分としては誠意をつくしてやってきた。義において君臣であるが、情においては父子を兼ねているのである。どうか臣連の智力によって、内外の心をよろこばせ、天下を永く安楽に保って欲しい。

病気が進み、意識が不明になって、死の国に行くことになった。人生の常であり、致し方ない。ただ、朝野の衣冠をはっきり定めることができず、教化や政刑について不十分のままであるのが残念だ。

だいぶ歳をとったから若死とは言えまい。体も心も急に力がつきてしまった。

このような愚痴は、身の為ばかりではなく、ただ農民を平安に養おうとする気持からなのだ。その為の愚痴なのだ。

自分の子孫に誰か自分の念願をうけつがせてくれ。天下のために事に当たって心をつくす人間が必要である。

稚姫の子の星川王は、心に悪意をいだき、行動において兄弟の義を皇太子に対して欠いている。昔の人が、臣を知ることは君におよぶものはなく、子を知ることは父におよぶものはない、と言っている。もしかりに、星川王が志を得て国家を治めたならば、かならず、戮辱が臣連におよび、酷毒が庶民にゆきわたる。

そもそも悪い子孫は、農民に嫌われ、良い子孫は、大業を背負うにかなっている。これは自分の家のことであるが、隠しておいて良いものではない。

白髪皇太子は、やがて大王になる地位にあって、仁孝がひろく聞こえている。その行業を推しはかると、自分の志をうけつぐのに不足はない。大連たちは民部を多く持っており、国に満ちている。皇太子と共に天下を治めれば、自分が亡くなっても、けっして心残りとなる事はないであろう」

八月であった。大伴室屋大連と東漢掬直とに遺詔してから、御簾を上げさせ、照り輝く青空を凝視していた。

しばらくして、韓姫の手を求めながら死んだ。一瞬、雄略の顔に微笑が浮かんだのは、若い頃、韓姫のために作った歌を思い出していたからであった。その歌を口にしかけて声にならず瞑目した。

（完）

継体の風のミカド

（1）

風の音がしきりである。波の音でもあった。

ヲオト王（男大迹王）、後称継体天皇は、日本海をみはるかす越前三国の小高い丘の松林の中で、ときおり落ちてくる松の針葉にも意を介さず、秋の陽の中で、独り考えに耽っていた。

西暦五〇六年、ヲオト王の地、越前三国から五十余里離れた大和盆地の中央政府では、小泊瀬尊すなわち後称武烈帝の気ままな治世の垢がたまって動脈硬化を起こしていた。上意下達が行われないのみならず、上の者は国の政治を忘れ、私財の蓄積のみに夢中になり、下の者の間では盗みや暴力が日常茶飯事となりつつあった。誰一人として政府の命令などまともに実行しようとはせず、国の資産は尽き、大赤字の財政をかかえたまま、まもなく政府は分裂崩壊し、日本列島では無政府状態が現出されそうな気配であった。

大和の国第二十五代の天皇とされている、武烈帝の治世は十年経っていなかったが、世の乱れは前代未聞のものであった。武烈帝が無能であっただけでなく、異常な行為が多過ぎたからであるが、豪族たちも世の中の帝不信の風潮を利用して、好き勝手な政治を行っていた。

当時の中央政府の有力豪族には、大伴、物部氏らが居たが、事態を悪くしていたのは、これら豪族たちのやる気の無さが地方にも伝播し、地方の豪族や国造たちまでが朝令をおろそかにするというより、無視するようになったからでもあった。これは中央の豪族たちの懐を徐々に逼迫させることになり、逆に地方の豪族たちに蓄財の機会を与える結果ともなっていた。そして、中央には財産がなくなっていき、朝廷や中央の豪族たちが地方の豪族たちに塩や米や衣類等を無心するという状態が続いて久しかった。

ヲオト王も無心される側の地方の豪族の一人だった、というより、大いに無心されていた者の一人だった。

先ほど読み終わった中央政府の大連である大伴金村の手紙を袖の中に入れたまま、ヲオト王は物思いにふけっているのだが、都の状態は日に日に困難な様子である。

……晩秋の風、身にしむ頃となりました。お互いに最早中年ともいえない歳にある体、風邪などひかぬように心がけましょう。

一昨日、貴殿よりの塩五十俵受け取りました。有難うございます。

お礼に絹一匹を貴殿に賜るよう帝より言いつかっております。塩五十俵に対して絹一匹とは貴殿の意にそわないところでしょうが、ご勘弁のほど。

さらにまた、帝よりのその賜り物についても、今すぐに差し上げるべきものを、政府の財政状態はそれすら行いがたい有様です。
貴殿への下賜の品なる絹物すでに数匹となるも、皆数年前からの不履行となり、誠に申し訳なきことです。かねがね申し上げてもおりますが、何か貴殿のお望みの事があれば、お伝えください。小生個人にて果たせるものでしたらお役に立ちたいと思います。

政府は何とかしなければなりません。しかし、帝は相変わらずです……

金村の手紙は護衛の者たちによって守られた采女の手によって都から運ばれてきた。そして、最初の采女からそうであったように、今度来たその采女も、ヲオト王に仕えるようにとの大伴金村の言葉を伝えた。そのようにしてヲオト王に贈られた采女は、十人になる。その数が塩や米を中央の朝廷に寄贈した回数と同じであることにヲオト王は苦笑した。
使い古した采女を下賜するという風潮が何時頃から盛んになったのかヲオト王は知らないが、多分、現在の帝の時代になってからだと思うし、それを率先して行ったのは金村ではなかったか、とヲオト王はかねがね思っていた。と言うことは、帝の後宮千人を作ったのも、もとは金村であったかも知れないということであり、帝の精神を狂わせたのも金村ではなかったか、という気がしないでもなく、金村が政府の危機の元凶を現在の帝の人徳の欠如や乱行に見て嘆くとき、しかしそれは、自身の不手際を悔やむのにも似て思われ、いささか滑稽に感じられた。

ヲオト王が金村に会ったのは五十六歳になる今日までに二度である。最初に会ったのが八年前、ヲオト王が大和に朝見したときのことであり、二度目は四年前金村がヲオト王の地、三国に遊びに来たときのことである。

金村は気性の激しい、同時に策謀好きの男であり、それに対してヲオト王は外見おっとりとした風の人柄であったが、不思議と馬が合うようであった。というより、金村の方が一方的にヲオト王に惚れていたようだ。その理由はヲオト王の財力であり、同時に、茫洋とした風貌の底で何を考えているのか分からないヲオト王の、腹の内という奴であったかも知れない。実際、ヲオト王は金村の数回にわたる無心に対して平然と協力を続けてきていて、愚痴も要求も述べなかったのである。

何故の協力か。友情か野心か。そして、もし野心という奴があるとするならば、それこそが金村の気を引くものであったかも知れない。

(2)

金村から贈られてきた采女は、大抵の場合、一か月もすればヲオト王の土地の者にくれてやった。ヲオト王は自分の身辺が化粧の匂いで満ちているのを好まなかったのである。だが、当初の一か月ぐらいは新来の采女を手元に置いておいた。というのも、彼女らは都の現在の姿、特に中央政府内部に於いての新しい情報を教えてくれるからであった。

昨日来た采女は朱姫と言った。吉備の出だと言うがやや年増であり、宮中のその辺に於ける手持ちも大分乏しくなったのかと思わざるを得なかった。体に瑞々しさが足りないようだ。しかし、歳の分だけ気は廻るようで、都の話でもすれば面白いのではないかとも思われた。

やや傾いた陽の中で立ち上がり、そろそろと小山を下り始めた。下方の屋敷の中の一部屋に淡い灯火が点ったが、どうやら朱姫の部屋のようであった。腰でも揉ませよう、とヲオトは思った。

「大伴の大連におかれましては、主様に対して誠に申し訳ないとの気持がお強いのです。私めにも申しておられたのですが、もし、主様に何かご所望のものがございますれば、それを大連に伝えるようにとのことで、さすれば大連としても、主様のご所望にかなうべく尽力したい、とのことでした」

朱姫は、ヲオト王が山から降りてきて足を洗い、朱姫の部屋を訪れ按摩を命じると、慣れた手つきでヲオト王の体を揉み、ヲオト王を喜ばせたが、しばらくするとそんなことを口にした。

「うむ」

とヲオト王は軽く呻いたまま伏せていたが、

「帝は元気なのか」

と聞いた。

「……」

「評判が悪いな、あの人は」

「畏れ多いことですが……」

「うむ。しかし、巷で流布されている噂は、ひど過ぎるぞ。ついこの間も、このようなことを聞いた。つまりな、女たちを素裸にして板の上に座らせ、馬を連れてきて、女たちの前で交尾をさせて見せた。女の局部を見て、興奮して濡れている者は殺し、濡れていない者は女中にした。

それは本当にあったことなのか？」

「本当だと言います。しかし、その女たちは罪人だったのです」

「罪人？　うむ、そうだろうな。が、それにしても、評判の悪い裁きだな。どうも評判の悪い裁きが多く、刑罰の性格が帝の名を傷つけているのだ。

妊婦の腹を割かせ、胎児を取り出してみる、というのも、やはり相手は罪人だというが、どうもいかん。要するに趣味の問題かも知れんがな。

金村の大連どのはそういう裁きを止めないのかね」

「大連には無断で行うのですから」

「うーむ」

ヲオト王は余り多くは人の悪口を言わない性質だったし、そういった種類の感情も表には出さないのであったが、武烈に対する軽侮感を腹の中にしまっておくのは難しいと思うのであった。一種の嫌悪感を伴った軽侮の気持は、八年前に都に出て初めて武烈に会ったそのとき以来のものであった。

もちろん、ヲオト王が武烈に会った頃は、武烈も即位したばかりであり、悪行の風聞も今ほどは多くなかった。しかし、その元凶はすでに先天的に現れていたと言うべきかも知れない。武烈は気性激しい暴君で知られた雄略天皇の孫に当たったが、武烈には雄略の持っていた異常な加虐性の血が流れていたともいえる。ただ、雄略が即位するに当たって、兄弟親族を自分の刀にかけて倒した言わば実力者であったのに対して、武烈は坊っちゃん育ちのまま天皇にされた。雄略の暴力が、ときには自己の生死にかかわるほど抜き差しならないものであったのに対し、武烈のそれは子供の異常な質の遊びの延長にも似ていた。

人並みはずれた自尊心の強さと気位の高さは共通していた。

大伴金村につき添われて引見したとき、武烈は未だ二十歳前後であったろう。疑わしそうな眼でヲオト王を見た。何をしに現れたか、と言った表情を隠さなかった。

「三国……北の庄の地の者か……遠方からわざわざ……」

などと厄介げにも口にしていた。

金村がヲオト王の塩を中心にした貢ぎ物の内容を読み上げたときも、無関心を装い、つまらなそうに聞いていた。

武烈は冷淡な態度の内にも、しかし、そわそわした気持を隠せず、きょろきょろと辺りを見渡していた。自分の敷いている敷物にも手をかけて眺めたり、脇の従者どもの敷物に眼をやっていた。何かをヲオト王に下賜しようとしたのであろう。が、結局、何も出てこなかった。

「ご苦労」

とだけ言った。素っ気ない言い方であった。厄介者を追い払うような感じですらあった。

ヲオト王が武烈を嫌ったのはそのときの武烈の冷淡さが原因だったとは、しかし、言えまい。むしろその後に現れてきた奇怪な悪政、飢える民を無視したような暖衣飽食、酒池肉林の生活態度がヲオト王の武烈嫌いを募らせていったと言えよう。

とはいえ、そのときヲオト王に与えた武烈の印象は今日の武烈の有様を予想させるものではあった。病的に神経質でかつ極度に高慢ちきな武烈の顔であり、気は張りながらも方向性を失っている感じであった。故知らぬ苛立たしさに追われていて、しかし為す術を知らない不幸な精神状態のようであった。野心は強かったであろう。だが、利己主義的で他人の心をいたわらない性格が、私財を貪ることと享楽を追い求めること以外のものを見出しえなかったのだ。

（若造だ）

ヲオト王は口には出さなかったが、心中軽蔑した。

（献上した塩の有難さ、貴重さ、そして民の痛みを知らない無能な帝だ）

越前三国の地の茫洋とした風貌のこの豪族は、都に住む者たちにとっては人の良い心豊かな男にも思われたが、その実、大王一族の没落を冷ややかに眺め通していたのであった。

（3）

第十五代天皇とされる誉田別尊《ホンダワケノミコト》、後称応神天皇死後百数十年を経た第二十五代目天皇武烈の治世、確かに大王家は瀕死の状態にあった。母親に朝鮮出征で名高い神功皇后を持ち、自身大いに勢力をふるったとされる応神天皇の後、その息子の徳の仁徳とか、数代後の武の雄略とか言われる天皇が出て、大王家を保ってきたが、雄略の後、その武力による統制の無理が出たか、一気に権威も実力も落ちてしまった。

雄略が即位に当たって多くの皇族たちを滅ぼしてしまい、後継の人材を乏しくしてしまったからでもあるが、八年前に武烈が皇位に就いたときも、大伴金村の手を借りて、大臣の平群真鳥《ヘグリマトリ》と争い、やっとのことで大王家の面目を保つべく皇位に就くことができたのである。大伴金村が武烈を押し立てなければ、雄略天皇以来大臣だった平群真鳥及びその子の鮪《シビ》が大王の位を奪っていたかも知れないのだった。

その頃、平群真鳥は完全に大王家を馬鹿にしてしまっていた。先帝の仁賢天皇が崩じた後も、皇太子だった小泊瀬つまり武烈の大王即位をすぐには実行しようとしなかった。

「大王家も落ちたものだ。こんなひよっ子しかいないとは」

彼はそう思っていたし口にもしたのだ。が、大王家を飾り物同然のひ弱なものにしてしまったのは、雄略以来四代の天皇の大臣として仕えてきた真鳥自身の政策の結果でもある。

彼は、

「小泊瀬の尊に大王家の皇位を継がせねばなるまいのう」

と人には語りながらも、諸豪族の動きを見つめつつ、何やら迷っている様子なのであった。


真鳥が皇位を奪うのではないか、そんな噂も流れ、それは三国のヲオト王のもとにも伝わってきた。

「なるほど」

ヲオト王はさして驚かなかった。もともと、先々帝（顕宗天皇）にしても、先帝（仁賢天皇）にしても、都に皇種が尽きるのを恐れて、真鳥が雄略帝の生前、雄略の意を受けて、田舎から引っ張り出して育ててきた皇孫なのである。両帝とも、雄略が即位に当たって争って殺した従兄の市辺押磐皇子の遺児たちであった。

大王家に尽くしてきた真鳥が、最後になって、仁賢天皇の子供の頼りない武烈を見て、自身が皇位に就こうとする野心を抱いたとしても不思議ではない気がした。

だが、真鳥は失敗した。大王家や武烈を馬鹿にして、甘く見過ぎ、真鳥の野心を可としない大伴金村らが武烈と手を組むとは思わず、武烈をからかい過ぎ、墓穴を掘ったのである。

真鳥の腹は、まず、武烈および大王家の無力さを世間に知らせることであった。そのことによって、武烈に即位を断念させ、同時に世間にも真鳥の即位を納得させることであった。そして、その為に、新しい朝廷の館を造らせた後、武烈には住まわせず、自分が殊更に使って平然としていたのである。武烈はほぞを噛んで口惜しがったがどうすることもできなかった。

次に、武烈が婚約を望んでいた大連の物部の娘、影媛を自分の息子の鮪に横取りさせた。その日、武烈が影媛に会うために、予め約束していたつばき市の歌垣の場に夕方に行くと、鮪が来ていて、影媛を体で隠したのであった。

潮の瀬の波折り見れば遊び来る鮪がはた手に妹立てり見ゆ
（鮪よ、お前の横に私の恋人がいるねえ）

と歌ったところ、鮪が答えていわく、

大臣《おみ》の子の八重や韓垣ゆるせとや御子
（大臣の子の私の頑丈な垣をほどけとおっしゃるのですか。お坊ちゃん、難しいことですよ）

武烈は怒りを覚えたが、我慢して歌った。

大太刀を垂れはき立ちて抜かずとも末果たしても会わんとぞ思う
（私は大太刀を腰にしている、だが、太刀は抜かなくても、何とか影媛に会うことにしよう）

鮪は馬鹿にしたように歌った。

大君の八重の組垣懸かめども汝を編ましじ懸かぬ組垣
（大君の立派な組垣を造りたいのでしょうが、お前さまには造れますまいよ）

武烈は答えた。

臣の子の八節の柴垣下動み地が震り来れば破れむ柴垣
（臣の子の頑丈な垣でも、地震が来れば壊れるものだ）

何のために鮪は邪魔をするのであろうか？　単なるからかいであろうか？　それとも深い意図があるのか？　良い加減にしてくれないか、と苛立ちながらも、影媛への恋歌を詠じた。

琴がみに来居る影媛　玉ならば　吾が欲る玉の鮑白珠

（そこの影媛は、もし玉にたとえるならば、私の好きなあわびのしらたまなのだ、私に渡してくれ）

だが、またしても、そして決定的に鮪が入ってきた。影媛の返歌だとして次のように歌ったのである。

大君の御帯の倭文《しつ》服結び垂れ誰やし人も相思わなくに

（相手が大君で立派な服を着ていようと、誰だろうと、私は愛していませんよ）

武烈は振られたのだ！

鮪は侮るように武烈を見て、それから影媛と親しく体を寄せ、手を組み、ともども笑い合いながら武烈から去っていった。

鮪は影媛と通じていたのだ！

この侮辱に武烈は耐えられなかった。彼は大伴金村のところに出かけていき、平群一族を呪い怒った。そして、その夜、金村は重大な決意をした。つまり、平群真鳥との戦いを決意したのである。

ヲオト王は、歌垣のくだりを聞き、それを思い出す度に、武烈を哀れにも思うのだった。そこには暴君の武烈の姿はなく、無力で、痛々しい少年の姿があるだけである。武烈の不幸、そして狂気への道はその失恋から始まったのではないか、とさえ思う。武烈は後宮一千人をかかえながらも影媛を忘れることができなかったのではないか、と。しかも、更なる武烈の不幸は、その夜、金村に手助けされ鮪を殺した後、影媛自身が鮪を深く愛していたという事実を知ったことである。

影媛は鮪が殺されたと知って嘆き、

「くやしきかな、今日、我が愛しき夫を失いつること」

と言い、鮪が殺された奈良山の場所まで泣きながら歩いていき、死体を埋葬したのである。

そのときの彼女の悲しみの姿を伝える歌がある。

石の上布留を過ぎて、こも枕高橋過ぎ、物さわに大宅過ぎ、春日春日を過ぎ、妻隠る小佐保を過ぎ、玉けに飯さへ盛り、玉もひに水さへ盛り、泣きそばち行くも　影媛あわれ

彼女の歌もある。

あをによしならのはさまに鹿じもの水漬く辺ごもり水そそぐ
鮪の若子を漁り出な猪の子
（奈良山の谷間に眠っている鮪を漁りだすようなことはしないでください、猪の子よ、御子よ）

（4）

ヲオト王の腰を揉んでいた朱姫の手を握るとヲオト王はそのまま朱姫を抱き寄せていった。

「あれえ」

などと朱姫は声をあげたが、歳に似ぬヲオト王のたくましさに喜んでいるようでもあった。

丘陵と屋根を渡る風の音が強くなったようだ。冬の近づきを覚えていた。日本海の海鳴りにもそれを感じる。

「帝のお命は長くないと言われております」

やがて、朱姫が低い声で言った。

「病気か。ふむ、何の病だ？」

「脳梅のご様子です」

「脳梅……八年前から脳梅だったのではないのか？」

朱姫はそれには答えなかったが、しばらくして、

「お世継ぎが居られない、と金村様が嘆いておられます」

と呟いた。

「……」

ヲオト王は、一瞬、心と体の震えを覚えた。何故か？　彼はそれをいぶかしく思ったが、同時に、彼にはその理由が分かっている気もした。

「どうするつもりだ、金村様は？」

奇妙に上ずった声が出た。

朱姫は返事をせず、伏せたまま、頭を少し傾けたのみであった。


ヲオト王はそっと立ち上がり、部屋を出た。長い廊下を歩き、書見の間に入った。灯火を点すと大きな机の前に座り、脇の箱の中から綴じた書き物を取り出し、それを開きじっと眺め入った。

彼の出自を記す父方の系図である。それは男系として途切れることもなく誉田別尊つまりは応神天皇に続いていた。彼は応神帝の五世目の子孫ということになる。

誰がそんな悪戯の系図を作ったのだ？　悪戯……？　人はそう言うかも知れない。だが、少なくとも自分が作ったものではないことは確かだ。母かも知れぬ、とも思う。自分が物心つく頃にはもう他界していた父を美化して、自分のために作ってくれたのかも知れない。自分を励ますために？

美化？　何とも言えない。自分が分かっているのは、見たこともない父について尋ねたところ、母がその系図を渡してくれたということだけだ。

ヲオト王はその系図について長い間誰にも語らなかった。が、彼は誰にも語らなかったその事を、四年前金村が三国に遊びに来たとき、口にした。

大分飲んで酔っ払っていたが、ヲオト王はこんなことを語ったのである。

「昔、平群真鳥が市辺押磐皇子さまの遺児たちを奉り、今から三代前、二代前、の帝としたのは分かるようで分かりませんな」

「何故だ？」

「他にも皇族は居られましたろうに、わざわざ田舎から探し出してきて……その遺児たちを育てられた四代前の白髪武広帝の心も分かりませんが……ご自分の父君の雄略帝が市辺押磐皇子様を殺害したことに余程心を痛めておられていたのでしょうが……」

「ふむ。しかし、他に良き皇族が居られなかったのよ。枝葉ばかりじゃったわけだ」

「枝葉ばかり？　なるほど。で、現在は如何なりましたかな。帝にお子ができず、お悩みのご様子ですね」

「枝葉ばかりの模様じゃ」

「枝葉の競争ですか」

「さよう」

「わ、わしもれっきとした枝葉ですぞ、大連」

「するとお主も次の帝になる資格があるわけだ。わっはっは」

「わっはっは」

「で、どの帝の末ですかな」
「誉田別尊の君（応神天皇）の直孫」
「また、それはデカク出たな」
「わっはっは」
「では、わし金村は神日本磐余彦尊（神武天皇）の直孫ぐらいで名乗り出るかな」
「わっはっは」
「わっはっは」

そのときは互いに笑い飛ばしてそのままになった。だが、ヲオト王は時々考えた。大伴金村はそのときの話を覚えているだろうか、と。そして、その話を如何に思っているだろうか、と。

（5）

ヲオト王は物心ついてから、母の実家、つまり現在住んでいる越前三国の地で育った。母は美しい女性であった。その美しさを見初めて夫人に迎えたのが、近江の皇族の彦主人王（ヒコウシノキミ）だが、ヲオト王が生まれて間もなく死去したため、彼女、振姫は三国に帰ってきてヲオト王を育てることになったのである。

したがって、自分の父に関することは、ヲオト王はすべて母から教えてもらったのである。

「彦主人とはどんな人？」

「偉い人です」

「どんなふうに偉いのですか」

「誉田別尊の大王の四世の末です。お前は五世です」

「……」

幼いヲオト王は、良く分からないまま、小さな肩をそびやかして喜んでいた。


だが、それ以上にはヲオト王は皇族だった父方の実家に興味が持てなかった。夫が死んだ後、三国に戻ってしまった振姫に対して父方の実家が冷たくなりがちだったのは、自然の成り行きだったろうが、父方の実家は血筋は高貴なのかも知れぬが、経済的実力はなく、やがて政治力もなくなっていったようで、ヲオト王が生きていく上で何の興味も実益ももたらしてくれそうにはなかったのである。

ヲオト王は母方の実家側での寵児たらざるをえなかったたし、また寵児たりえたし、現に、母方の実家が有していた三国での経済力をヲオト王が広げていったのでもある。三十代の頃には、越前で一、二を争う塩商人になり、かつは日本海側での大きな交易商人になっていたのだが、同時に地方政治家でもあったわけで、つまりは、越前での政治・経済を牛耳る大豪族になっていたのである。

だが、彼の経済力や政治力が飛躍的に伸び、中央との結びつきが深まったのは、平群真鳥が武烈と金村に攻められ、自分の館で殺されたとき、数多くの塩田を呪った中で、敦賀湾の塩だけは呪わなかったという不思議な事実以後であった。

「この後、宮廷には塩の得られないように、祟りあれ」

と真鳥は呪い、狂ったように四方を指して塩田の名前を口にしていったのだが、敦賀の名前だけは出さなかった。そして、それ以後、ヲオト王は宮廷御用達の塩商人として莫大な利益を得るようになったのである。

何故、敦賀の塩田は呪われなかったのか、それは単なる偶然によるのか、それとも他に特別の理由でもあったのか、真相は謎であったが……


ヲオト王は燈の下で系図を眺めなおした。ずっと男親の線でつながっている。まさしく応神帝の直系ではないか。彼はその家系について真偽を確かめたことがなかった。確かめたところで何になろう、と思っていたからである。その家系図は皇族夫人だった母親から与えられたもので、それを以って真とする以外に何が必要であったか。

だが、今になって、彼はいささか自分の不精を後悔しないではない。

彼は筆を取るとその系図を写し始めた。そして、相当の時間をかけて二つの写しを取り終わると、舎人を呼び出し、一通を手渡しして言った。

「近江に行き、この系図が正しいか如何か調べてこい。正しくないものを正しいとしてはならぬ。また、証人を必ず記し、認めの印を取り、後日の証となるようにしておけ。一か月以内に調べ終えて戻るが良い」

今一通の写しを彼は白い紙で包むと、その表に大連の大伴金村さま用と記し、それを原本と一緒に文箱に仕舞った。

一体、自分は何をしようとしているのであろうか？　部屋の燈を消し、廊下に出ると、彼は自分の所作にいささか戸惑いを覚えた。系図を金村に見せてどうするというのだろうか？　帝の位に就く？

彼はぎくりとして足を止め、廊下の闇を窺っていた。あたかも其処に、彼の野心を盗み見して、早くも彼を害さんと忍び入った刺客が潜んでいるのではないか、といった風に。

戸締りを厳重にせねばならぬ。館の警護人を増やそう。彼はそう思いながら、彼の正室である尾張連の娘、目子媛とその子供たちの居る棟へと続く長い廊下を歩いていった。

（6）

時間の問題だ、と金村は思っていた。武烈八年目の秋、現体制では大和朝廷の維持は無理だ、と彼は思った。

八年前彼は、皇位を狙った大臣の平群真鳥を倒し、武烈時代を樹立した。だが、武烈が即位して八年目、国の経済は日に日に難しく、かつ帝の権威も信望も地に墜ちた。そして、遂にここ一年、帝の病は重くなり、金村も補佐しきれない状態になってしまった。

いつから武烈は狂ってしまったのか？

最初からだと言えば言えたかも知れないが、異常の種類と度合いが年を追うごとにひどくなっていったと言える。もはや、廃人である。その廃人を帝として担ぎ続けていくにも限度がある。

一か月間、奥から出てこない。奥で昼夜の区別なく女と戯れ、酒に酔いしれている。

二日前も、奥から出てきたと思ったら、何たることか、素裸で四つん這いになり、これまた素裸の女の馬になり、尻を叩かれ出てきたのだ。金村は咄嗟に我を忘れて女を殴り倒し、次いで刀で切り捨てると同時に武烈を奥に追いやり、戸を閉めてしまった。

帝は死んだ方がいい。実際放っておけば扱いによっては死ぬのだ……金村は、もう長い間、その思いを抱き続けていた。

が、問題は次の帝を誰にするかということなのである。

知性も品性も無い、もちろん力も無い皇族たちが周りをうろついていた。彼らは帝が健在なときは、乞食や泥棒のようにこそこそと、しかし厚かましくも宮中に出入りし、金品を持ち去り、帝が倒れそうになると死臭を嗅ぎつけて群がる野の獣のように、野心に眼を光らせて寄ってくるのだ。

自分が平群真鳥の轍を踏まないことだけは確かである、と金村は思った。自分自身が皇位に食指を動かすと、第二、第三の金村が皇族内の誰かを押し立てて、自分の失脚を狙ってくる。

それにしても、と金村は悩む。大和朝廷を立て直すのに適した帝の候補者はいないものか、と。武烈は死ぬべきだし、まもなく死ぬだろう、それで良いのだ。場合によっては自分の手で、女か毒でも使っていいとも簡単に……だが、次の帝は？

師走に入ったその日、夕方から雪がちらつき始めた。宮中から自宅にひきあげた金村が、庭を眺めながら、熱い酒でも飲もうかな、と思っていると、越前のヲオト王からの使いの者が来ているというので、中庭に通した。朱姫が供の者に酒樽を持たせて立っていた。

「おう、朱……姫ではないか、越の酒を持ってきたようだな。丁度いいぞ」

金村は顔をほころばせた。

「朱姫、元気だったか。何かあったか？」

朱姫はひざまずき一通の書状を差し出した。

「うむ」

だが、封を開くと、そこには一通の系図が入っているだけで、手紙らしいものは添えられてなかった。

何だこれは？　と金村は思った。

最近、系図を持ち込んでくる皇族たちが少なからずいて、それは現在の帝の終末を見てのことだと思われたが、ヲオト王と系図とはどうもぴんと来なかった。しかし、系図を見ているうちに金村の顔は徐々に厳しいものになっていった。ヲオト王、越前第一の豪族、応神の五世孫、か。

金村は系図を折ると、そっと懐に入れた。しばらく思案顔をしていたが、朱姫に聞いた。

「主は何か言っておらなんだか。お前の使いの役目についてだ」

「返事を貰ってくるようにとのことでございました」

金村は眼をむいて怒鳴った。

「返事？　何の返事だ？」

「存じませぬ」

「存じませぬ？」

金村は今一度封の内外を確かめて、何か記されているものがないかを見たが、何もなかった。金村は朱姫の顔を睨んでいたが、

「ふむ」

とつぶやいた。それから
「四、五日滞在しておれ」

と言った。

強欲めが、と金村は思った。しかし、早速に酒樽の栓を開けさせ、盃についだ越の酒を口にし、曇り空から落ちてくる白い雪が庭の紅白の山茶花に積もっていくのを眺めていると、微笑がこぼれてき

た。

「雪見酒とは良いものよな」

と脇に侍った朱姫に言った。

「年暮れて、越の酒見ゆ。越の酒良し、新しき年良し」

三日後、武烈帝が崩じた。病名は判然としなかったが、深酒の翌朝、臥したまま起きることがなかったのである。二十八歳であった。

（7）

帝の位に就いてみたい。ヲオト王は少年の頃ひそかにそれを夢想したことがあった。力と知恵を備え、大和朝廷を盛んにしたという自分の祖先の応神帝のような大きな人間になってみたい、と。それが夢想であることを、青年、壮年になってからはずっと知らされてきたのだが……しかし、今、老年に至り、その事は何やら夢想ではないものにも思われてきたのであった。

丘陵に登り、二十年前に亡くなった母親の墓前に立ち、そんな憧れを自分に抱かせてきたのは母親の影響だろうと思いつつ、十二月にしては珍しく晴れた日本海の海原を眼下にしていると、都の金村からの使いの者がヲオト王の家中の者に案内されてやって来た。

その男の顔の表情を見たとき、ヲオト王は重大な予感を覚えた。

「ヲオト王にございますか」

男は体を低くして、ほとんど丘の斜面に頭をつけんばかりの姿勢で言った。

「そうだ」

「大伴の大連さまの舎人、河内の荒籠《あらご》と申します。大連さまの命により参りました」

「何用じゃ」

荒籠はヲオト王を仰いで言った。

「館に戻られてからお伝え申し上げたく」

「何故だ？」

「……」

荒籠は返事をしなかった。

ヲオト王はゆっくりと丘を下り始めた。

そうか、と思った。やはり重大なことらしい。帝になれるのかな、いやいや、逆に妙な野心を持つなということなのかな。せめてもの連への仲間入り？　それとも朱姫のこと？　朱姫が未だ都から帰ってこない……

荒籠は目配り鋭く、頑強な体つきの男であったが、ヲオト王の館内の庭に入ると、周囲を吟味するように眺め、口をきかず、黙ってヲオト王の後ろについて歩いた。出迎えた下女に足を洗ってもらい、長い廊下を渡り、奥まった一室に入った。

向かい合って座ると荒籠は、深々とヲオト王に頭を下げた後、腹巻から丁寧に金村からの書状を取り出した。


——帝が一昨夜お亡くなりになりました。急いでこの手紙をしたためております。

後継者が定まっていないので色々と荒れることが予想されますが、貴殿よりの系図を拝見しますに、貴殿は充分に新しい帝になられる資格を有していると思われ、小生としては貴殿を推薦したい所存です。このような国家存亡のときに当たり、貴殿よりの勇気ある系図の提示、誠に有り難きことです。


正直申し上げて、五世孫というのはそれほど皇室に近い系統ではなく、血統的に申せば、貴殿より近き方々も居られるわけですが、しかし、この際は現皇室に血統的に近いことがかならずしも絶対ではありません。

貴殿もご存知のように、皇室は経済的には火の車、精神的には荒廃、人材的には小人のみということで、この際、大いなるてこ入れが必要であり、貴殿の如き大人物が皇位に就くことにより、皇室の存続発展も望めるというものです。

この手紙を書きながら小生は、貴殿が皇位に就くものと最早決めているのですが、その際、如何して人心をして平穏に治め得るかということも実のところ考えざるをえず、で、唐突ながら、貴殿がご就任の暁には、前王の姉君、すなわち手白香皇女《たしらかのみこ》を貴殿の皇后として迎え入れていただきたくお願いする次第です。

使いの荒籠は、当代一のつわものにて、小生および貴殿に対して誠意を尽くすこと、三国の浜に寄せる波が一日たりとも休むことなく続くがごときであり、行く末には連の列にも加わるべき者ですので、ご信用くださり、貴殿のご意見なり、質問等を率直にお聞かせください。

なお、万一の場合に備え、貴殿の地方にて、軍備を整えることをお勧めいたします。その事情はともあれ、近年、物騒なる世相と相成っていることご認識の通りです……

（8）

朝廷の正式の使者が、皇位就任依頼の役目を帯びて、三国にやって来たのは、一か月後の翌年一月初めのことであった。

ヲオト王は、

（性、慈仁にして、孝順。天緒つたえつべし。ねがわくは、ねんごろに勤めまつりて、天業をさかえせしめよ……

枝孫をくわしくえらぶに賢者はヲオト王のみと言うべき……)

等々の朝廷の評議によって第二十六代の天皇として白羽の矢を当てられたのである。

実は、彼の以前に今一人の別の候補者が丹波の国に居た。応神天皇より一代前の仲哀天皇の五世孫で、倭彦王と言ったが、彼は朝廷よりの使者が物々しい軍隊に満ちていたので、逃げて姿をくらましてしまったという。世人には合点の行かないところでもあったが、大伴金村の演出だった。彼としては倭彦王を皇位につける気持などは最初から持っておらず、ただ次にヲオト王に就任の機会を与えるために、系図上では前帝の武烈に近くもない倭彦王を持ち出したわけで、逃げるようにさせたのも金村だったのである。

が、それにしても、確かに朝廷の使者の一行は、いささか異常な物々しさで三国にもやって来て、朝廷の真意を疑わせるものではあった。神輿に天意の旗をなびかせ、軍兵五百人でそれを取り囲んでいる姿は獲物狩りをも思わせるものだった。

ヲオト王は見張りを国境に出しておいたが、その者たちの報告によれば、朝廷の使者はまるで侵入軍のような装いや雰囲気であり、用心すべきだということなのである。彼らは本当にヲオト王を皇位に据えるつもりなのか、もしかしたら捕らえて幽閉か、殺したりもするつもりではないのか、と言うのである。彼らの本当の狙いは、皇族関係の皇位継承有資格者の全てを亡き者にしてしまい、最終的には臣や連から大王を選ぶことにあるのではないか。金村とて完全には信用できる人間ではあるまい、いや金村こそ皇族以外では皇位継承の最有力者ではないのか？　丹波の倭彦王が姿を消してしまったということも解せないことだ、と言うのである。

和戦両様の構えを取らねばなるまい、とヲオト王は思った。もっとも、軍備に関しては、十二月に荒籠が持ってきた金村の手紙の忠告に従って、越前一帯に規模二千人余の兵を整えていた。それは弱体化した中央政府など一押しすれば崩れさせ得るものであったが、彼が認識せざるをえなかったのは、

（今、自分を守るには軍事力が必要だ）

ということであり、

（今、天下を治めるにも軍事力が必要だ）

ということであった。

それは、

（天下を治め得るのは人望である）

という彼の信念や発言にもかかわらず、採用せざるをえない現実であったのである。

軍を整備しておいたので、朝廷の使者が五百余の兵を連れてやって来ていると聞いても、怖れはしなかった。それならば、と彼は思った。こちらも軍隊によって出迎えてやろう、いや、ひとつ度肝を抜いてやろう。

朝廷の使者が到着したとき、彼の館は二千の軍兵により粛然とした雰囲気で守られていた。使者は自分の五百の軍をはるか後方に置きやり、ヲオト王の兵たちの中を少数で恐る恐る半キロも歩いていかねばならなかったのだが、さて館の前庭には、ヲオト王が陪臣たちを従えて自若として床机に腰かけ、寒さしのぎの焚き火を盛大に燃やして待っていた。

「ご苦労ですなあ」

とヲオト王はまず言った。

使者は小者ともいえた。大臣でもなく大連でもなく、三人ばかりの臣、連たちであった。

都を発ったときの高慢ちきな貴族顔も、一月の越前の寒さと大部隊の威容とヲオト王の悠然とした態度の前ですっかり変わってしまい、へりくだった態度で頭を下げ、迎えにきた趣旨を述べた。

「それは、それは」

とヲオト王は初めて聞くようにも大仰に言った。

「誠にご苦労な話。しかし、にわかには信じがたいことにて」

三人の使者の顔を眺めていると、実際、彼には信じられない気がしてくるのでもあった。大臣か大連が来てもいいのではないか、と思った。

「金村殿は来られないのかな」

と口に出してしまった。

「都にてお待ちしています」

三人は答えた。

都か、とヲオト王はかすかな冷笑を浮かべた。彼は都に入る気はなかった。帝になったとしても、今の都には入らない。荒廃し、卑しい皇族どもが屯する大和盆地に身を置く気はないのだ。それは、ここ一か月の間に考えていたことでもある。

では何所に都を置くのか？　まずは、応神天皇時代に都があった河内か山背あたり。其処を新政府の居場所とし、人心の一新を計り、現在の腐敗した宮廷政治とは訣別せねばならない。

「私どもが警護し、都にご案内いたします」

三人の使者は言った。

警護？　ヲオト王は苦笑した。それも彼には不必要なことであった。彼には屈強な二千人余の兵があった。そして、彼が都に移動する際は、その兵の大半を引き連れていくつもりであった。


ヲオト王の希望で荒籠が招かれた。そして、ヲオト王と腹を割った話をした。三日三晩、ヲオト王は荒籠に色々なことを確認した。特に、都における大臣、大連他の実力者たちの気持とか立場についてである。財政状態についても突っ込んだ話をした。三日目、ヲオト王は言った。

「よし、分かった。荒籠よ、世人いわく、貴賎を論じるなかれ、ただ、その心をのみ重んずべし、と。それは、けだし、馬飼いの長、荒籠、汝のことであろう」

（9）

ヲオト王の妃にと金村が推した手白香皇女は、仁賢天皇と皇后春日大娘皇女との間に生まれた三番目の娘、即ち、武烈天皇と父母を同じくする武烈の姉である。

武烈は第六子であって、手白香皇女からすると五歳年下の弟になる。愚かな弟であり、困った帝であったわけだが、可愛くもあり、恐ろしくもあった。

手白香皇女は、武烈が崩じたとき、すでに三十三歳になっていた。彼女は若いとき、皇族の一人と結婚したのだが、相手はすぐ死去してしまい、以後寡婦であった。再婚しなかったのは、適当な皇族の相手が居なかったからであるが、同時に名門の豪族たちも武烈とのかかわりを避けていたからである。

乱れきり、低質化していた皇族たちの中で、しかし、一番聡明できちんとした生活を保っていたのはこの独身の手白香皇女であったかも知れず、彼女が皇族間での相談役とかまとめ役の役割も担っていたのである。

近年、大伴金村が皇室関係の問題で、相談相手の一人に選んでいたのも彼女であった。それは彼女が独身で、親族たちをからめた複雑な利害関係をあまり多く持たないという理由にもよっていたが。

金村からヲオト王の話を持ち出され、ヲオト王の皇后になってもらえまいかとの内密の相談を受けたとき、頭の良い彼女は金村の考えている新体制というものについてすぐに察しがついた。

武烈に子は無く、男兄弟も無かった。女の姉妹とその配偶者たちが居たわけだが、配偶者たちは無力であったり、特定の豪族との血縁関係が強すぎたりした。この際、血筋的には名門貴族とは直接的な繋がりは持たず、中立的な色合いを持ち、しかも傾いた朝廷や皇室を立て直すのに相応しい人格と実力を備えた人物の登場が望ましく、その意味ではヲオト王は申し分ない人物に思われた。とはいえ、皇室の血は絶対なのである。いかに応神帝の直系とはいえ、五世孫とは遠すぎる話ではないか。身内の血が欲しい……


「政略結婚ですわね」

手白香皇女の返事を待って顔色をうかがっていた金村に、彼女は皮肉っぽく言った。

金村は一瞬困った顔をして、面を伏せていたが、次いで、溜めていた息を大きく吐き出しながら答えた。

「大、大政略結婚です」

田舎育ち、しかも五十六歳の老人である。その相手と結婚してくれと言う。何の夢があろうか？だが、政治家金村の惚れている相手であり、皇位を継ぐのに相応しい人物であるという。神妙な顔をして手白香皇女の承諾を待っている金村の態度を見ているうちに、彼女は突然可笑しくなって笑い出してしまった。

「どうしたのですか、姫」

「だって、そんなお爺さんと結婚するなんて……、男の人とか、政治家とは変わったことを考え出す人種ですね」

「すみません。世の中を治めていくため、皇緒をつないでいくための精一杯の知恵なのですが」

「私はそのための道具ですか」

「姫、道具だなんて、そんな言い方をなさらないでください。皇后ですよ。帝といっしょに此の大和の国のまつりごとをなさっていかれる立場です」

「……」


なるほど、皇后となり、国の大局にかかわること、そして皇孫を得るのは良いことかも知れない。しかし、相手は見も知らぬ、それも五十半ばを越えた老人である……手白香皇女はふと口にした。

「お子ができるかしら」

すると金村は、嬉しそうに生き生きとした表情になり、眼を輝かせて言った。

「大丈夫、ご老体ながら精力抜群です」

両手を挙げ、万歳の姿をした。

「……」

今度は手白香皇女が紅くなり面を伏せてしまった。

彼女は結局、金村の考え出したその結婚話を受諾した。もっとも、当の相手を見るまでは不安であった。朝廷の使者がヲオトを迎えに三国に発ったときは、自分も一緒について行きたいほどであった。が、もとより、物事の全ては儀式的に順序を踏んでいかなければならないし、彼女の結婚問題も、未だ内々の予定に過ぎなかったのである。

ヲオト王が三国を発って、河内の葛葉郷、現在の大阪府枚方に到ったのは一月の初めであった。彼は朝廷からの使者に対し数日間動かなかったのだが、いったん腰を上げると、あっという間に都の近くに姿を現したのである。彼は自分の軍兵二千を引きつれていた。

「まるで颪のような御仁だな」

「北陸のつむじ風か」

「そもそも北陸の田舎にそんな皇族がいたのか？　聞いたことがないな」

「大丈夫かいなあ。身も心も心細いことよ」

冬の最中、都近くの住民たちは肩をすくめて語り合っていたが、ヲオト王は兵のための食料や塩はもちろんのこと、一般人への振舞いのそれをも運んできていた。

当初、戦いでも起きるのではないか、とも人々は恐れたのだが、大臣、大連らが呼び寄せた相手ということであり、そのようなことは現実にも起こらなかった。粛然としている軍兵たちの様子を見て、やがて人々は、手勢二千を持った上、後方の越前にも軍兵を養っているという新しい帝候補者の軍事力、経済力に期待の気持を強くしていった。問題は人となりである、そして人となりさえ良ければ、この時期に好ましい帝が現れたものでもある、と思い始めた。

枚方に到って、しかし、彼はそれ以上は都に近づこうとしなかった。朝廷側の諸臣連との会見もその場所で行い、もし皇位に就いたら、その地に宮を建て、樟葉宮《くすはのみや》とすることも内々に大連の金村らに伝えていた。

何時三輪山の麓の都に姿を現すか、と待たれていた手白香皇女の相手は、遂に現存の都には入ってこないということがはっきりしたのである。多くの皇族たちは白けたし、愚痴りもした。が、手白香皇女にはむしろそれが好ましいことに思われたし、新しい帝の姿として当然のようにも感じられた。王は自分のところに婿として入ってくるのではなく、自分を迎えるべきだし、古い宮廷社会にとけこむのではなく、新しい宮を始める立場の人なのだ、と理解できた。

諸臣連を始めとして、主だった諸官がヲオト王の居る葛葉郷に出かけていった。

即位は二月初めと内定した。

「少し、勉強する時間が欲しい」

とヲオト王は頼んだのである。

「何しろ突然のことなので、朝廷の内容のこと、国政の状態、皆さんの名前と顔、全然分からないのです。少しは、知識を得てからでないと、万事が上手く行くとは思えません。帝が東も西も分からなかったり、諸侯の顔も知らないようではまずいし、皇室の方々にも一応会っておきたい……」
このヲオト王の申し出はもっともなこととして受け取られ、それで何れ帝に就くことを前提とした日々が一か月近く持たれることになったのである。

手白香皇女らの住んでいる三輪山の麓からは、大和盆地の西北の彼方に生駒山脈の姿が遠望できたが、河内の枚方はその山脈の裏側に在るのであった。彼女の将来の夫君は、そこに腰を据えて動かなくなったわけだが、宮廷の彼女が簡単に出かけていける距離でもなかった。

時々、金村が来てヲオト王の様子を知らせてくれたり、そのほかにもヲオト王の風貌に関することまでこっそり教えてくれたりする連中もいたのだが、肝心の本人同士は相見ることがなく、かつ意思の疎通を行うことすらなかった。冬の寒さが自由な外出や交流の機会を拒んでいたのでもある。

ヲオト王の自分に対する沈黙は、王の正式な即位前であるから、理解できないことではなかったが、手白香皇女はいささか苛立たしい気持に襲われないこともなかった。彼は以前に私を見たことがあるとでも言うのであろうか？

（10）

皇室の方々にも会っておきたい、と口にしていたヲオト王だが、しかし、樟葉に腰を据えた後、彼は自分の方から皇室関係の人間を呼んだり招いたりしようとはしなかった。挨拶に来た人間には会ったが、誰に会いたい、彼に会いたいと言い出すことはなかったのである。

皇位だの皇室だのと人は言うが、そもそもが破産した皇室ではないか、と彼は思った。それは、枚方に来て皇室の状態を調べれば調べるほど痛感せざるをえなかったことであって、今、皇位に就くことは正に火中の栗を拾うのに等しいし、自分は皇室のかかえた負債を肩代わりするようなものではないか、と思われるのであった。或いは、その負債を何とかして解決しようとする再建屋のようなものではないか、とも思うのであった。現に、枚方に来て、ずっと根をつめて、朝から晩まで顔を突き合わせている相手は、経理関係の者たちだった。何から何まででたらめの出費だと、彼らは、全ての責任を武烈一人に負わせがちだったが、武烈に限らず現存する皇室関係者や役人たちの皆が同じ穴の狢であるとヲオト王は思った。

大和朝廷の政府の資産は、皇室関係の消費に際限なく廻され、国を苦しめていた。

「皇室とは布帛《ふはく》食いの虫のことかね」

朝廷から皇室関係への貸し出しや寄付の明細書を整理させているうち、ヲオト王の口からはそんな皮肉が出るのであった。

「わしは数反の絹物をもらうことになっていて、朝廷の記録ではわしに下賜されたことになっておるが……手元に来なかったということは……？　皇室が横取りしていたのか？」

役人どもは、困ったように首をひねるばかりであった。

無責任に朝廷から財産を引き出しているのは、しかし、皇室だけではなかった。大豪族までが、勝手気ままに、少なからぬ財産を借りたままにしていた。金村とて例外ではない。ヲオト王はうんざりした。

（わしが帝になったら、あの仁にも一度お灸をすえなければならないか……？）

皇后になるはずの手白香姫の不安であろう心中を思いやらないわけではなかったが、手白香姫との結婚が上手くいくようにと本人や皇室関係者の機嫌を取ろうとは思わなかった。

金村は、ヲオト王の出自の弱さを気にしていて、円満な政治の展開の為には、現皇室からの手白香姫を受け入れることが絶対に必要だと思っているようだったが、ヲオト王が気持の上ではっきりとさせておきたかったのは、自分は現存の大和朝廷の養子に入るのではない、ということであった。朝廷を大和盆地の中に置こうとしなかったことにも、その意識が働いていたといえる。

自分は応神時代あるいはその後の数代の健全な皇室の姿に朝廷を戻すのだ、とヲオト王は思った。現皇室は腐敗して大和盆地の中で野垂れ死にしたのだ、ただ、その中で良質を保っていた手白香姫という一人を受け入れるのに過ぎないのだ、と。

応神は枚方を含む河内に朝廷を置いた。それは、仁徳に引き継がれ、その後も河内王朝を現出させた。雄略の時代の一寸前に三輪山の麓に戻ったが、その後の四代の間に弱体化し、武烈に到り、遂に行き詰まったのである。

自分は今一度新しい朝廷を始めるのだ、皇室関係もそこから造り直すのだ、現在の皇室とのつながりは最小で良い、と思った。

ところで、ここで、応神天皇なる人物についての歴史的姿を一寸付記しておこう。

追号応神天皇の元名は、誉田別尊《ホンダワケノミコト》である。母は朝鮮征伐で有名な神功皇后であり、父は熊襲退治で不幸な死を遂《と》げた仲哀天皇とされている。そして、仲哀天皇はかの日本武尊《ヤマトタケル》の息子である、ということは、応神天皇はヤマトタケルの孫に当たったということにもなる。

日本書紀などから覗える応神天皇の姿は、神功皇后の愛児であり、力もあった治世家のようだが、人徳が伝えられている仁徳天皇の実父でもあった。

更には、大和朝廷騎馬民族建立説などによれば、その中核的役割を演じたとされている大物のミカドでもある。

古代には三王朝の交代があったというその説に従えば、最初に神武から仲哀天皇までの王朝があり、それから騎馬民族出身者の応神天皇の建立によるものに代わり、そして、最後に継体天皇による朝廷の存立、ということになったのだとも言われているその歴史的要の天皇の内の一人ということになる。

（11）

さて、大和朝廷の主だった政治家たちは樟葉にいるヲオト王に会うことになったのだが、ヲオト王の評判は大変に良かった。気まぐれな武烈の政治が余りにもひどかったからでもあろうが、荒籠の例でも見たように、貴賤を論じるより心を大切にするという態度は、ヲオト王の新しい政治姿勢として好感を以って迎えられていた。また、ヲオト王の経済に対する見識や経験の広さ、深さも皆が学んでいくのに相応しい魅力を持っていた。確かに逸材だ、と大方の人々は思ったのである。

人徳があり、しかも気取りがない。

或る人々が手白香姫についてヲオト王に語った。

「なかなかの美人ですよ」

と。

すると、ヲオト王は嬉しそうに眼を輝かせて言った。

「そうであろう。なにしろ、大泊瀬幼武大王（雄略天皇）が一晩に七度召して妃にした童女君の孫だ、さぞ、美しくあろうよ」

「皇后になさるのでしょう？」

「当たり前じゃ。それだけが楽しみで三国から出てきたようなものだ。はっ、はっ、はっ」

この話は、人々特に旧皇室派の者たちを満足させ、手白香姫の耳にも入り、彼女をして初めて安堵の気持を持たせ、かつ頬を染めさせた。

だが、即位前にはヲオト王と手白香姫との間の面会はなく、交信もなかった。二人の結びつきにはヲオト王の正式な即位が必要だったのである。二人が互いを相見たのは二月四日の即位式に於いてであった。


即位の儀式は樟葉宮の前庭で行われた。西側に皇室関係者が立ち並び、南側に諸臣連が立ち、その前で大連の大伴金村が天子の標しの鏡と剣をヲオト王に捧げたのである。

だが、ヲオト王はすぐにはそれを受け取らなかった。

「民をわが子とし、国を治めることは、大変に責任の重いことです。自分は才能が乏しくて何者でもありません。願わくば、良くお考えになり、賢い方を選んでください。人材が居ないということはありますまい」

金村が再度頭を下げて頼んだが、逆にヲオト王は西に向かって三拝、南に向かって三拝して、同じことを繰り返して語った。

金村は言った。

「臣金村、皆と相談の上、貴方が大王として民を治めるのに最も相応しい方であると決めたのです。臣らは、国の為に軽々しい結論などは出しはしません。どうか諸衆の願いを受けてください」

そこでヲオト王は受けた。

「大臣、大連、諸臣、皆、私を推しておられるのなら、殊更、拒みはしますまい」

儀式におけるヲオト王と金村のやりとりが予め二人の間で打ち合わせられていたものであると手白香姫は知らなかったということもあり、何を今さらの辞退かとヲオト王の態度を見て驚いた。が、聖者は二度拒み、三度目に冠を受けるというし、ましてや或る意味では、まったくの皇室外に近いヲオト王が即位するに当たっては、それぐらいの遠慮は当然であろうかとも思われた。

ヲオト王が西に向かって三拝したとき、そこに立ち並んでいる人々の一人に手白香姫がいたわけで、初めて見るヲオト王の顔に接し、手白香姫は思わず上気していた。ヲオト王は、式場に姿を現したときから、長身で、しかしやや短足ぎみで、大きな顔の持ち主であることが分かった。頭に白髪が混じっていたが、顔は若々しい表情で、同時に重厚で穏和な人柄を示していた。十分に世慣れた人間であることは、その物腰で分かったが、大きな耳が賢そうな印象を手白香姫に与えた。手白香姫らに向かって三拝したとき、一瞬、ヲオト王の柔らかい視線が手白香姫の上に落ちた。

式場に入ったときから、いや、前日、樟葉宮に着いたときから手白香姫は、衆目が自分に注がれているのを感じ、いつの間にか、ヲオト王の即位式が自分との結婚式であるかのような錯覚すら持ち、ぎこちなくも緊張し、またいささか浮ついてもいたのだが、肝心のときになってヲオト王が即位を遠慮し、西に三拝、南に三拝したときは、このまま結婚話も流れてしまうのではなかろうか、とひどい不安に駆られた。ということは、姫は知らず知らずのうちにヲオト王との結婚を望んでいた、ということにもなろうか。その自問自答は自身をも戸惑わせたが、何はともあれ、ヲオト王が即位を決め、鏡と剣を受け取ったとき、手白香姫はほっと安堵していたのであった。寄り添った母親の春日大娘(雄略天皇と童女君の子)が眼を潤ませ、そんな手白香姫の手をそっと握りしめていた。

手白香姫が正式に妃として迎えられ皇后になったのは、一か月後の三月五日のことである。彼女はやがて一人の男子を産むことになるが、それが三代後の欽明天皇となる。ヲオト王の次の天皇には、ヲオト王の越前三国時代以来妃だった尾張目子姫の息子の勾大兄が安閑天皇となり、さらにその弟が宣化天皇となった。というのも、手白香姫にできた子が二人の異母兄よりはるかに年下であったからであるが、両異母兄の王在位期間が二人合わせて十年足らずであったのに対して、欽明天皇時代は三十年の長きに渡り、その間に仏教の伝来があり、蘇我氏の台頭、そして飛鳥仏教時代の幕開けへと続いていくのである。

ヲオト王は即位後、次のような方針を発表した。
「古に聞く。耕さざれば天下飢え、織らざれば寒す。賢王、自ら耕し、后妃、自ら養蚕をば手がけ導きたり。いわんや、百官、万民、農と織を忘れ繁栄あるべからず。望むらくは、我が志の天下にひろく知らしめられんことを」

ヲオト王の施政態度は新政府の姿勢ともなり、新しい活力ある時代を復活させようとした。それは、雄略前後より衰え、武烈に至って絶えてしまった精神主義の復活でもあった。

(12)

だが、ヲオト王の精神主義を以ってしても通用しなかった相手が、その治世二十五年の間に少なくとも二者在ったことを我々は知るのである。それは、朝鮮半島民族であり、北九州の豪族磐井であった。

ヲオト王、後称継体天皇の治世六年目、朝鮮半島の百済が、大和朝廷領であった任那国内の四県の割譲を求め、大和朝廷はそれに応じて手放したが、その間の経緯として、大伴金村が百済から賄賂を受け取ったことが判明し、金村は政治的に失脚した。

継体七年、百済は五経博士を送ってきて朝貢の礼をとったが、そのお返しとして、朝廷は先の四県に続いて、別の二県をも百済に与えてしまった。そして、これに不満な任那国内の他の県が反乱を起こしたのである。周辺に略奪を極め、大和朝廷府の手に負えないものとなり、日本本国から制圧にでかけていった連中も、かえって散々に破られて逃げて帰ってくるという有様となった。

史上に名高い磐井の乱が起こったのは、継体の治世二十一年目、西暦五二七年のことである。新羅に奪われていた任那国内の南加羅等の土地を取りもどそうと、兵六万を仕立てて、近江毛野臣を総大将とし、半島への遠征を試みたのだが、北九州筑紫国の国造の磐井が新羅と通じ、妨害に出たのであった。

磐井の乱が起こったとき、ヲオト王はすでに七十八歳であった。越前の一豪族に過ぎなかったともいえる身から帝になり、ともかくも日本を統一する王朝を保っていたヲオト王にとって、最晩年に起こった反乱は重荷でもあり、憎い仕業であった。彼は自分でもそれと分かるほどに神経が昂ぶり続けていた。

磐井の反乱の原因については、色々なことが言われていた。

新羅との利害がからんだ密約。大和朝廷の政治態度に対する不満。

新羅征伐の総大将毛野臣への個人的敵対心。あるいは、九州地区の独立話や大和朝廷転覆の計画、等々。

「今でこそ、朝廷の使者などと名乗って偉そうに命令や指示を出してくるが、もともとは、我々と同じ仲間であって、肩や肘を触れ合って同じ釜のめしを食っていたのだ。何を急に偉ぶって命令などをするのだ。命令などできる間柄か。成り上がり者めが」

磐井は毛野臣をそのように評し、嘲り、反乱を起こしたと伝えられたが、その発言はヲオト王には自分自身に対するものとも受け取れた。ヲオト王は陰湿めいた怒りが漲ってくるのをどうすることもできず、諸臣に命令した。

「許すな、徹底的に叩き潰せ」


六月、筑紫には雨が降り続けていた。周囲の集落や田畑を見下ろす丘の上の館の一室で、新羅の王宛ての親書を書き上げた磐井は、六十の年頃の男であったが、窓の外を眺めながら、傍らの肥前佐賀からの客人に話しかけた。

「東は東、西は西ですわいな」

「その通り」

相手は大きく頷いた。

大和朝廷の誤りは、地方自治の尊重という精神を無視して強引に新羅征伐を敢行しようとしているという点にある、と彼らは語り合っていた。

二十年前、現政府ができたとき、よちよち歩きともいえるヲオト王を支持した彼らは、地方自治の尊重を前提としていたともいえる。

それは、彼らが勝手に自分に都合の良いように思い込んでいただけでもあったが、事実、当座は九州のことは自分たちに任せるより他ない非力な政権であったし、任せてくれてもいたのだ。朝鮮との関係にしても同じで、筑紫の国等の意向を無視しての朝鮮半島との外交などは不可能だったのである。

半島と歴史的、地理的に深く関わってきたのは自分たちである、という自負があったし、朝廷も自分たちの力を認め、かつ自分たちの意見を尊重すると信じていたのだ。が、今回、大和朝廷は、磐井らの意見を全く無視し、新羅征伐を強引に決めた、のみならず、傲慢な毛野臣を前線の総大将として送り込んできて、彼の命令どおりに働け、というのであった。

「ヲオト王も歳をとって焼きが廻ったか」

と磐井らは語り合っていた。或いは、長年皇位に在る間に、権力の味に溺れてしまったのか、と。地方自治の精神を無視して強引な政策を推し進めようとするならば、自分たちにも覚悟はあるのだ、と意気込み、

「東方の地方出身の大王が出た後は、西方出身の大王が出ても悪くはないだろう。この際、大きな夢でも見たらばいかがか」

などと磐井をそそのかす者もいた。

「もともと大和朝廷の故郷は九州だったのですよ。越前あたりの田舎者がひょんなはずみで大王になっただけの話で、文明や文化の遅れた連中の政府なんだ。怖れるに足りない」

新羅からの者を部屋に招きいれた。磐井の館には、半島からの人間が常時宿泊していた。新羅の王への親書を手渡すと、新羅の男は恭しく受けとったが、

「状況はどのようですか」

と不安顔で訊いた。

「大和の軍は九州の端で動けなくなっている。我々が山道を陸上軍で塞ぎ、海には水軍を散らしているから、大和の軍は九州に侵入することができず、朝鮮に渡ることもできないのだ。心配することは

ない。

が、新羅の政府に伝えてくれ。新羅も速やかに援軍や物資を送ってほしい、と。戦いには軍兵と財力が必要だ。全九州の豪族たちを立ち上がらせ、この九州の地に親新羅の新しい日本政府を樹立するためには、新羅からの軍と物資の援助が必要だ、と」

磐井は新羅が水軍を送ってくるのを待ち続けた。だが、我々は一つの歴史的事実を知ることになる。大和朝廷の確立がはっきりしてきた四世紀から今日に到るまでの朝鮮海峡に於ける歴史的事実。それは、戦い或いは侵略のための水軍が日本列島から朝鮮半島に渡ったことは度々あるが、半島から日本に攻めてきたという出来事は、モンゴル主導による元寇の役を除いては一度もないという事実である。そして、磐井の乱のときも、新羅の軍は遂にやって来なかったのである。新羅は若干の物質的援助を磐井に対して為しただけであった。

この歴史的事実の原因は、いちがいには言えまいが、主因は半島内における政治的な不安定感が慢性的に在って、東海の島国に対して事を構えることが、常に自己の安定性と反するように国内政治が動きがちだったという点に基づいていたのではないかと推測される。そして、不安定要素を構成する要因の第一は、半島北方からの圧迫であったといえると思う。もし、北方からの圧力、大体が中国王朝の干渉が、歴史的になければ、半島の国家は東海の島に対しても大胆な行動を展開し得たであろう。

或いは、もし中国王朝が完全に半島をその支配地域に置き、半島での諸国家を存在させていなけれ

ば、つまり中国そのものであったなら、東海の島の大和国家は圧倒的な圧力を半島から受け、

「日出るところの天子、書を日没するところの天子に致す、つつがなきや……」

などと格調高くはおさまってはいられなかったであろう。

幸いなことに、と言わざるをえないのであろうか、日本の隣国は強大な中国王朝ではなく、分立しがちな政権で揺れる弱小の国家群だったのであり、それは、一旦成立した後、強力な中央集権政治を駆使できた島国の大和朝廷の立場とは対照的に、地理的に不利な半島国家の姿を示してもいる。


で、磐井の勢力は北九州の全域、つまり今日の福岡県、佐賀県、大分県、長崎県に及んではいたが、それだけでは大和朝廷に対抗する力を持つことができず、一年半後、完全に敗北した。

磐井は戦いの後半、新羅からの協力が得られないこともあって、和睦、休戦の糸口を見出そうとしていたが、その機会を得ず、大和朝廷の軍によって完璧に叩き潰された。

ここでまた、筆者が思いを馳せるのは、日本列島内における大和の地の優越性である。北九州は確かに（大和朝廷の故郷）であったはずだし、（文明先進国からの窓口）であったはずだが、今や、六世紀の頭に於いて、其処が大和朝廷の出先機関に過ぎなくなったことをはっきりと示したのである。

九州豪族たちの半島との勝手な交流もままならなくなったといえようか。

磐井は山中に逃げ隠れて死んだとされているが、彼を追った朝廷の軍兵たちは、彼が生前から作っておいた広大で立派な墓場を破壊した。

筑後の「風土記」は次のように述べている。

――上妻の県。県の南方二里に筑紫君磐井の墳墓あり。高さ七丈、周り六丈。墓田は南北各六十丈、東西各四十丈。（筆者注、一丈は十尺）

石人、石盾各六十枚。こもごもつらなりて行を成し、四面にめぐれり。東北の角に当たりて、一つの別区あり。号けて衙頭と言う。（衙頭《がとう》＝政所）

その中に一つの石人あり。従容として地に立てり。号けて解部《ときべ》（＝検査官）と言う。前に一人あり。裸形にて地に伏す。号けて偸人と言う。側に石猿が四頭、臓物（＝盗んだ物）と号く。その処に亦石馬三匹、石殿三間、石蔵二間あり。

古老伝へけらく、雄大迹天皇の世に筑紫君磐井、豪強くして暴虐く、皇風にしたがわず、生平之時、預ねてこの墓を造りき。俄にして官軍動発りて撃たんとするほどに、勢の勝つまじきを知りて、ひとり、豊前の国の上膳の県に遁れ、南の山の俊しき嶺の曲に終りき。

ここに官軍、追い尋ねて跡を失い、士の怒やまず、石人の手を撃ち折り、石馬の頭を堕しきと言う

――

（13）

九州の磐井の乱を平定して、大和朝廷は新羅征伐に乗り出していった。総大将は近江毛野臣であった。が、半島での成果はみじめなものであった。新羅だけではなく、百済も背き、挙句の果て、任那国内の各郡までが大和朝廷から離反していったのである。

その失敗を毛野臣だけの責任にすることはできず、そもそも任那地域の大和朝廷保有ということ自体に地理的、歴史的に不適格さがあったとも言えようが、

「小さな者が大きい者に仕えるのは天の道ではないか」

と広言し、強権的な態度で朝鮮諸国に臨んだ毛野臣の態度に問題が在ったことも確かなのである。人格に対する不評がつのり、彼の私生活も乱れていき、誹謗が相次いだ。その誹謗は新羅や百済そして任那国内から起こったのみならず、自分の直接の部下、さらには大和朝廷の主要な人々からも出た。

「毛野臣は、人柄が傲慢で、ひねくれていて、道理を尊重しません。妥協するということを知らず、加羅を騒がせているのです。自分勝手で迷惑を考えません」

大和朝廷から命じられて実態の調査に半島に渡海した調吉士《つきのきし》の報告を最後とし、三年間朝鮮に滞在した毛野臣は帰国させられることになった。

毛野臣は、しかし、帰路対馬まで来たとき、病気で死んでしまった。彼の遺体は難波の津を経て、宇治川を上り、故郷の近江へと運ばれていったが、日本に居た妻が悲しんで口にしたという次のような歌が残っている。

枚方ゆ、笛吹き上がる　近江のや　毛野の和子、笛吹き上がる……

毛野臣の死を聞き、ヲオト王は落胆した。が、同時にほっとしたのでもある。毛野臣を気に入り、重宝していたのは、ヲオト王自身だったのであり、帰国した毛野臣が皆に責められるのを見たり、毛野臣と一緒になって失敗を嘆くのもいささか憂うつであったのである。

毛野臣の死は偽装ではないか、実際には対馬辺りに居るのではないか、との疑問をはさんだ側近もいたが、ヲオト王は敢えて詮索しようとはしなかった。

ヲオト王に反逆した磐井や朝鮮諸国を怒ってきたヲオト王だったが、自分の姿勢にも非があったかも知れない、と内心感じていないでもなかった。さらに、毛野臣を使ったのは明らかに間違いだったと思わざるをえなかった。毛野臣には一見ヲオト王の即位を推進した荒籠の性格を思わせるところがあった。その心のみを重んじるべし、とヲオト王をして言わしめた荒籠の一途な誠実さと情熱を感じさせるものがあった。が、似て非なるものであったようである。

荒籠は一重に天下の為を思ってヲオト王を担いだのだが、毛野臣は権力者としてのヲオト王の心をくすぐり、自分が尊重されるべく、必要以上の忠義心をひけらかした男、一種の佞臣だったのである。

「お父上が毛野臣を可愛がっておられるようなので黙っておりましたが、私たちは最初から彼の姿勢に疑問を持っておりました。強きにおもねり、弱きに威張る態度がありありとしていました。人格、実力とも二流以下でしたよ」

ヲオト王が毛野臣の死に際して、生前の業績不振を愚痴ったとき、長子の勾大兄、後の安閑天皇らはヲオト王を憐れむようにそう言った。


毛野臣の死は、同時にヲオト王の時代が終わったことを告げるかのようでもあった。

継体二十五年、西暦五三一年、彼は風邪をこじらせ床に伏せていた。齢八十、死期を感じていた。五年前、初めて大和盆地内に移した皇居、磐余宮（現桜井市内）で臥せっていたのだが、朝鮮関係での不本意な成果を心中悔やむことが少なくはなかった。

或る日、手白香姫との間にできた息子、天国排開広庭尊《あめくにおしはるきひろにはのみこと》を枕元に呼び寄せ、言った。

「いずれ、お主が大王になろうが、朝鮮と無闇に戦うではない。和も大切だ。大陸の新しい文明文化を大いに取り入れるがいい」

「はい」

「わしも、五経博士やら医博士らを招いたりはしたが、如何せん、事に当たる人物を間違えたかも知れん」

「……」

「つらつら考えるに、お主が親しくしておる蘇我氏などを重用するのも良いと思うぞ。あれは百済に信用がある、というより百済人かも知れんがな」

成年に達し、かつてのヲオト王をも思わせる大きく精悍な体躯となっていた天国排開広庭尊は、うやうやしく頭を下げた。

「蘇我稲目の娘子などを、二、三人もらって可愛がり、子供も沢山作ったら良いわ」

と言われて赤面したが、事実、後称欽明天皇の彼は、精力旺盛で、生涯に二十五人の子供を作ったが、大臣蘇我稲目の二人の娘との間にも十八人の子供を作り、その内の三人は用明天皇、崇峻天皇、推古天皇、となったのである。

そして、その推古天皇の時代に、蘇我稲目の子の蘇我馬子と用明の子の聖徳太子が、仏教文化を花開かせていくことになる。

………

天国排開広庭尊に言い置いてからは、安心したのか、現在を忘れたかのように病床で昔のことばかり夢に見ていた。そして、その夢の中では、三国やその近辺の風景が懐かしくも浮かんでは消えた。若い頃、土木や灌漑に尽くしたときのことも記憶に蘇っていたが、ふと山の頂を見ると、大きな石像が立っている。自分自身が現場にも立って切り出した笏谷石の一つで造ったものではあるまいか、と思ったのだが、どうやら自分を意味した像でもあるようだった。

横の石碑に次のように書かれているのだった。

……辺境の人なれども、世の乱れを鎮めんがために、都に出て帝となり、大和の地にて死せり……光る風を見た人。

光る風を見た人？

目をつぶって風の音を耳にしていると、突然、海の情景が目に浮かんだ。目に浮かんだ、というより彼が正に海に対していたと言った方が適切だったかも知れない。

なみなみと湛えられた沖からの水が膨れ上がっている。そして、大きな白波が兎のようにも跳ねて続いているのだった。おおっ、と彼はつぶやいたがそれはいつか経験したものに他ならなかった。

そうだ、それは昔、彼が三国の海岸で目にし、聞いたものだった。そのとき、彼は松林の中で考え事をしていた。大伴金村に自分の家の系図を出す直前のことだった。林の揺れが激しく、眺めている崖下の海が冬の到来を告げる季節風に煽られ、騒いでいた。

そして、彼はそこで女人の声をはっきりと聞いたのだ。

「風を見よ」

と。

「風を？」

彼は口の中でそう呟きつつ、その声の持ち主を求めたが、人影など何処にもなかった。

「光る風を見よ……光る風を得よ」

声は三度響き消えた。それは母親の声だった。そのときから二十年前に亡くなっていた母親の、彼を叱咤激励する声だった。

気がつくと、床の上で体を起こしていた。そんな余力が残っていたのが不思議でもあったが、彼は中空を見つめながら、耳を立てていた。

「光る風を見たか……光る風を得たか」

あのときの母親の声だった。

ヲオト王は答えた。大きな声だった。そんな声を出せたのが信じられないほどだった。

「光る風を見ましたぞ。そして、やれるだけの事をわたしはしましたぞ」

一陣の風が、あのとき三国に吹いていた風が、磐余宮の庭先に吹き込み、大木に残っていた一葉の枯葉を空高く飛ばした。

「どうかなさいましたか?」

脇に寄った手白香姫に支えられたまま、ヲオト王は微笑しつつ往生を遂げていた。

みろく菩薩飛鳥下生と阿修羅たち

（1）

農夫の無名《むみょう》は、以前は仏教に反対する連中にまじって、仏教を邪教として非難していた一人だったのだが、その日、聖徳太子が飛鳥寺を訪れたときには、飛鳥寺にたのまれて、臨時に飛鳥寺境内で、太子の護衛をつとめる仲間になっていた。

無名という名前は、十年ほど前、蘇我馬子が、排仏派の首領物部守屋をその本拠地東河内に攻めこむために飛鳥を出発したとき、道端に突っ立っていた無名をとらえて、

「おい、そこのでかい男、名は何と呼ぶ？　返事をせい、耳が悪いのか、口がきけないのか、それとも名がないのか、名が無いのだな、無名か、むみょうでよい、ムミョウ、ムミョウ、不敵な面魂だ、お前も荷駄運びを手伝って、ついてくるが良い、役立ちそうだ」

と呼ばれて以来のものであった。

無名は気安く馬子に使われ、守屋を攻める手伝いをするはめになったのだが、もともと彼は、排仏派の群衆の一人だった。守屋たちが、馬子によって建てられた甘樫丘の仏塔を破壊し、馬子の家に火のついた薪を投げ入れ、尼さんたちを市場に連行して公衆の面前で恥をかかせたとき、それに手を貸

して乱暴を働いたこともあった。

馬子に声をかけられたときも、実は、馬子と守屋との合戦だというので、当然、守屋に加勢するつもりで家を飛び出したのだが、生来土地もろくにない貧乏農夫の息子で、まともに合戦に参加できる身分でもなく、どんな具合に守屋に味方したらよいのか分からず、それに気がついてみると、飛鳥の土地の大半はすでに朝鮮からの帰化人たちの勢力、つまりは親仏派の地盤になっていたようで、無名などが排仏をとなえる場所が公にはなくなっていたのである。それで、うろうろと路傍を歩いていた矢先だったのだ。


当時、無名は二十歳であった。一方の馬子は三十五歳で十五ほどの歳のへだたりもあったが、大きな眼でギョロリと一瞥され、野太い声をかけられた後は、自分というものがなくなってしまって、親仏派の首領馬子に手を貸してしまったのである。

荷をかついでいきながらも、いく度か無名は、逃げだすか、反旗をひるがえそうかと思わないでもなかったのだが、そのつど、馬子の視線が彼の上に落ちてくるような気がして、それに、馬子は、一度ならずそんな心底の無名に人なつこい笑顔を見せ、無名の勇気をくじいたのであった。そして戦いの後、半町ばかりの土地を与えられると、無名は排仏派であったことなどもはや忘れてしまった様子であった。当時、飛鳥寺は未だ建っておらず、一年後その土地が定められたのであるが、それから以後、畑作のかたわら、寺建設のための労働や寺の雑用などもして、生計の副収入を得ていたのである。

しかし、ふと誰かに、

「お前さんは、ほとけ様をうやまっていなさるのか」

とあらためて聞かれたら、無名はあわてざるをえなかったであろう。

というのも、無名が親仏派として行動したのは、何となくそんな具合になってしまったからである が、それ以前に無名が守屋の手先に加わって馬子の仏塔を破壊したりしたときには、彼には彼なりの 宗教観があって、馬子らに怒りを覚えての意識的な行動だったのであり、その点からいうと、彼の宗 教問題は長い間論じられないまま放っておかれていたことになるのである。

仏教は、馬子の仏塔が破壊される五十年ほど前の五三八年、百済の聖王の使者の手を経て、日本の 欽明天皇に伝えられた。そして、その仏教をめぐって、馬子の父親の大臣蘇我稲目が奉仏を主張し、 守屋の父親の大連物部尾輿《おこし》が排仏の立場をとったのである。

蘇我稲目は仏像を自宅に安置し、仏教を守り、布教をする努力をしたが、五七一年に死去すると、 彼の家は排仏派の手によって焼かれ、仏像も難波の堀江に流されてしまった。そのため、馬子は長い 間仏像を手に入れることができなかったが、五八四年に百済の者から弥勒《みろく》の石像一体をもらい受ける と、それを家の入り口に安置し、人々に拝む機会を与えたのであった。と同時に、仏塔の建立を思い 立ち、五八五年二月十五日、釈迦入滅の同月同日に、甘樫丘にその工事を開始し、盛大な法会も行っ たのである。しかし、時の敏達天皇（推古天皇の夫君）は、疫病の流行に際し、その原因を仏教とい う異教の侵入に見て、破仏を決定したのであり、馬子の仏塔もたちまち排仏派の暴徒たちにより破壊 され、尼らも民衆から暴力や迫害を受けることになった。

仏教は国神を犯す外来の邪教であり、その崇拝は神聖な山川に囲まれ、豊かな農耕地で生活する国民に災難をもたらすものである、という喧伝に乗って人々は騒いだのであるが、無名もそのときにはそう思っていた。というのも、彼が性質《たち》の悪い仲間のインド人を見ていたからであったかも知れない。

インド人を見たことがあった。かっぱらいの仲間に見たのであり、数日後には物乞いの仲間に見た。それはまったく偶然のことであって、彼が見たのは、あるいは当時日本に来ていた少数のインド人たちの一人であったかも知れないが、難波の市場で行きかい、いっしょに盗みと物乞いをして別れたのである。

その頃、父親のように一生を貧乏な農夫として終わるであろうことに絶望していた無名は、真面目に働く気をなくし、大和盆地からひと山越えた西側の場所、難波という国際的でもある港町で、不良っぽい仲間たちといっしょにぐれた生活を送っていたのである。

ある日、皮膚の色黒い、そして眼の色が異なり、顔の造作も体つきも一種奇態な男が仲間にまじっているのに気がついた。

「ほい、あれ、誰じゃいな。色黒な痩せっぽち」

「テンジクだとな」

「テンジク？」

無名は素っ頓狂な声をあげた。

「何をしに来たか」

「泥棒をしに来たと言っておる」

「あきれた野郎だ」

そのインド人は三十歳ぐらいであったか、片言の大和言葉と百済語を変な発音で口にしていた。天竺については、

「トオクテ　ヒロイクニ」

と語っていた。

この男は、どんな食べ物も手づかみで食らい、手の指をなめるようにしていた。人々が折り曲げた竹箸を開閉して、煮物をつまんで見せたが、やっかい気に首を横に振った。

「なぜに遠い大和にまで来て泥棒や物乞いをするのだ？」

と聞くと、

「テンジクハ　ドロボー　ト　モノゴイ　タクサン　タクサンデス、ワケマエ　スクナイデスネ」

とうそぶいていた。

土地は非常に広いが、土壌の質が悪く、貧しい収穫しか得られないらしいのであった。雨が降ると大河は村ごと消し去るほどの洪水となり、炎天下の暑さは一日数万の命を奪い、皮膚病患者がごろごろしている、とのことであった。

無名はその男を気味悪く思った。と同時にテンジクという国が化け物の住む国に思われた。

大和はまだましだ。無名が難波に長居はせず、父親の住む飛鳥の狭い小屋にもどったのは、そんな

慰めをインド人から得たからかも知れなかった。

崇仏か排仏か、それは無力な下層階級の一人に過ぎなかった無名にとっては、どちらでもいい問題だったかも知れない。しかし、その年に疫病が流行し、父親がぼやいて仏教をけなしたとき、無名は、はた、と膝を打ち、異常な熱意を排仏に示したのであった。

父親はこんな具合に言ったのである。

「蘇我の大臣が異教の神の塔を豊浦の丘に建ててからあかん。仏たあ何かというと、テンジクという国の神さまだそうだがな。テンジクたあ、でかい国らしいが、大和の神さまには失礼な話よ。物部の大連の言われるとおり、氏神さまのたたりじゃぞ。オオキミ（大王）さまが仏崇拝禁止のお達しを出されるそうじゃ」

テンジク？　仏はテンジクの神なのか？　そりゃあ、あかん、とんでもない話だ。無名は難波での通称テンジクヤロウと呼ばれて馬鹿にされていたインド人を思い出し、大声をあげたのであった。

「そうか、仏はテンジクの神か、とんでもない話だぞ。何のために蘇我はテンジクヤロウの神に熱心なのだ？　狂気の沙汰だあ」

「狂気の沙汰さ。お前の話では、テンジクというのは、化け物が住む貧しい国だということだな」

「そうさ、化け物どもの貧しい国よ。蘇我の罰当たりめが。そんなことをして、無事すむと思ってお るか」

「蘇我はな」

と遊びにきていた近所の男がしたり顔に言った。

「百済の機嫌を取っているのじゃ」

「なるほど、なるほど。今来の百済野郎の神様たあ、テンジクの神だっけ。あいつら新来の帰化人のくせにでかい面をしやがって、腹が立つ。あいつらが来てから、ろくなことがないぞ」

「蘇我が利用しとる」

「困ったことじゃ」

「今来の百済野郎もテンジクの化け物も追い出さなければあかん。罰当たりどもめが」


敏達天皇が決めた崇仏禁止令に便乗して物部守屋らが、甘樫丘に乗り込み、仏塔を破壊し、馬子の家を焼いたとき、無名も松明の火をかざし、石を投げる群衆に加わり、仏塔にも足をかけて騒いでいた、のみならず、三人の尼を市場に連行し、法衣を剥ぎ取って恥をかかせた、その仲間の一人だったのである。

それから十余年、無名は自分の転身に気がついていないわけではなかったが、しかし、仏というものに対する自分の考えがどう変わったかというと、その実、判然としないのであった。いや、本当のところをいえば、無名は仏教というものを意識的に学ぼうとしたことなどはなく、ただ、テンジクの漢字が天竺である、との知識を得てから、何となく権威を感じ始めていたのである。そして、そんな無責任な意識のまま、近所にできた飛鳥寺の建設工事を手伝ったり、そのほかの雑用をして、何かと生計の足しにしてきたのであった。

その日も、聖徳太子が飛鳥寺に来るというので、無名は寺の者に請われて、角棒片手に鉢巻をして、数名の同類ともども、不逞の輩が太子の一行に近づかぬよう、寺の入口から境内にかけての警護に当たることになったのであった。

七月の暑い日の午後であった。梅雨も明けて晴天が続き、境内の地面は埃っぽく乾いていた。無名は太子の一行を待ちながら、中天をやや過ぎた太陽が頭越しに無名の影を濃く大地に落としているのを見つめて、辛抱強く立っていたのだが、ふと仰ぐ青空の眩しさにめまいをおぼえ、体調の悪さを感じた。前夜、遅くまで安酒を飲んでいたのだ。熟睡すべきだったのだが、朝早く寺の使いの者が来て、彼を起こし、太子を護衛するようにと依頼して帰り、その後彼は、眠れなくなってしまった上、女房に言い寄っても失敗したのである。

ねっとりとした不快な汗が顔ににじんでいた。彼はそれを手の甲でふきながら、ときおり、涼しそうな日陰を横目で眺めたが、いまさら、休息する時間もないようで、彼の仲間たちも陽の中で仁王立ちになり、我慢強く動かないのであった。しかし、何という間の抜けたことでもあったか、この暑さの故か、誰一人として飛鳥寺に入ってくる者などなく、整理すべき群衆など想像もつかないのであった。すべての人々がどこかに姿を隠してしまったかにも感じられる静寂の中、ただ、強い陽射しがじりじりと照りつけているのであった。

空が金色に輝いていた。彼は、突然、天竺のことを思った。灼熱の地と聞いたことのあるその国の空を見ている気がしたのである。そして、そこから昔難波で行き交ったテンジクヤロウが笑い顔をして見おろしているのに気がついた。彼は眼をこすった。錯覚だと思ったが、その顔は宙に浮いたままで、それから突然、大きくなって落下してきた。

（2）

朝、聖徳太子は夏の草の露が未だ乾く前に起き、顔を洗い、文机の前に座っていた。それは、その季節、日課のようなものでもあったが、今、彼の机の上に仏典「勝鬘経《しょうまんきょう》」が置かれてあった。額田部大王（推古天皇）に請われていたこともあって、その仏典を註解していたのだが、勝鬘経は、天竺の一国の皇女勝鬘が発心して仏に仕えた言葉を伝えたものである。

……そのとき、勝鬘は仏の御前にて、三大願を発して、この言葉をなす……


善根をもって、一切の生において正法智を得ん、これを第一の大願と名づけん。

正法智を得終わって、無厭心をもて衆生のために説かん、これを第二の大願と名づける。

我、摂受正法において、身と命と財を捨てて、正法を護守せん、これを第三の大願と名づく。

これらの実願をもって、無量無辺の衆生を安慰せん……

太子は高殿にいた。窓が東側に向いていたが、菩提樹にも似た桑種の大木が葉を茂らせ、これが夏の朝の強い陽をさえぎっていた。

勝鬘経を開いたまま瞑想に入っていた。

正法智とは、善根を持つ人間である以上、本来触れているものである、と太子は思う。しかしながら、その正しい摂取は真面目な姿勢からしか得られないものである、とも思うのだ。そして、大切なのはその実践である、と。額田部大王が、自分が、そして大臣馬子が、施政に当たり常に心がけていなければならないのも、そのことである、と。

その日、彼は飛鳥寺で仏教上の師匠と会う約束をしていた。師匠とは高句麗僧の慧慈であり、百済からの僧慧聡のことでもある。対話をした後、彼らの読経も聞きたく思っていた。

一時間ぐらい瞑想していたであろうか。采女が朝食の知らせにきたので、立ち上がって階下に下りていった。粥に紫蘇の実をふりかけて食べるだけのこの頃の朝の習慣であった。

庭先には朝顔の花が咲いていた。水色や紫色のもので、清々しい朝の空気の中でいかにも静かであった。太子は舌の先にも新鮮なものを覚えつつ粥を口にしていたが、終えると、大臣の蘇我馬子からの使いの者が待っている間へと足を運んだ。

太子は、皇太子、摂政という重要な地位にあったが、通常の実務は馬子が責任を持って行っていた。そして、馬子が多忙な一方、太子は気ままな君子風の生活態度でもあったので、日に一度顔を会わせるという約束事も難しく、そのため、馬子の方から毎朝使いの者を太子のところに送り、連絡をとっていたのである。

「今日、私は朝廷には顔を出さない。飛鳥寺に行くからね。うむ、師匠に会うことになっている。大臣に伝えておいてくれたまえ」

太子は馬子からの使いの者にそう言い、それから、親しみのある口調で、

「どうだい？」

と言いつつ、戸外に出た。戸外に広がる野原を散策しながら、馬子の使いの者と政治の話をするというのが、天気の良い日の朝の日課にもなっていた。

野原は太子の領地であったが、半ば開け放たれた自然の丘陵であり、平野でもあった。数知れない種類の草花が生い茂り、か細い道がくねって続いていた。ところどころに木立があり、道はときとしてそれらの木々の下をも通っていた。

護衛の者たちは、大声で呼ばないかぎり聞こえないであろう距離に下がっている。

太子は背伸びをしたり、腕を広げたりしながら、

「体が少しなまっているようだな」

とつぶやいた。それから、

「ところで、新羅との交渉の件はどう決まりつつあるのかね」

と聞いた。

「使者を派遣する意向です」

「誰をかね」

「難波吉士盤金《なんばきしかね》のようです」

新羅系帰化人の男である。

「ふむ」

太子はちょっと考えている様子だったが、

「なるほど」

とうなずきつつ、

「新羅は昔から難しい国だったが、任那をなかなか返そうとはしないようだね」

と言った。

「そうなのです」

「馬子の大臣が新羅を攻めようとするのはよく分かる。しかし」

と太子は語気を強め、説教するように続けた。

「正法智、ということを忘れてはいけない。先ほどもそのことを考えていたのだが……いったい、何が正しいのか、問題の本質は何のか、それに対してどうあるべきか、それを詰めなければならない」

「はい……」

「そうなのだ、そういう姿勢が大切なのだ。まずは、物事の本質をとらえてから、すべての行動は起こされなければならない。肝心なのは、この場合、新羅側と良く話し合い、正しい筋とは何か、それを互いに確認することだ。話し合いを十分にせず、攻めかかるのはよくない」

そう言って、馬子の使者の前に立ちはだかった。


太子二十四歳。

この頃の太子にはいささかくどい所があった。それもやや抽象的と言えば言えたであろうか。物事の本質は何であり、何が筋であるのか、という点について太子は考えたり、論じたりすることに多くの時間を費やすようだったが、現実に物事をいかに処理するかというときにも、太子はその時間の半分以上を、原点とか筋とかというものについて考察し、議論することに費やすようであった。原点とか筋とかをはっきりさせないと不安でならないかのように。また、逆にそこさえ明確にしておけば、物事の大半は片づくのだとばかりに。

「肝心なのは筋だ。筋をはっきりさせることだ。道理を通すことなのだ」

使者はうなずいたが太子は繰り返していた。

「筋道を通すこと。任那が古来我が朝廷に属していたことを新羅も知らぬではあるまい」

そのような話をするとき、長身の太子は長い髪をかき上げ、拳で空中を打ち、相手が誰であるかを忘れてしまっているかのようでもあった。

「大臣に伝えてくれ。十分に筋について了解し合うこと、それが最重要である、と。任那問題は筋論によって解決すべきであって、領地争いであってはならぬ、と。平和的な解決の努力をあきらめるべきではない、と。そのことを君も知るべきだ。君はどう思っているのか？　新羅に信頼のある難波吉士盤金を無駄に使ってはならないと思うがね」

要人とはいえ、一介の使者を相手に太子は熱中してくる。使者はうんざりしないでもない。太子は相手が心底から納得した様子を示すまで話をやめないのであった。

使者は分かったというふうに何度もうなずいて見せた。が、腹の中では、こんな具合に思っていないでもなかったのである。……筋、筋、と言われる。だが、現実においては筋がどれだけの有効性を持てるだろうか。おまんまの食い上げになっても、人は筋とか道理とかを守れるだろうか。それに、まことに申しわけない推測をするようだが、太子は要は新羅征伐に反対なだけではないだろうか。互いの主張する筋というものが一致しないところに今日の状況があることを、お若い太子も知っておられるはずではないか……

（3）

蘇我馬子は維摩経《ゆいまきょう》の次のような言葉が好きであった。

……かならずしも座していることが安座なのではない。そもそも安座とは、三界のうちに身と意とを現じないことである。とするならば、一切の精神作用を滅しつくした禅定から出ないで、しかも諸々のふるまいを現ずることこそ安座なのである。道法を捨てないでしかも凡夫のことを現ずる、これが安座なのである。煩悩を断ぜずして涅槃に入る、これが安座である。もしこのように座する者であるならば、すなわち仏の印可したまうところである……

俗人、蘇我馬子。しかし、仏教を日本で興隆させたのは馬子の努力によるところが大である。特に初期の仏教導入期に当たって、排仏を主張する物部氏らの圧迫にも屈せず、仏教を広めたのは馬子以外の何者でもなかった。父の稲目の家が焼き討ちに遭い、自分の家も焼かれ、天皇に反対されながらも、仏像を大切にし、甘樫丘に仏塔を建て、それが破壊されても、なお信仰を続け、ついに仏敵で大和朝廷創設以来の名族である物部氏を倒し、日本で始めての尼寺すなわち豊浦寺、そして法師寺すなわち飛鳥寺を建立したのであった。

何が馬子を熱心な仏教徒にしたのであろうか。

「仏教を奉じると、百済の帰化人に信頼され、金と権力が手に入るからだ」

と、或る者は言うかも知れない。事実、百済からの新しい帰化人たちの大半が仏教徒で、しかもこの時期の文明文化のにない手であってみれば、仏教を奉じることは、彼らの信頼を得て、結果として金と権力を得るのに役立ったし、さらには、蘇我氏の繁栄や存続の基盤自体が帰化人グループにあったと思えなくもない。

しかし、馬子の仏崇拝は、それらの実利的な状況や背景や要素を越えて、幼時からの教育を通じて精神的に育まれていったものだとも言えよう。父親の稲目が日本に初めて伝来した釈迦仏金銅像と経巻を欽明天皇からもらい受け、自宅で熱心に崇拝したそれが自然に馬子の仏心を強めていったと思われる。

崇仏か排仏かの対立は、蘇我氏と物部氏との政治的権力争いがからみ、用明天皇没後の皇位継承問題をきっかけとして、武力衝突を起こし、馬子は物部守屋を敗死させ、崇峻天皇を即位させた。しかし、崇峻五年、馬子は帰化人の東漢直駒《やまとあやのあたいこま》を使い、天皇を殺してしまったのである。さらに、下手人の東漢直駒をも、天皇の妃であった河内娘（馬子の娘）を奪ったとの理由で殺してしまう。天皇虐殺として歴史上名高いこの事件以後、故敏達天皇の皇后でありかつ故用命天皇の妹だった推古天皇と故用命天皇の遺児聖徳太子による仏教政治時代が馬子との協力で花開くのであった。

西暦五九七年、推古五年、七月吉日、聖徳太子が馬子の使いの者と会っていたとき、馬子は参朝前に、甘樫の丘の自宅で維摩経の写経をしていた。

そこからは、つい眼の先の飛鳥川の向かい側に、飛鳥寺が見えたが、明るい夏の陽の中、田畑の緑につつまれて、寺の屋根瓦がまぶしく光っていた。

彼ほど仏教徒にふさわしくない男はいなかったかも知れない。が、彼ほど仏教徒にふさわしい男もいなかったかも知れない。彼が経を唱えながら写経をするとき、崇峻天皇と東漢直駒の幻が目に浮かぶのであった。

なぜに天皇を亡き者にしなければならなかったか。しかし、それは理屈ではなく、状況であったのだ。政情は差しせまっていた。馬子が手を下さなければ天皇の方から手を出したであろうほどに。

「いつになったら、この猪の頭を切るように、嫌な男の首をはねることができるであろうか」

とまで天皇をして言わしめたぐらいに。

そしてまた、なぜに東漢直駒を殺さなければならなかったのか。それも状況であった、というよりほかになかった。

好き好んで行ったわけではない。むしろ、馬子としては追いつめられての苦渋の選択の末、行ったという気持が強かった。しかし、いずれにせよ、馬子の手は汚れてしまったのである。そして、彼の心の中では、殺してしまった天皇と直駒に対するとむらいと自己救済の気持がいつも働いているのであった。

他者へのとむらいと自己の罪滅ぼしのための念仏や写経。馬子は現実に仏の救いを必要とする人間の一人だったのである。

「十年かかるだろうか、二十年かかるだろうか、いや、一生かかるだろう」

彼はとむらいと自己救済に要する時間についてそう感じ始めていた。

「死者は戻らない。そう、自分は重い石を背負っていく牛のようなものであったし、これからもそうだろう。よろよろと倒れそうになりながら、しかし、歩み続けていくほかない牛のようなものだ。仏教はその牛にあたえられる餌や水のようなものなのだ」

縁側からおりて真夏の陽を浴びた。上半身裸であった。がっちりした肩には適度な筋肉がついていて、この男の長命を暗示していた。最近伸ばし始めた鼻下の八文字の髭のせいで韃靼《だつたん》人の酋長にも似た風貌である。精悍な眼差しは、仏教によっても決して柔和化しえないこの男の業を物語っているようでもあり、倒れそうになる飼い牛ではなく、角を突き上げて突進する闘牛をも想わせるものであった。

甘樫丘の斜面をのぼって北側の頂上に出ると、近くに朝廷すなわち豊浦宮を見下ろすことができた。そこの自分の部屋の前の池に咲く蓮の花が、白でなく黄色であったことを思い出しつつ、白種が要ると思うのであったが、一方、聖徳太子の部屋の前のそれが白であるというのは、自分に比してもっともなことだ、と考えるのであった。

「あの男は、汚れを知らない、若い理想主義者だ。それでよい、汚れた現実主義者は自分ひとりでよい」

百済からの使いの者が豊浦宮で待っているのを思い出し、そろそろ出かけようかと思った。

（4）

さて、飛鳥寺の境内に立ち続けていた無名は、目眩の後、テンジクヤロウの顔が大きくなって落下してきたと同時に、眼の前が真っ暗になり、深い闇にひきずり込まれるのを感じた。

太子の一行がようやく境内に入ってきたな、と、そこまでは意識を保っていたようである。が、それから先、無名は意識を失って転倒してしまった。まるで棒でも倒れるように、仰向けに、どたりと音を立ててひっくり返り、動かなくなったのである。

「どうしたのだ?」

太子は馬から下りながら驚いて言った。

「手当てをしてやれ。暑い陽に当たりすぎたのだろう。涼しいところに運んでやるがよい」

無名の意識がもどったのは、それから一時間ぐらい経ってからのことである。彼は庫裏の一隅の板間に寝かされていた。一種独特の音楽すなわち仏典の唱和が聞こえてきていた。線香の匂いがどこからともなく漂ってくるのであるが、その匂いの中で読経の声が大きくなったり、小さくなったりしているのであった。何を言っているのか彼にはわからなかった。百済語かな、とも思った。なぜなら、寺の人間は百済語を日常の会話に多く使っているようだったからである。それとも大陸の言葉か? あるいは天竺の? 偉い連中は外国語が好きだからな、と思いながら、突然、はっとして身を起こそうとした。其処はテンジクの神様の場所に違いなかったからである。俺は神さまに嫌われている、そういう意識が走った。が、体が重く、痛みもしたので、一度起こしかけた体をふたたび床の上に横たえた。しかし、ふと眼を凝らして、彼は戦慄した。というのは、テンジクの神の化身と思える一体が置かれてあって、彼を見すえていたからである。今度こそ彼は飛び起きざるをえなかった。

その像は、釈迦如来像だったのだが、胡坐をくんだ足の上に左手首を軽く乗せ、右の手の平を開いて胸元に立てている説教姿であった。丈、一尺余りの銅製のもので脇の台に置かれ、無名を見ていた。

息のつまる思いで仏像に対した無名は、しかし、その顔が恐ろしいものではなく、反対に柔和で、物静かに語りかけてくる雰囲気なので、やや落ち着き、神妙に眺め入ったのだが、なにやら顔は慈愛に満ちているようなのであった。急に気まずい思いもしてきて、知らず知らずのうち、手を合わせて仏像を拝する形になった。それから、罪滅ぼしという気持が起こってきて、手を合わせたまま頭を下げて謝ったのである。

……十年前には失礼いたしました。このようなお方とはぞんぜずに……

じっさい、その仏像の顔は、彼の出会ったテンジクヤロウとは結びつかないふくよかな、優しい顔をしていたのである。

……わたしには少しばかり軽率なところがあるようでございます。

今少し慎重に対するべきでした……

手洗いからの帰りの太子が無名のいる部屋の前で足を止め、仏像に向かって頭を下げている無名に言った。

「元気になったか」

無名は以前にも太子の近くで働いたことが一度ならずあったが、労務者や護衛の一人としてであり、口をきいたことなどはもちろんない。

太子に声をかけられ、無名はあわてて今度は太子に向かって頭を下げ、床に手をついた。

「熱心な仏教徒のようだね」

無名は太子に言われ、恐れ驚いた。皮肉を言われたのではないかとも思ったのだが、太子の表情は真面目なものであった。

「仏に何を祈っていたのかね」

「……」

「名前は何というのかね」

「無名です」

「ムミョウ？」

太子は端正な顔を一瞬曇らせ、あまり手入れの良くない髪をかきあげ、まじまじと無名の顔を眺めた。

「無明、か」

「はい」

無名は太子の様子にちょっと戸惑いながら繰り返した。

「ムミョウ、です」

太子は呆然として無名を見下ろしていた。そして思ったのである。

いったい、我々人間は、皆、無明の境にいるとも言える。また特に、農夫、雑務者の境遇に在る者が無明を意識するのは分かる。しかし、自分の名にそれを冠するとは、この男はよほどの無明意識に悩まされているということか、かわいそう過ぎる話ではないか。

太子は憐憫の情に打たれざるをえなかった。そして、長い間、そこに立ち尽くしていたのであった。

「お前はどこに住んでいるのか」

「お寺の外の、すぐ向こう側でございます」

「……うむ……」

（5）

その翌日、馬子は太子から一通の私信を受けとった。

「……ところで、一言、大臣に苦情とお願いあり、一筆したためます。

飛鳥寺に出入りの者の中に、無明、と名乗る雑務者がいますが、調べてみると、貴殿が名づけ親だということではないですか。

私は、最初、自分からそのように名乗る本人をあわれにも殊勝にも感じていたのですが、貴殿が名づけ親と知って、本人に対する同情以上に、正直なところ、貴殿に怒りを覚えざるをえませんでした。

我々は、皆、無明の者です。それゆえに仏は有り難いのです。しかし、世間的姓名において無明を名乗ることはいかがなものでありましょうか。ましてや、他人にそれを冠する権利は大臣とてないのではないでしょうか。

お願いとは、あの男の名を改めていただきたいということです。

また、あの男は熱心な仏教徒のようなので、ご子息の寺司どのに命じて、あの男が自由に寺に出入りし、親しく仏像や読経に接することができる機会を住職から与えるようにしてやって欲しいのです」

　ムミョウ違いだ、と馬子は思った。しかし、太子に弁解の手紙を出すことはしなかった。それに、腹の中では、あの男は無名で、しかも無明だ、と思っていたのであれば、太子の指摘はその通りだということにもなろうか。

　あの男は無明の中にいる、いや無明そのものですらある、と馬子は思っていた。実は、馬子は無明の前身を知っていたのである。昔は、排仏派の暴徒の一人であった。しかも、数多い暴徒の中でも、ひと際乱暴だった男、あの男は、泥だらけの足を蹴り上げて仏塔を倒していた。尼の善信尼を枯枝で叩きながら、守屋の家中の者といっしょになって、市場に連行していった。三輪口のつばき市で善信尼の法衣を引き裂いて踏みつけ、裸になった尼をあざ笑ったというのもあの男だというではないか。そして馬子の家の前で大声でさわぎ、燃えさかる松明を放り投げていったのである。

　無明の者でなくして何であったろうか。その後、わしに手なずけられて飯を食っている。ムミョウで悪ければ外道とか餓鬼とか修羅とでも呼んでやりたいぐらいだ。だが、わしも仏の弟子であるからして、慈悲心を持って、ああいう手合いの使い道を考え、生活を助けながら、良い方向に導いてやろうとも思っているわけだ。

　それにしても、と思う。しばらく見ぬが、あの男が熱心な仏教徒であるとは信じがたい。いったい、どういうことなのであろうか。本当に熱心な仏教徒なら名前を変えてやった方が良いかも知れないが、だいたい、名前など自分でつければよいものでわしが強制したものでもない。そんなに気になるのなら、太子が名づけ親になったらよいのだ。

馬子は太子には返事を書かず、自分の息子の一人で寺司である善徳信に一筆したためた。

「夏空に白雲輝く候、健勝なるや。願いあり。飛鳥寺の住職に伝えてほしいこと。寺に出入りの雑務の者の中にムミョウなる名のものがおるが、寺で仏像を拝んだり、お経を聞く自由をあたえてやってほしい。また、仏教徒にふさわしい名前を太子よりたまわり、住職からあたえるようにしてほしい。なぜなら熱心な仏教徒だからして。太子の希望でもあるようだ」

十日ほど経った或る日の午後、馬子は蝉しぐれの降る甘樫丘の下の飛鳥川を渡り、飛鳥寺をおとずれた。

ひとしきり仏を拝み、高句麗からの僧慧慈に挨拶をすませた後、住職の用意した茶を味わいながら、無名のことを聞いた。

「太子は無名に新しい名を与えられたかな」

「はい、行という名です」

「行？　修行の行かね、なるほど。で、行は寺に来るのかね。貴殿に立ち入りの許可をしてもらったと思うが」

行、か。馬子は皮肉な笑みを浮かべていた。あの男もつらい努力をせねばならぬ。

「まいります。毎朝まいります。日の出の前の読経のとき、来ておりまして、坊主様たちの一番後ろにて読経を聞いておりますす」

「なに？　すると、慧慈殿などの読経を聞いておると申されるか」

「はい、さようです」

「……」

馬子は唖然とした。あの男、無名いや行は坊主になってしまったのか？

馬子は何度も首をかしげた。それから押し黙り、席を立ち、寺を去った。

太子に負けたかな、なぜとなくそう思った。

飛鳥川は小さな川である。このような小さな川が良く命脈を保ってきたものだと今日も驚かざるをえないほどであるが、飛鳥川の周辺に降る雨はこの川を枯らすことがないのであった。それはこの大和の地の、いや、秋津島といわれる島国の、豊かな自然の恵みの象徴でもあった。

馬子は、飛鳥川にかかる小橋の上でちょっと立ち止まり、夏の光にきらめく水の流れを見ていた。草いきれの中で振り返ると、飛鳥寺のひさしの風鐸が微動だにせず、蒼い空の中に浮き出て見えた。馬子は、長い忍耐と命がけの戦いの後にやっと訪れた平和を感じ微笑したが、仕事は今始まったばかりだと思うのでもあった。この飛鳥が、いや大和の国が、ちょうど百済の国のように、寺々で満ちるには未だ長い年月を要するであろう、と。馬子や推古朝の方針もあって、寺を造る豪族は急速に増え、すでに二十以上の寺の造営が全国で着手され、その寺々への指導やら、僧侶の供給の中心地として飛鳥寺は忙しいのであったが、なすべきことが余りにも多すぎる感じであった。

甘樫丘への道とは別に飛鳥川沿いに下流へと続く道があるが、その道の彼方に見えるのが尼寺の豊浦寺で、飛鳥寺以前に馬子が造った日本最古の仏寺であった。法師のための飛鳥寺をこの地に建てたのも豊浦寺との距離を頭に置いてのことであった。両寺は連絡し合える場所にあるべきだろうし、百済の僧たちの指導によると、両寺の鐘の音はたがいに聞える場所にあるのが望ましいとのことでもあった。馬子は耳をすました。が、鐘の音の聞える時間ではなく、甘樫丘の蝉の声がひときわ騒がしく耳に響いてくるのみであった。

馬子が甘樫丘の方へ立ち去った後、馬子が立っていた飛鳥川の小橋の下から出てきた一人の男がいた。無名であった。夏の日盛り彼は、日陰になっている涼しい水辺で昼寝をしていたのであった。

橋の下で寝ながら彼は、ここ数日間の出来事を思い浮かべていたのだが、何だか自分が自分でなくなってしまっている状態を覚えるのであった。頭の中で唱和の声が鳴り響いている。彼にはそれがやりきれなかった。早朝の読経に七日通った。しかし、もう駄目だ、と思う。第一、意味が分からない。それに、聞いていて、決して気持がすっきりするものでもない。いや、奇妙に粘着的な唱声は彼の頭の奥にへばりついてしまい、まるで麻薬の中毒にでもかかったような感じなのである。なぜ、あんな声、あんな節で経を読むのであろうか、仏教とは麻薬なのか？　と思った。

太子という偉い人の思し召しだということで住職から誘われ、名前も与えられたりしたので、自分でもさっぱり分からないままその気になって、早朝の読経に出かけていき、拝聴していたのだが、頭が痛くなってきた。

今度からは仏像を拝むだけにしよう、と無名は思った。しかし、考えてみると、自分が仏教徒でなければならないという理由はないのであった。そこのところが良く分からないのであるが、知らない間に仏教徒にされてしまっていたのである。もっとも、暑さのために転倒してしまったところを太子に助けられたのは確かで、それは同時に仏に助けられた気がしないでもない。が、もともと太子の護衛をする役についていなければ、転倒したりして太子に助けられる必要もなかったのではないか？

「行、良い名じゃ。太子さまのご期待に添うよう行を積むがよい。お主がその気になれば、さきざきは坊主さまにもなれようぞ。

なにしろ、太子さまに名前をもらうなど、滅多にない幸運だからな」

と住職は言った。

坊主さま？　とは何ぞや。高句麗や百済からの僧たちから戒とかいうものを授けられ、彼らの読経に合わせて唱和し、難しい顔をして書を読み、人々の安寧を念じる寺人間のことのようである。自分にはそのような人間になる資質も辛抱もない、と思う。離れた方がいいと思う。誰もとがめますまい。自分だが、だが、と自問自答する。太子様のおぼし召しだ、惜しいではないか、と。せっかくの機会ぞ、と。

何？　けっきょく、自分は世間的出世を望んでいるのかな？　そのために天竺の神を祈る？　そんな気持かな？　そうかな、それだけでもない？　仏像や太子さまに自分は何か感じたのではないか？　いったい、何を感じたのだ？

自分というもの、自分の心というものが分からなくなって無名は弱っていたが、はっきりしているのは、読経というものが自分の頭を痛くするだけで、今日かぎり止めた、ということであった。

頭を逆さにして飛鳥川の水にひたしたら少し気分がすっきりした。それから、飛鳥川沿いの小道をぶらぶらと歩いていった。しばらくしては、また飛鳥川で頭を冷やし日照りの道を歩く。暑くて畑仕事をする気にもなれなかった。

上半身は裸で、その膚は褐色に日焼けし、筋肉が張り、丈も人並み以上であった。我ながら恵まれた体躯だと思っており、その体で女房を抱いていたかったのだが、女房はここのところ彼を拒んでいた上に邪険であった。いつまで経ってもうだつの上がらない無名の境遇に不満で愚痴ばかりこぼしていた。そんな女房のいる狭い家にいるのもやりきれなく、目的もなくしかめ面をして何処までも歩いていくのであった。そういえば、この男のしかめ面は昔からのもののようで、それがときおり彼を賢くも思慮深くも見せるのであったが、それ以上に何かやりきれない焦燥感を漂わせている結果ともなっていた。じっさい、彼は始終満たされない気持で三十年の間生きてきたのではある。

大きな合戦でもないかな、とふと思う。いま一度、物部守屋でも現れたら、今度は真っ先に馬子のところに駆けつけ、でかい手柄を立て、人生の転機をはかるのだが、と思う。そうでもない限り、自分の生活は見上げている暑い空のように無表情であり続けるだろう。

いつの間にか豊浦寺の手前に来ていた。見ると、二人の尼が川沿いの道に出てくるのであった。一人はかなりの年配、今一人はやや若い女人であった。年配の尼を見た途端、まずいな、と無名は思った。それは有名な善信尼、日本で最初の出家尼であり、そしてかつて十数年前、無名が暴徒の一人として馬子の館を襲ったとき、市場に連行し、公衆の面前でその法衣を破り捨て恥をかかせた相手なのである。

善信尼も無名を認めると足を止めた。それから、まっすぐ早足で無名に近づいてきた。

「わたしを覚えているな」

きつい声であった。鋭い目で無名を見すえるのであった。無名は、棒立ちになって、ただ、頭を下げるのみであった。

「昔をとがめはせぬ」

と善信尼は言った。

「おぬしも後悔しておろう。今は熱心な仏教徒になったそうだな、えい、行、や」

行、と呼ばれて無名は頭がくらくらとした。この女の前で言い知れぬ恥ずかしさと屈辱感を覚え、何と答えていいか分からないのであった。善信尼はじっと無名を見ていたが、やがて強い調子で言った。

「こっちへ、来や」

前に立って歩き始めた。

豊浦寺の裏手に廻ると、一本の桜の木があったが、青葉の茂るその木の下の大きな庭石に腰をおろすと、無名に向かって自分の前の地面を指し、そこに座ることを無言のうちに命じた。

無名は胡坐をかいて地面に尻をつけたが、女の前で、半ば頭を下げた形で座るのは初めてであった。何たることか、と腹が立ったのだが、反抗できない自分を感じていた。


「髪を切るための小刀を持っておいで」

連れの女にそう命じた後、無名に語りかけた。

「おぬしが仏教徒になったのは結構なことだが、わたしはおぬしのしるしが欲しいのじゃ。しるし、じゃ。本当に仏教徒であるというしるし、がな」

無名は眼をぱちくりさせて、口をもぐもぐし、何と弁解しようかと焦った。

「それともおぬしの仏心はインチキか」

善信尼は執拗な目で無名を見つめ、無名の心中を探ろうとする様子であった。

無名はいよいよ焦り、口がきけなかった。

「大臣はおぬしを引き立てたそうだが、わたしはお前の過去を知っている。お前の前身をな。お前の前身を大臣は知らないらしいし、太子様もそうらしいが、わたしは知っているのじゃ。どうする、行、行」

　無名は頭を垂れた。昔のことを言われてはどうにもならないのであった。

「わたしはおぬしの信心のしるしが欲しい。本当に欲しい。お前のような恐ろしい乱暴者からはな……分かるであろう、行、それともムミョウか」

「……」

「おぬしの頭を剃る。読経を聞くにはお前のそのぼさぼさ頭はふさわしくない。それに、安心しておぬしとはつき合えぬのじゃ」

「しかし、俺は坊主さまではないから。それに明日からは読経には行かない」

「そうか。おぬしの仏徒ぶりは、やはり、いんちきか。そうであろう。そうでなければ話がおかしいわい。しかし、それだけではすまされぬぞ。おぬしが頭を剃らせないのなら、わたしはお前のすべてを大臣に話す。恐くないか、どうじゃ。昔のお前の行状を大臣に伝えてよいかのう、どうじゃ」

「……」

　無名は観念をした。馬子に昔のことを告げられたら、田畑を取り上げられるだけでなく、牢屋にでも入れられてしまうかも知れないと思ったのである。

「刈れや、亜菊」

　と善信尼は言った。

　亜菊と呼ばれた尼は嬉しそうに小刀を取り上げた。

　無名は善信尼をにらみつけたが、善信尼はさらに強い眼光で無名のそれをはねつけた。善信尼の眼の光には憎悪の混じった力がみなぎっていて、何者かにとりつかれたような偏執心が燃えているようであった。

亜菊は、無名の伸びた髪を指でつまむとそれを小刀でぷつんと切り、切った髪を静かに地面に落とした。ゆっくりと丁寧に繰り返すその動作では、無名の頭の髪を刈り終えるのに相当の時間を要すると思われたが、しばらくすると善信尼は、

「剃り刀が要るのう」

と言って寺の奥に入っていった。


無名に寄り添うようにして亜菊が体を動かした。どうも、体が近すぎる、というより故意に体を密着させているとしか思われなかった。そっと、無名は亜菊を見上げた。肉付きの良い、そして好色そうな女であった。そう感じたとき、亜菊が髪を切る動作を中止し、やわらかく滑らかな手のひらで、無名の肩の膚を揉むように撫でつつ、かぶさる具合に無名の顔の表情をうかがった。熱い息がかかり、女の匂いが強くした。思わず無名は手を後ろにまわし、女の体をなでた。


「おとなしくしているかの」

善信尼がもどってきた。

「良い剃り刀が見当たらぬ。今日のところは、短く刈るだけでかんにんしてやろう」

（6）

聖徳太子や馬子は凡夫のことを気にかけているには忙しすぎた。一人の凡夫、無名のことは霧粒の一つのように関心の外へと消えていきがちであった。

この時期、大和朝廷は朝鮮半島の新羅との関係で苦慮していた。新羅との関係の難しさは、五十年ほど前の継体朝、百年ほど前の雄略朝、それより前の神功皇后時代、さらには卑弥呼伝説の時代からのものでもあったようだが、相変わらずの半端な朝貢や友好、そして侵略、離反、裏切り、衝突の繰り返しであったのである。

任那地方についても、大和朝廷が一貫して所有権を主張してきたのに対して、朝鮮半島で百済、高句麗、新羅と分立していた三国時代、東南に位置する新羅は侵略的な植民地政策として強く反発し、両者の間では、いわば〈任那の取り合い〉が続いていたといえる。

推古八年、西暦六〇〇年に、大和朝廷が新羅に攻め入ったのは、欽明天皇時代、つまり四十年ほど前に新羅に奪われてしまっていた任那地方を返してもらおうと交渉していたそれが結局うまく行かず、ついに武力行使に出たということなのである。

大和朝廷は二万余の軍をととのえ、新羅に押し渡った。新羅側の戦争に対する準備不足ということもあり、侵攻は成功し、たちまち五つの城を陥れた。新羅側は任那地方の六城の割譲を条件に和平を申し入れてきた。これらの地は任那の大半の地を含んでいたので、大和朝廷はそれを受け、特使として難波吉士神《みわ》および難波吉士連子《いたび》を送った。

新羅側はそれに対して調《みつぎ》を献上し、上表して述べたのである。

「天には神がましまし、地には天皇がおられる。このお二方ほど畏れ多いものはございません。今後は任那を侵したりしませんし、毎年かならず朝献いたします」

が、それは新羅の虚言であった。

大和朝廷が大隊を引き揚げると、任那に侵入し、占有し、防備を固めたのであった。翌年には新羅の偵察隊が対馬で見つかるという事件も発生した。

新羅にだまされたと知った大和朝廷は、推古十年の二月、任那を奪還するため、来目皇子《くめのみこ》を大将軍として二万五千の軍兵をもって新羅征伐に踏み切った。来目皇子は聖徳太子の同母弟である。ところが、筑紫に軍を進め、駐屯しているうちに、病気にかかり、翌年春、筑紫で亡くなってしまったのであった。新羅の間者が動いたのではないか、との噂も流れた。

それで新たに、来目皇子の異母弟の当麻皇子《たぎのみこ》が新羅征伐の大将軍に選ばれ、船で難波を発ち、筑紫に向かったのであるが、播磨の明石まで来たとき、したがっていた妻の舎人姫が突然病気で亡くなってしまったのである。当麻皇子は、それを個人的事件を越えた不吉なものと感じ、筑紫におもむかず、引き返してきてしまった。そして、大和朝廷としても、それ以上は新羅征伐を敢行しようとはしなかったのである。

大和朝廷がけっきょく新羅征伐をあきらめざるをえなくなった背景には新羅の国力の向上があったと言えよう。

新羅が唐と組んで、日本の援助を受ける百済を白村江の戦いで滅ぼしてしまうのが六六三年、高句麗を滅ぼすのが六六八年、唐軍をも朝鮮半島から追い出し、その後二百六十年におよぶ朝鮮統一の新羅王朝を樹立したのが六七六年だが、その世紀初頭においても、すでにその基礎はできていたようで、そう簡単には大和朝廷で征伐できる相手ではなくなっていたのである。のみならず、新羅は隋から任那が新羅の領地であることの認証を得ていたのであった。推古八年に大和朝廷が遣隋使を送った目的の一つは、任那問題に関する隋の好意的介入を期待してのことでもあったのだが、隋に婉曲的に断られてしまっていた。

さらに新羅征伐の矛先を鈍らせたのは、新羅系帰化人ともいえる難波吉士氏の動きであり、聖徳太子の愛妃膳郎女の一族、親新羅派である膳氏の存在であり、あるいは、広隆寺建立で知られる秦氏の働きでもあった。

彼らは、政府から新羅への使いとして幾度か選ばれてもいる氏族だったが、新羅仏教を紹介することにより、太子の信任を得るのに成功し、太子の心をして反新羅から親新羅へと変えていったのである。新羅で長く王として君臨した真平王は仏教保護者として知られているが、実は聖徳太子との間で仏教信奉者としての私的な交流と友情が生まれつつあったのである。

（7）

（太子は本当に新羅を討つ気があるのだろうか）

この時期、蘇我馬子が太子にいだき始めていた疑念といえば、そのことであった。

（討てやしまい。いや、討つ気がないのではあるまいか。あれは理想を言う。だが、現実には極めてもろい成果しか得られなくてもあまり気にしないところがある。現実感覚が欠如しているのか？　そうとも言える。しかし、見方によっては、理想論を口にしながら、実は別の目的を持っているのではないかと思えなくもない気がする。つまり、別の目的を別の名目で飾っているような場合が……）

太子が斑鳩に御殿を建て、そこに住み、飛鳥の宮廷には馬に乗って遠路の道を通ってくるようになると、馬子は太子との連絡をいささか不便に感じたが、一方では、太子を批判的に眺める機会を得たとも言える。

太子が斑鳩に移った頃から、馬子は太子の周辺に集まる新羅系の人々の影を感じざるをえなかった。斑鳩は膳氏の本拠地であり、太子は愛妃の膳郎女の里に腰をすえたようなものでもあったが、膳氏は従来から親新羅の色合いが強く、斑鳩の里には親新羅系の人間が多く出入りしていたのである。

長い間百済系の人々によって開発され、また百済系の人々で満ちている飛鳥の地を離れて新羅系の集団に近づこうとしているではないか、と馬子は思った。馬子が太子の才質に感心していることの一つに先見の明というものがあったが、今、馬子はそこにある種の功利性を覚えつつもあった。それは、馬鹿ほど太子から遠いものはない、という意味での聡さでもあったろうが。


（太子には最初から新羅を討伐する気がなかったのではないか。あったとしても極めて弱い意志だ。太子の心中にあったもの、今なおあるのは、新羅を討伐し任那を奪い返そうということより、新羅と友好の扉を開こうということである。利口な太子はいまさら任那がもどってこないことなどとっくに知っているのだ。もともと、太子は征服外交ができない性格だし、新羅仏教に強く心を魅かれてもいる。さらに、新羅の将来を買い、百済との関係と同等のつながりを持とうとしている、そのために斑鳩に移った……）


隋に使いを送ったときも、と馬子は考える……

大国の隋に対して、太子は、

「倭王は天をもって兄とし、日をもって弟としている」

と自己紹介したのだが、天の子と称している大陸の皇帝がいかに当惑するか知っての文章ではなかったか……任那問題で大和朝廷のために努力してくれるはずもない。任那問題で本当に隋の手を借りたいのなら、今少し隋の心証を考えて、言葉を控え、自身もせいぜい天の子と称して満足するべきではなかったか、と。
太子は事が進まないのを承知でそのような文章を書いたのではないか、とも思いたくなる。太子はそのような文章を書くことで、隋の非協力を引き出し、つまりは結果として任那問題での幕引きを図ったのではないか、と。

対朝鮮外交で百済系中心に動いてきた大和朝廷にとって、新羅系は少数であり、異端でもあった。が、将来を見たとき、新羅との友好関係こそ重要になってくるかも知れないのであった。

良い、と馬子は思った。自分は牛だ、ゆっくりとついていく。名前は馬子。しかし、もう十分に馬として走った。これ以上は走らぬ。

馬子は馬に乗って斑鳩から駆けつけてくる聖徳太子を思い浮かべ微笑した。と同時に、昨日、群臣の前で太子が示した一体の弥勒菩薩半跏思惟像の姿を目に浮かべた。

「これは尊い仏像だ。新羅からのものである。誰かこの像を得て、礼拝しようとするものはいないか」

皆、静まり返った。当麻皇子の妻の死から半年、新羅征伐を中断してから未だ日が経っていなかった。それなのに、新羅からの仏像を尊ぶのか？　仏像に国境はない、とも言えるだろうが、多くの者は複雑な気持を持った。馬子は、今まで隠されていたものが突然目の前に明示されたときのような衝撃を受けた。親新羅系の帰化人の秦造《はたのみやつこ》河勝《かわかつ》が進み出て言った。

「私が礼拝いたしましょう。寺（蜂国寺、後称広隆寺）を造ります」

(8)

施政家は、何をもとめ、何に意を用いるべきであろうか、と太子は考える。理想だ、と彼は思う。常に理想を求め、その理想に近い形で現実を処理すること、政とはそういうことではないか。理想の現実化、或はそれへの真摯な努力、それが政である。額田部大王（推古天皇）に正法智を説く勝鬘経を、紹介、推薦したのも、その気持からである、と。

現実は理想によって変革されていくべきであって、そのままで良いというものではない。仏教のいう包容性とは現実をそのまま受け入れて、是、とすることではない。

馬子は馬子で良かろう、と彼は思う。ただ、現実というものに身も心も深く奪われてしまっていて、発想や行為が現状から脱皮できないという宿命にあることは残念なことである。彼にまかせている限り大きな間違いはあるまい。しかし、飛躍がない。かつての馬子は知らぬ、が、すくなくとも今の馬子は現実を処理するのに精一杯の感じがする。

この自分を見る眼にしても、そんな馬子自身の見方からしか見ることができまい。

隋へ使いを出すに当たっての私の口上や、新羅の仏像の紹介というものについて、彼は、親新羅政策のための政治的な工作ととっているようだが、それは裏からの見方というもので正統ではない。隋への口上は大和朝廷の外交の基調を示したまでのことであるし、新羅の仏像の紹介は仏像そのものに高い価値を見たまでのことである。

付随的な結果や要素をあげつらい、物事本来の目的や本質と解するのは、現実主義者の陥りやすい欠点であり、限界である。

毅然とした外交の基調、そして優れた仏像への尊崇、それは姑息な見方を越えて、後代へとつながる大切なものであることを馬子も知らねばならぬ。


現実を無視して理想は成り立たないとしても、政治家は理想をこそ追うべきではないか。理想の情熱を燃やし続けることこそ政治家の生命であり、その情熱が失せたとき、或はそれが不可能になったとき、政治家は政治から身を退くべきであろう……

推古十二年、太子三十一歳、彼は彼の政治理念を憲法十七条として発布した。


少し長くなるが、続く時代に影響を与えた上、その後の日本の精神面、生活面においても影響力を持ったと思われる彼の言葉をここに、部分的にも、引用しておこう。


一に曰く、和をもって貴しとし、さからうことなきを宗とせよ。

人みな党あり。また、さとれる者少なし。ここをもって、あるいは君父にしたがわず、また隣里に違う。しかれども、上和ぎ、下むつびて、事あげつらうにかなうときは、事理おのずから通ず。何事かならざらん。

二に曰く、あつく三宝を敬え。三宝とは、仏と法と僧なり。すなわち、四生のよりどころ、万国の極宗なり。いずれの世、いずれの人か、この法を貴ばざらん。人、はなはだ悪しき者少なし。よく教うるをもて従う。それ三宝に帰りまつらずば、何をもってまがれるを直さん。

三に曰く、詔をうけたまわりては、かならず謹め。君をば天とす。臣をば地とす。天は覆い、地は載す。四時順い行いて、万気通うことを得。地、天を覆わんとするときは、壊るるを致さん……

四に曰く、群卿百寮、礼をもって本とせよ。それ民を治むる本は、かならず礼にあり。上、礼なきときは、下、ととのわず、下、礼なきときは、かならず罪あり……

五に曰く、あじわいのむさぼりを絶ち、たからの欲を棄てて、明らかに訴訟を弁めよ。それ百姓の訴えは、一日に千事あり。一日すらしかるを、いわんや歳を累ねてをや。このごろ訴えを治むる者、利を得るを常とし、賄いを見てはことわりもうすを聴く。すなわち財あるものの訴えは、石をもって水に投ぐるごとし。乏しきものの訴えは、水をもって石に投ぐるに似たり。ここをもって、貧しき民は所由を知らず、臣道またここに欠く。

六に曰く、悪をこらしめ善を勧むるは、古の良き典なり。ここをもって、人の善を匿すことなく、悪を見てはかならずただせ。それへつらいあざむく者は、国家をくつがえす利器なり。人民を絶つ鋒剣なり。またおもねり媚ぶる者は、上に対して好みて下の過を説き、下に逢いては上の失をそしる。それ、これらの人は、みな君に忠なく、民に仁なし。これ大乱の本なり。

七に曰く、人おのおの任あり、……略……、古の聖王、官のために人を求む、人のために官を求めず。

八に曰く、群卿百寮、早く朝りておそく退でよ……遅く朝るときは急なるにおよばず、早く退るときはかならず事尽くさず。

九に曰く、信はこれ義の本なり。事ごとに信あるべし。それ善悪成敗はかならず信にあり。群臣ともに信あるときは、何事か成らざらん。群臣信なきときは、万事ことごとく敗れん。

十に曰く、こころのいかりを絶ち、おもてのいかりを棄てて、人の違うことを怒らざれ。人みな心あり。心おのおの執るところあり。かれ是とすれば、われ非とす。われかならずしも聖にあらず。かれかならずしも愚にあらず。ともにこれ凡夫のみ……

十一に曰く、……事を執る群卿、賞罰を明らかにすべし。

十二に曰く、国司国造、百姓におさめとることなかれ。国に二君なし。民に両主なし。卒土の兆民は王をもって主とす……

十三に曰く、もろもろの官に任ぜる者、同じく職掌を知れ……

それ与り聞かずということをもって、公務な妨げそ。

十四に曰く、群臣百寮、嫉妬あるなかれ。われすでに人をうらやむときは、人またわれをうらやむ。嫉妬の患え、その極まりをしらず。このゆえに、智おのれに勝るときは悦ばず。才おのれに優るときは嫉む。ここをもって、五百歳にしていまし今賢に遇うとも、千載にしてひとりの聖を待つこと難し。それ賢聖を得ずば、何をもってか国を治めん。

十五に曰く、私に背きて公に向くは、これ臣の道なり……

十六に曰く、民を使うに時をもってするは、古の良き典なり。ゆえに、冬の月に間あらば、もって民を使うべし。春より秋に至るまでは、農桑の節なり。民を使うべからず。それ農せずば、何を食らわん。桑とらずば何をか服ん。

十七に曰く、それ事はひとり断むべからず。かならず衆とともに論うべし。小事はこれ軽し。かならずしも衆とすべからず。ただ大事を論うにおよびては、もしは失あらんことを疑う。ゆえに衆と相弁うるときは、辞すなわち理を得ん。

（9）

推古十七年、四月、飛鳥寺の今に伝わる飛鳥大仏、丈六の金銅如来仏坐像が完成した。天皇、太子、諸臣の誓願によって制作を決められ、帰化人の鞍作鳥《くらつくりのとり》を制作の実施責任者として使い、四年がかりで完成したのだが、高麗の大興王が黄金三百両を寄付したことなどが知られている。

大仏が金堂に安置され、法会が行われたとき、飛鳥寺の内外には、ひと眼大仏を見たり、拝んだりしようとする人々が参集したが、その中には無名もいた。本来なら無名は寺に雇われ、群衆の整理にも当たっていたかも知れないのだが、いささか風邪気味だったし、また四十を過ぎた億劫さもあったか、何の役にもついていなかった。一方では、沢山の群集に混じって見物疲れをするより、家で寝ていた方がよい気もしたのだが、半年前に連れ添いの女を病気で亡くした後、宗教心みたいなものも生まれてきていて、仏さまとやらを拝んでみようという気持になったのである。

十年前、結局彼は坊主さまにはならなかった。というより、善信尼に頭髪を刈られて十日後には、用事で雇われるのでなければ、飛鳥寺にも足を踏み入れなくなっていた。別に仏教が気に食わないという意識を強くしたわけではないのだが、俗人の彼はごく自然にそんな具合になっていったのである。それは、あのときの亜菊という後家の尼が、無名と戯れた後、尼寺を出て、草履屋と再婚してそのおかみとなったのと同じような成り行きだったと言える。

言ってみれば、たとえ仏の信者であっても、誰でもが仏の付き人のようになれるものではない、ということになろうし、そもそもが無名の信者ぶりというものは、それから十年経つ間にも、きわめて頼りないものであったというよりほかなく、とても信者などと呼べる生活態度ではなかったのである。ただ、一度坊主刈りにされた頭の髪の型は、何かの未練でもあるかのようにずっと継承されていた。それに、連れ添いが亡くなってみると、子供がいなかったこともあってか、無性に淋しい孤独感に襲われるときがあり、そのような折、なぜとなく仏の顔を思い浮かべるようになっていた。自分には何かとつらく当たる女だったが、この機会に仏さまを拝んで、安らかになってもらおうか、などと考え、その日の拝仏を思い立ったのである。

四月の柔らかな陽光がけやき林に降りそそぐ日であった。その頃、飛鳥の地はけやき林に恵まれていて、飛鳥寺自体が中国南朝系の渡来氏族といわれる飛鳥氏の所有していたけやき林を拓いて造営したもので、周囲のけやきの新しく出そろった瑞々しい若葉が春の微風でそよいでいるのであった。

無名は朝早くから参じた群集の中で、辛抱強く順番を待ち続け、かれこれ五時間も経ってから、丈六なる仏像の姿と対面することができたのである。

丈六とは、一丈六尺のことで、つまり十六尺を意味する。仏の立像は十六尺と言われているのである。いつからそう定められたか不明だが、よほどの巨人であり、そうするとお釈迦さま自身も背丈があったのか、と推測される。飛鳥の大仏は坐像だから一丈ばかりの高さだが、その前に立ったとき、しかし、無名はその仏像のかもし出す一種異様な雰囲気と見慣れない顔の造りに衝撃を受け呆然としていたのである。

見なれない顔の造り、それは止利式仏像とも後称された表現のものであったろうが、日本人の通常のものではなく、さりとてテンジクヤロウのものではない、いわば無名の生活圏にはなかった、そして呪術に満ちた表情をしていた。線香の煙の中に埋もれたその像は、呪声ともいうべきお経で祝され、無名の前に在ったわけだが、無名は有り難いという気持を持てず、ただあきれ顔で突っ立っていた。

どうしたら良いのだろうか、と彼は思った。自分の神様がこんな顔で良いのだろうか、自分はこの神様に死んだ女房をあずけられるだろうか。ちょっと、待ってくれ、ちょっとだ、なぜかは知らぬ、だが、要するにこの神様は大和人ではないのだ……それに対する恐れが自分にある……

どこの国のお人だろうか、と無名はとまどい、どこの国にも属さないお人かも知れないと思った。しかし、それは逆にどこの国にも属するということかも知れない、とふと思った。そうだろうか、どこにも属さない、ということはどこにも属するということだろうか？　無名は家に帰ってからも、そんな思いのうちにいたが、考えがまとまらないじれったさの中で、妙に明るい空をぽかんとして眺めていた。

その夜、無名は夢を見た。最初は飛鳥大仏の顔が浮かんでいたのだが、いつの間にか聖徳太子の顔に変わっているのであった。無名が偉そうにも自分の気持を語っていて、太子が微笑しながら無名をさとしているのだった。

（それは、行）

と太子は言っていた。

（仏様は時空を越えたお方だから当然のことじゃ。なぜ、行は大和人の顔にこだわるのかな。心の狭さではないのかな、空、じゃ）

（クウ？）

（ソラ、じゃ。広い空じゃ。国を超えた広い愛に生きておられるご自身のお顔が、どこの国にも属さないお顔の相であられて何の不思議があろうか、何のさしさわりがあろうか。

とはいえ、仏様は、現世のこの国に生まれたお前の業にも理解を示してくださるわけだし、あの仏像を作った鞍作鳥も、実は、他ならぬ大陸人の因果のうちにあるわけだろうから、行や、お前自身の仏像を彫ってみたらばいかがかな）

（私が彫る？　しかし、私は仏さまを存じないから……）

（存じない？　いや、お前は存じておる。仏様はお前の心の中におられるはずじゃ。たとえ、ぼんやりとでも）

（私の心の中に？　ぼんやりとでも？）

（そうじゃ、それを彫るのだ、そのぼんやりを今少しはっきりさせるのじゃ。そのための行というお前の名じゃ）

（ぼんやりを今少しはっきりさせる……？　分かりました）

そう、たしかに無名は、分かりました、と答えたのである。夢から覚めたとき、無名は、夢遊病者のように立ち上がり、仏像を彫るのだ、ぼんやりとした仏さまを今少しはっきりさせるのだ、と興奮気味に決心していた。

（10）

馬子がその無名に出会ったのは翌年の或る春の日のことであった。

その日、馬子は推古天皇の離宮を見舞った後、供の者二人を連れて、山里を散策していた。馬子は五十を過ぎていたが、すこぶる健脚であった。彼は気ままに早足で歩くかと思うと、路傍などに腰掛け物思いにふけったりしていた。

額田部大王、すなわち豊御食炊屋姫天皇《とよみけかしきやひめのすめらみこと》つまり推古天皇は、故敏達天皇の皇后であった。

夫君敏達天皇の死後、用命、崇峻、と皇位が続いたが、崇峻天皇が馬子に殺されると、群臣に推されて第三十三代目の大和朝廷の皇位に就いた。特に馬子の強い要望があったのである。馬子が推古天皇をかついだのは、皇族関係も充分に考慮した上での大臣としての政治のやりやすさがあったからだろうが、血統的に推古天皇は馬子の姪であり、かつ仏教にも理解を示していた女性だった。性格的にも、馬子は彼女のおおらかさが気に入っていたようで、また、上に立つ人間として大切な調和感覚といったものを持ち備えた女性であることを、馬子は天皇が未だ幼い頃から知っていたのである。

父稲目の政治家としての優れた蘇我の血が、自分そして自分の妹の堅塩媛《きたしひめ》の子、すなわち炊屋姫に伝わっていることを感じていたのだが、果たして、彼女は仏教に理解を示したのみならず、馬子と聖徳太子との間の調整も上手くとってくれているようであった。

「大臣、この花をご存知ですか」

推古天皇は経本にはさまれていた一葉のしおりを馬子に見せたが、それは桜の花びらに似た形の、しかし、真っ赤なものであった。

黙って見入っている馬子に彼女は言うのであった。

「この経本は飛鳥寺の慧聡殿のくださったものですが、天竺の花だそうですよ」

「天竺の花？　ほう、珍しいしおりですね」

「天竺の花はこのようなものか、このように赤いものか」

手にとって透かすと、それは赤い顔料を溶かして作った人工の葉っぱのようですらある。

「仏様もこの花に囲まれて説法をなされたのでしょうね」

彼女は四方の桜の木々を見渡しながら言っていた。

「大臣、桜の花とこの花とはずいぶん違うと思いませんか。形や大きさは似ていますが」

馬子は、はっとしたが、天皇はにこやかに微笑みながら言い続けていた。

「先ほどから考えていたのです。天竺の花も大和の花も、花は花。

しかし、こうも言えますよ。花は花でも、天竺のものと大和のものとではずい分違う、と。仏様は国を超えておられるが、人間は時空を超えられない、と」

「……」

「仏の教えが優れていることを私は知っています。それゆえに仏教の布教活動に私も賛同してきました。でも、大和の神もおろそかにすべきではないでしょう。古来、私ども歴代の大王は、政治を行うに当たって謹んでこの国の神々を敬い、山川の神々をまつり、神々の力を天地にお通わせしめました。このため、陰陽は良く開き和し、仕事も順調に行われたと聞いています。

今、自分の世においても、どうして神々への祭りを怠ることができましょうか。それゆえ、群臣は心をこめて神々を礼拝して欲しいのです」

馬子に異存はなかった。祭りの式の内容や手順を相談した後、天皇と別れた。

柔らかな陽射しが大地と草木を暖めていた。そのうららかな春の大気の中を散策しながら、彼自身、天竺の真っ赤な花びらの世界との距離感を覚えないでもなかった。仏教の雰囲気は、異国的な魅力と同時に、いわば或る種の距離感を彼に与えることがあったのだが、今までは、それこそが尊い世界の証のように思われてきた。が、今見せられた赤い花びらは、彼に奇妙な不安感を与えたようなのである。彼は何となく落ち着かない気持になっていた。

野道はいつか飛鳥の盆地に入り込んできているようであった。もう少し歩くと、甘樫丘も見えてくるだろうと思われた。野の斜面が尽きた所の、と或る林の脇に筵がかかっていて、辺りに木片が散り、誰かが筵の陰で木を削っている気配であった。

木彫りだな、と馬子は思い、近づいていくと、粗衣をまとった男が一人、胡坐をかいて木を削っていた。

見ると、板の上に木造の仏の像が三体並べられてあって、いずれも一尺ほどの高さの坐像、さらに新たな一体に小刀を加えているところであった。

「うーむ」

馬子は思わず嘆声を発した。

仏教の浸透と共に民衆の間で仏像の木彫りが作られ始めているのは知っていたが、木彫りの現場を見たことはなかった。なかなか良い仏像ではないか、民衆も馬鹿にはできぬわい、と思った。

特に一体、一番手前に置いてあったものが馬子の気を引いた。

「見よ、なかなかのできじゃ」

供の者を振返って言った。

「そして、親しみのあるお顔だ」

そう言いつつ、馬子は先ほどから心のうちにあった或る焦燥感のようなものが、今ここでいやされていくのを感じていた。

(仏は、どこにでもおわすのだ。今、大和のここにおられる)

桜吹雪が頭の上で舞うと、それは仏像にも降りかかった。仏像に付着した花弁を見て馬子は嬉しくなり微笑した。

(やはり、おられる)

馬子は無意識に腕を伸ばし、仏像を取ろうとした。すると、木彫りの男が片手をあげてそれを制した。

「……?」

馬子はあわてて、

「いや、失礼」

と言って手を引っ込めた。

(売り物ではないのか……)

しかし、馬子を見上げた木彫りの男は、はっとした表情をして、仏像を手にすると、それを馬子に差し出した。そして、頭を地に伏せたのである。

「……」

わしが誰だか気がついたな、そう思いつつ、いささか落ち着かない心境になり、仏像を手に取り眺めていた。

慈悲が感じられる、平和がある、が、何よりも手の感触に親しい木肌がある、と思った。顔の表情にも言いえない柔かさ、そして懐かしさがある、と思いつつ、そっと、仏像をもとの板の上に返した。欲しい気がしたが、言い出しかねていると、

「お望みなら、お持ち帰りください」

と男が言った。

「いいのか」

馬子は奇妙にかぼそい声で聞いた。

「へい」

「名は何と言われる?」

「……」

男は口の中で何か中途半端な言い方をした。

「名は?」

「無名、です」

「ムミョウ?　やや」

馬子は男の顔を見直した。最後に見てから十年近く経っていた。短く刈られた頭は白の目立つ胡麻塩模様になっていたが、そこには何を考えているのか分からない、そして挑戦的な瞳の、昔ながらの無名の表情があった。馬子は仏像と無名の顔を見比べながらあわてざるをえなかった。

「無名、いや、行、だな、お前は。そうだな」

無名には思いがけず工匠の才があったらしいのである。それは彼自身とて以前には気がつかなかったことであった。その翌日から、彼は月に米一俵で馬子に雇われ、好きな具合に仏像を彫塑することになった。素材を前に胡坐をかき、彫り刀を手にして仏像を彫っていく無名の姿は、いっぱしの仏師に見えた。

（11）

斑鳩の里では太子が文机に向かい、第二次遣隋使の小野妹子に託して隋の煬帝に渡す国書の草案の仕上げを急いでいた。

雨が降り続き、桜の花の季節も終わりのようであった。

「妙に底冷えがするの」

と言いつつ、妃の膳郎女が差し出した白湯を飲み干してから、自室にもどった太子は、風邪気味であることを感じていた。

この雨では散策もできぬ。一日中座っているに如くはない。呼吸も静かに、ただ瞑想の中でじっとしているのに向いた日だ。そう、呼吸も静かに……

が、国書の作成に向かう太子の息は熱くなりがちであった。

「日出ずる処の天子、書を日没する処の天子に致す、つつがなきや……」

煬帝は怒るかも知れぬ、と太子は思った。野蛮な東夷の小国の分際で生意気だと。

しかし、一国の外交の基調は、このように威風堂々としたものでなければならないのではないか？

そもそも、日出ずる処と日没する処、これは両国に関する地理的事実である。そしてまた、言っている言葉はそれだけである。それを先達の国と終着の国と解するか、新しい国と古い国ととらえるか、或は勢いのある国と滅びいく国と考えるか、それは相手の勝手というものである。

もし、この表現が気に入らないで怒るのなら怒ってもやむをえまい、と太子は考える。大和朝廷は、大陸からの文化や文明を得るのに大陸との交流を望まないではないが、それ以上に得るものも失うものもないだろう。

政治的に考えるなら、むしろ煬帝は半島の高句麗を討とうとして苦戦している最中であるから、大和朝廷の挨拶は、それがどのようなものであれ、有り難いものではあるまいか。

「日出ずる処の天子、書を日没する処の天子に致す、つつがなきや……」

これで良い、これで良い。太子は一人でにやにやとした。これには大臣の馬子も口をあんぐり開けて驚くだろうが。

馬子の現実処理能力を買わないではない、しかし、いつも思うのだが、彼には理想を追う歯切れの良さが今ひとつ不足している……

喉が痛んだ。また白湯を飲もう、朝鮮人参を混じて、と思いつつ、膳郎女のいる部屋に向かったが、渡り廊下からは、青柳に囲まれた蓮池が見え、建立中の斑鳩寺（法隆寺）も霧の中に浮かんで見えた。

太子は、足を止め、眼を細めてその景観に眺め入っていたが、

（何の、大陸の煬帝が……）

と思い続ける。

（どちらが豊かな国か）

もちろん、隋は、面積、人口の規模からいえば、大和朝廷とは比較できないほど巨大で、それは千年歴史が下ろうとも同じだろうし、文化にしても古い歴史を持つ先達で、そのためにこそ、この度の遣隋使の中にも仏法を学ぶ人間を加えたのであった。

だが、と太子は考える。国の豊かさとは自然の恵みを第一の条件とするべきではないのか、そして、自然の恵みにおいて、この国ほど豊穣で美しい気候風土の場所があろうか、と。

それに、と太子は馬子の心配顔を思い浮かべて微笑するのだった。隋が怒ってもどうすることもできない大和の国の地理的安全性について考えるのである。

……妹子らは北九州から対馬海峡を渡り、朝鮮半島に沿って北上し、百済の北辺まで行き、そこか

ら黄海を横切り、大陸の山東半島に着くのだが、黄海を渡るのにはわずか三日間ですむのに、九州を出てから百済の北辺に到るまでには一か月を要するのである。ということは、逆に大陸からこの国に来ようとするときも、やはり、時間のかかるこの北路をたどらざるをえないのであって、もしそれができればその三分の一の日数で渡ってくることができるであろう南路、つまり波荒い外海の東シナ海を江南から一直線に北九州に着く路は、危険性が高く、大官や軍団には取れない路なのである。

この国の安全性も、神国性もそこに在る、と太子は考える。もし、両国に横たわる東シナ海の距離が半分だったなら、大和朝廷は朝鮮半島の各国のように、常に大陸の強大な権力下で戦々恐々として生きていかねばならないだろうが、と。

隋の煬帝がどんなに怒ろうとも、東シナ海の距離を短くすることはできない、つまりは、この大和の国は、隋を恐れる理由など一つもないのだ……

(12)

白湯を飲んだ後、再び部屋にこもった。

隋への国書の草案をほぼ終えたところで、かたわらの弥勒菩薩半跏思惟像に眺め入った。右手の中指を軽く頬に当てた一方、右脚を折り曲げて左ひざに乗せ、その右足首を垂れた左手が押さえた感じにもなっているのだが、木造で三尺ほどの丈の観音を想わせる優しい慈悲の表情に満ちたその像は、太子の部屋の一隅で静かに座していた。

他日、膳郎女の父親の膳傾子が、新羅の者からの太子への献上品として運んできたものである。膳傾子は、建立中の斑鳩寺や中宮寺の本尊、或は本尊に準じるものとして、その弥勒の半跏像を太子に提案もしていた。

元来、弥勒は天にいると同時に、下界の衆生を救うために地上に降りてきている、と言われている。それゆえ、弥勒信仰も、天に上生することを願う上生信仰と、下生した弥勒との出会いを願う下生信仰とによって成立しているという。

また、弥勒は若い日の釈迦、つまりゴータマシッダルタ太子自身の姿とも言われるが、後秦（三八四〜四一七年）のクマラジュウが訳し伝えたとされる弥勒大成仏経が太子の手元にある。

……弥勒は、人々が皆慈悲心を持った和順な国の王家の皇子として生まれたが、世間の衆生が生死の苦しみを受けているのを憐れみ、家にあっても心楽しまなかった……

……ついに出家し、正覚を成じて仏となり、衆生のため、説法を行う……

……弥勒は生来光明を放ち、宝蓮華に座していた……

弥勒は若い日の釈迦つまりシッダルタ太子自身だともいう……

私はシッダルタではない、しかし、と聖徳太子は思わないでもない。私も、出家を望んでいないではないのだ、と。それは、私の自惚れであろうか、脱俗、解脱し、弥勒菩薩のように衆生を救おうとするのは。

それにしても、と太子は半跏思惟像に見入りながら思う。このお顔の悲しみと愛の切実さはどうだろう。その静かさと深い永遠性をたたえた表情は、衆生を救いたいなどと思いながらも、その実、自分自身すら救いえない、非力な政治家、未熟な宗教家、人間関係と生死や老いに苦しむ凡人の自分を、憐れんでおられる仏ご自身の生きたお顔のようですらある。悲しみと愛の混在をこのような永遠性の内に表現しえた新羅の作者はただ者ではない……

雨が降り続いていた。もう、昼近くであったろうか、しかし、太子にあって空腹感は遠いものであった。

（13）

膳郎女が太子を呼びにきた。膳傾子が新羅の客と一緒に太子を待っていると告げる。昼食を共にすることになっていたのであった。

膳傾子、太子の愛妃膳郎女の父親だが、昔からの斑鳩の土地の豪族であり、二百年ほど前に履中天皇（仁徳天皇の子）が市磯の池で舟を浮かべて遊宴したおり、膳余磯が酒を献じたという記録がある。

朝鮮通の氏族で、五代下った雄略天皇のときには、膳斑鳩が高句麗に攻められている新羅を助けるために活躍したし、欽明天皇のときには、膳巴提が百済に渡っている。

膳傾子も半島人との交際が広かったが、同時に、反仏派の物部守屋の討伐にも加わった熱心な仏教徒であった。

太子は膳郎女のことを、

「この人、すこぶる合《かな》えり」

と賞して妃にしたのだが、その父親の傾子あるいは膳氏そのものの持つ開明性、難波に近い外交性に富んだ土地柄をも愛していたのである。


膳傾子は新羅への肩入れに熱心であった。大和朝廷の半島第一の友好国は古来百済であり、それは今とて変わらなかったが、彼は新羅仏教の紹介に熱心だったし、また、政治的つながりも強めようとしているのであった。そして太子も、その方針を少しずつ取り入れているのである。

太子は新羅の将来性を見通していたといえよう。その近年における文化および政治の充実、発展を知るにつれ、元気な青年の成長を思わざるをえなかった。新羅は成長した。さらに成長し続けるであろう。その相手をいかがすべきか、討つべきか、手を結ぶべきか。討って済む相手なら、そして討った方がいい相手なら、討ちもしよう。だが、……討つべき正しい筋というものが今なお在るのか？

そして、一方、過去何度か国家消滅の危機に面してきた百済に将来性は在るのか？

太子の親新羅政策ともいえる動きは、飛鳥の百済人たちの反感を買っていた。また、ときとして、政府内においても孤立した立場になりがちである。太子はそれを知っている。知っていながら、新羅への接近をやめないのであった。

或る意味では、百済に密着し過ぎの感じの蘇我氏に反発したい気持もあり、さらには現状維持的な馬子の姿勢に対して理想派としての挑戦心がないでもないからであるが、それにも増して、太子の精神生活にかかわってきているのは新羅の仏教であった。もともと太子の師である慧慈は高句麗僧で、新羅仏教は高句麗の流れを汲むものとして親しみやすかったのだが、弥勒信仰を中心とした近年の新羅の仏教の興隆は太子の心を強くひいていた。そして、傍らの半跏思惟像こそは、久遠からの優しい微笑をたたえて地上に降りてきた尊い仏の姿であって、新羅仏教の粋に思われるのであった。

ゆっくりと腰を上げて、膳傾子らとの食事の間に出かけていった。

高い場所に太子が胡坐をかいて座り、一段と低い場所に膳傾子と新羅からの客が胡座を許され、膳郎女と侍女が膳を運んだ。

太子は箸を動かし、ご飯といっしょに新物の筍の煮物を食べていたが、朝鮮漬けを口にすると、

「これはうまい」

と言った。

「こちらさまからのお土産です」

膳郎女が言葉を入れた。

「うむ、さすがだなあ。しかし、辛い……」

太子はしかめ顔をして皆を笑わせた。

「ところで、傾子、韓君は何か月ぐらいこちらに滞在するのかね」

「半年ほどでございます」

「なるほど。真平王は息災かな」

真平王（在位五七九〜六三二年）は、日本の敏達天皇当時からの新羅王で、用命、崇峻、推古時代にも変わらず王位に在り、その間、多くの寺を建立し、王自身寺参りをしたり、学問僧を積極的に隋に送ったりしていて、新羅仏教は全盛時代を迎えていた。

新羅は敵だったかも知れないし、今も敵かも知れぬ。しかし、と太子は思う、真平王のような熱心な仏教治世家と断絶状態にあるというのは、残念なことではないか。

（遠方の領地はあきらめ、文化を得る）

という選択は間違えているか。

あるいは、

（土地を与え、心を得るべし）

とするのは。

「真平王は健勝であられます。この度の訪問に先立ち、私めも、王都慶州の名刹皇龍寺にて拝顔の機会を得ました。太子さまの仏教への造詣の深さを尊崇しておりまして、くれぐれもよろしくとのことにて、いずれは正式に使者を立て、大和朝廷へ朝貢の礼を取りたいとの意志を伝えてほしいとのことでした」

新羅の男は正確な日本語で語った。

「早い方が良い、と私も申しておったところです」

膳傾子が言った。

「そうじゃな」

太子はうなずいた。


立ち上がって窓辺の外を眺めやりながら、太子はややほてった顔を風で冷やしていたが、

「よく降る雨だな」

とつぶやいた。

百済が新羅との接近をどう思うか。百済は大和朝廷と古い友人であった。が、ときとして、嫉妬深い舅や厄介な病弱の子供のようにも感じられるときがある。もちろん、新羅との接近を気にするであろう。新羅とのことだけでなく、最近の大和朝廷が、太子の意向もあり、百済の頭越しに隋と直接に接触しているのを面白くなく思っているとも聞いている。

何とも粘着的な感じだな、と思う。そして、何だろうか、このすっきりしない気持は？　と思う。

政治である、政治の厄介さなのである。

「百済が……」

と言いかけて口をつぐんだ。何と表現したらよいか一瞬とまどったのだ。

「百済は、将来、いかがなっていくであろうか」

そのような問いになった。

「滅びます」

新羅の韓は、低い声で、しかし、きっぱりと言った。

「滅ぼします」

太子の顔はこわばった。そのような言葉を心のどこかで期待しながらも、口にしては欲しくない、という気持が彼をいらだたせた。眼前の新羅の男が急に厄介な存在にも感じられた。


「ところで傾子」

太子は話題を変えた。

「あの弥勒菩薩像も韓君の世話になるのか」

「さようでございます」

太子は韓を見直した。曇っていた顔の表情が晴れ、真っ直ぐに相手を見すえる太子の眼は、厳粛なうちにも優しい感動に満ちていた。

「うむ」

しばらくは驚いたようにも韓を見続けるのであった。

「あの有り難い菩薩はどこから来られたのか」

太子は独り言のようにも聞いた。

「家に伝わってきたものでございます。家宝でございました」

「家宝？」

「はあ」

「傾子」

「はい」

「韓君にお礼をしなければ」

「もういただきました。太子様に受け取っていただくことだけで、私どもには有り難いことでございます」

韓は傾子に語らせずに言うのであった。

「傾子」

「はい」

「韓君はその大切な家宝をなぜに私にくれたのか」

「はい、韓君が申しますには、家宝はしょせん人々の役には立たぬもの。広い世に功徳を与えるわけにはまいりません。太子様のお側に置かれてこそ、衆生の救済にも役立つであろうとの主旨のようでございます」

「……」

ややあって太子は静かに言った。

「韓君、私は、もちろん、国の政治を行う立場にある。そのような私に、愛と優しさの感化を与えてくれる尊い仏像をくれた貴方に感謝します。また、弥勒菩薩は衆生を救うためにこの世に降りてこられたが、一面では、人間の老い、病、そして死について思い悩み出家した釈迦尊の若いときのお姿であるとも言われていて、私の心を強くとらえていた。

韓君、貴方はまことに有難きものを私にくれた」

昼食も終わり、やがて膳傾子と新羅の韓が去ると、太子は、居間に入り、

「風邪かも知れぬ、熱っぽいのだ」

と言いつつ、ごろりと横になった。

「季節柄、お気をつけなさいませ」

郎女が心配そうに薄手の布団をそっとかけた。

自分はそんなに長生きの体質ではない、と太子は感じる。馬子や大王のようには。あの人たちは異常なほどの健康に恵まれている。だが、自分はあと十二、三年生きることができれば良いのではないか。それで、五十歳、人並み以上ではあるのだ。

それまでの間にやれることはやり終えておかねばならない。やるべきことはやっておかねばならない。

だが、と彼は思いもするのだ。自分がなすべきことは政治的にはもう行ってきたのではなかったか、後は仏道への真剣な帰依が残されているだけではないのか、と。

たいていのことは馬子で事足りるのだ、と彼は思わざるをえなかった。自分がしなければならなかったこと、しなければできなかったことは、憲法十七条の発布と隋への国書の作成ぐらいではなかったか。そして、新羅との友好関係の促進であろう。しかし、新羅との関係はこれからのことでもあり、政治的過ぎる問題でもあり、百済とのからみや国内でのいざこざや異論を思うと疲れを覚えざるをえない……

午後には百済からの使者が立ち寄るという話があり、それを思うと、日常の政治に対するわずらわしさが強くなるのであった。

眼を閉じると、半跏思惟の弥勒菩薩像の顔が浮かんだ。その静かな悲しみと深い愛の表情に、太子はいまさらながら心を奪われ、凝然としていた。

（14）

無名はといえば、彼は甘樫の丘にある馬子の敷地内の彼専門の工房に通うようになっていて、そこで寝食をとることもできたし、あるいは自宅に帰ることも自由であった。また、どのような仏像を幾つ作るかという命令があるわけでもなく、好き勝手に仏像を作るだけの話であった。さすがに馬子は度量が広いと思わざるをえず、毎月の米一俵を有り難く受け取っていたのだが、それにしても、春に馬子に雇われてから、馬子を一度も小屋に迎えることなく、呼び出されることもなく、夏が過ぎてしまった。

残暑の厳しい飛鳥の里にも、ようやく、秋風が吹き始めていた。

彼岸に入った或る晴れた日の午後、無名の工房に近づいてきた足音が、常日頃耳にしている屋敷内の下男下女らの雰囲気とは異なり、いかにも静かに近づいてきて、小屋の前で止まった。

動かしていた彫刻刀の手を休めて耳を澄ますと、その足音の主が言った。

「行、居るか、馬子だ」

「仏像がひとつ欲しくてのう」

と言った。

無名の彫った仏像の幾つかを馬子は眺めていたが、手を胸の前で合わせて拝した形のものを取り上げ、感動したように言った。

「これが良いな。手を合わせておられる……」

「……」

「もらって良いかな」

当然のこととして、その一尺大の仏像は馬子のものになった。

馬子はその仏像を美しい絹地の布でくるむと、戸外で待っていた供の者に持たせ、無名の工房を立ち去った。

無名は膝を地につき馬子を見送っていたのだが、馬子の姿は広い屋敷内の樹林の間を縫うように遠ざかっていき、しかし、どうやら母屋の方へは行かず、甘樫丘の外へと下っていくようであった。

背伸びをして大きなあくびをした後、無名も歩き出し、甘樫丘を出て、収穫の終わった田んぼの道を散策する気になった。青く澄み渡っている秋の空の下、明るい陽が照っている平野の路をぶらぶらと歩き、野の草の匂いを胸いっぱいに吸おうと思いつつも、馬子とその供の姿の行方が気にならないではなかった。

というのも、彼らの持ち去った仏像が無名自身の気に入ったものであったからで、その仏像に向かって手を合わせ、幾度か南無阿弥陀仏を唱えたこともあり、実のところ、家に持ち帰り、亡くなった女房のために置いておこうかなと思っていたものなのである。馬子の希望で手放したのはやむをえないとしても、その行方が気にならないでもなく、どこに運ばれていくかを知るのは無名の義務であり、権利でもある気さえした。

馬子と供の者は、丘を出ると飛鳥川に沿って上流への細道を歩いていく。飛鳥盆地の南丘陵への道を、秋の草花に見え隠れしながら、どこまでも進んでいくのである。無名も何となく彼らを尾行する形になって、気づかれないようについていくことになった。

やがて高台に出た。石垣をめぐらした大きな屋敷があって、屋敷の入口には門番らしい男が簡易な椅子に腰掛けていた。そこは馬子の別邸であったが、二人はその中に姿を消した。

二人が消えた後、無名は門番の眼を気にしながら脇の木陰に立っていたが、しばらくして石垣に沿って歩き始めた。大きな屋敷の周りを一巡してから帰ろうと思ったのである。

裏手はけやき林になっていた。細い道が林の中に続いていていたが、石垣を眺めながら歩いていくうちに、彼の頭の中に良からぬ思いが湧いてきた。やや崩れかけた石垣の前で彼の足が止まってしまったのだ。彼は親指を軽く噛みながら、突っ立ち、じっと一点を見つめ、それから周囲を見回した。人声は聞えず、人影もなかった。常日頃、甘樫丘の馬子の屋敷に出入りしているということが彼を大胆にしたのであろうか、彼は石垣に近づき、それに手をかけるとそろそろ登っていった。中をうかがっていたが、やがて、跳躍して屋敷の中に忍びこんでいた。

大きなけやきの木が四、五本並び立ち、葉の多い枝を広げていて、無名の頭を覆っていたが、地上には彼岸花つまり曼珠沙華が咲き乱れていた。異常な繁殖で、人が育てたかのように一面に紅色に広がっている。そして、その彼岸花に取り囲まれて大きな岩石が二つ並んで視界をさえぎっているのだが、人の丈の高さの倍もあるそれは、人呼んで百済石、別称石舞台に相違なかった。

百済石、それは十数年前、崇峻天皇の時代、評判になった馬子の土木工事による築石である。人々が百済石と呼んだのは、百済からの工人たちが、馬子のために彼らの卓越した土木技術をそこで示したからである。何のために造った重ね石であったか、それは下部構図を見れば石室でもあり、墓でもありうるものであったが、一方では上部の大石の面が平らなので、石舞台にもなり得るもので、権力者馬子の酔狂として評判になったわけだった。

未だその屋敷が作り始められたばかりのことで、眼を遮る石垣は無く、村人もその百済の工人たちの工事を見物できた具合で、無名も大石が巧妙に重ねられていくのを遠巻きに眺めたものだった。

しかし、屋敷の垣根が出来上がってしまうと、その大石の話も次第に人々の噂には上がらなくなった。というのも、けっきょくはそこに住む主人の馬子がどのように使っているかということであり、公的な問題ではなくなってしまったからである。

今、かつて見た大石が彼岸花に埋めつくされた形で、眼前にその頭部を突出させているのを見ると、無名は驚きに似た感動を覚えざるをえなかった。彼はしばらく呆然として二つの岩石を眺めていた。彼岸花を否応なく踏み倒しながら、そっと近寄っていった。すると、大石の反対側は低く落ち込んだ地形になっていて、上からのぞきこむと、往時の工事のときそうであったように、石室の入口になっているようであった。つまり、二つの大石の下は石室なのである。

石室を何に使っているのだろうか？

考えながら佇んでいるうちに、無名は彼の周りに漂っている線香の匂いに気がついた。墓だ、ここは墓だ、貴人たちが死者を葬っている墓という奴に違いない、と彼は思った。そして、線香の煙が彼の頭の上から大石を伝い降り、彼岸花の間を漂い流れているのが目に触れた。

彼は大石に沿って歩いてみた。足をかけられる箇所があったので、そっと足をかけ、大石の上を覗いてみた。線香の煙はそこから漂ってくる。

線香の煙の中に、先ほど馬子に渡した、手を合わせる木彫りの仏像が置かれてあった。

（15）

数日後、無名はふいに馬子の付き人に呼び出された。その付き人は馬子の付き人の中でも年長の方で、無名と同年輩ぐらい。どうやら屋敷内の身辺見回り役の頭といった感じの男だったが、先日、馬子の供をして無名の彫った仏像を馬子の別邸に運んでいった男でもある。

夕方であった。百済系の流れをくむ東漢南人《やまとのあやのなんびと》と呼ばれているその男の館は、無名の小屋からも遠くはなかったが、こじんまりとした石垣で囲まれていた。一室に招き入れられると、そこからは、多武峯がススキの穂の彼方に黒くそびえて見えた。

囲炉裏があり、その脇に馳走が並べられてあった。

「まずは、ご苦労、ご苦労」

と南人は言った。

「他日の仏像、大ご苦労」

囲炉裏に吊るされた大きな鉄瓶から徳利を取り出し、無名の盃についでくれた。

それから世間話。が、いったい、自分は何のために呼ばれたのだろうか、単なるねぎらいのためか、と思ったとき、南人が言った。

「ところで、行どの、今日来てもらったのは、ちょっと気になることがあってだが」

「……」

「貴殿は仏像を彫る、これは良いな。もちろん良いに決まっている。大臣に渡す、当然のことじゃ。だが、貴殿は、その仏像がどこに行って、何に使われたか、それを詮索してはいかんのだ。詮索する権利がない」

「……」

無名はどきりとした。顔が青白くなった。南人が何を言おうとしているか明白だったのである。が、頭を下げて黙っているよりほかになかった。

「分かるかな」

と南人は言い続けた。

「無用のことじゃ。いや、詮索は他人様の領域を侵すことになる。他人様の屋敷、他人様の心の領域
……」

南人はじっと無名を見ていた。無名は苦しくなって、ますます頭を下げるのみであった。

「詮索は二重の罪を犯す。つまり、現実に他人様の屋敷に踏み入ることが一つ、誰もが持っていよう心の内側に立ち入ることが二つ」

酒がまずくなっていた。いや、味など分からなくなっていた。ただ、南人がやたらとつぐので飲み続けていた。

南人もいつか口をとじ、盃につぐ回数を早めて飲んでいた。

「どうもすみませぬ」

無名はやっと言葉を発したが、南人は何事かを考えながら徳利を何本も空にしては酒を飲み続けていた。

南人の酒の進みが度を越しているように感じられたとき、突然に言った。

「おぬし、あの墓が誰の墓か知りたいか」

「……」

「教えてやってもよいぞ。もっとも、知って無事であるという保障はない」

気味悪い薄笑いをした。

「ぬしが石室に足をかけて大石の上の仏像を見たとき、ぬしの体の重心の均衡が崩れて少しよろめいた、そのことまでわしは見て知っている。屋敷内にある百済石は墓になっているらしいが誰の墓だ、とぬしが門番に聞いたこと、それはすぐにわしの耳に入った。ぬしは、辻の草履屋のおかみと仲がよいのう。亜菊というのか、もとは寺の尼だったと聞くが。その女にぬしがした仏像の自慢話と墓について の詮索がわしの耳に入った。わしを甘くみてはならぬ。十五年以上も馬子様の付き人をつとめてくるのはそう容易ではないのだ」

「……」

「あの墓が誰の墓か、ぬしが知りたいのなら他ならぬわしが教えてやった方が良いかも知れぬ。手間がはぶけるというものだ、ふむ。それに何となく知らせてやりたい気持にもなってきた。長い間、馬子様とわし二人だけの秘密だった話をな。酒のせいか、いや、飲みすぎて酔ってしまったようだが、それだけでもないようだ。

わしは、いわば、大臣との秘密に疲れたのかも知れぬ。その気持はぬしには分からないだろうが。教えてやってもよい。だが、ぬしは秘密を知って消されることになろう。世間への流言が迷惑だし、わしとて馬子様から罰せられたくはないからな。

わしの一刀でぬしは消える。それで秘密は保たれるのよ。ふむ、わしの前ではぬしなど女子も同じじゃ。冥土への土産に馬子様の付き人の冴えた剣の記憶でも持っていくがいい」

「……」

本気で言っているのか、冗談半分か、無名はもはや盃を置いて、ただ唖然としていた。

「ぬしは、先の帝、崇峻大王を手にかけた東漢直駒を存じておろう。さよう、わしの従弟だ。あの大石の下にはその直駒が眠っているのよ」

「……」

無名の驚きをよそに、南人は話を続けていった。

「驚いたか。が、直駒が馬子様の命を受けて帝を刺したという世間の噂は本当なのだ。そも、なぜ馬子様が先の帝と不和になったかというと、仏教問題と、先の帝のお后にて馬子様の娘子であられる河上娘様の浮気問題が最大の確執の原因だとわしは思っているが、さて、その直駒は馬子様の命を受けて先帝を殺した後も、馬子様の言いつけ通りに東国に逃亡して姿をくらますということもなく、前から情事を楽しんでいた河上娘様といっしょに駆け落ちしようとした。それゆえに馬子様はやむをえず直駒を殺したのだ。いや、我らがそのような処置を願ったのでもある。

なぜことさらに残酷な弓攻めの刑を選んだのか、とお主は問うかも知れぬが、世間的に直駒に対する厳罰を示すことこそ馬子様のためだと我らは考えた。ふむ？　もちろん、我ら東漢一族のためでもあるがな。何しろ、直駒は帝を殺した大罪の男だからな。

最後の矢はわしが放った。だが、それはとどめにはならなかった。

『いたぶるな、早く息を止めてやれ』

と馬子様は言った。すると、直駒の奴が断末魔の声で叫んだのだ。

『馬子、見そこなっていたぞ。なぜ、俺を殺すのだ。そんなことでは一生かけても大王にはなれまいよ。お前様が大王つまりミカドになるというので、俺は先帝を刺したのだ。お前様はたしかにそう言った。オオキミになる、オオキミになりたい、と。それは俺の聞き間違いだったのか。お前様は大臣で良かったのか、見そこなっていたぞ、馬子。

お前様は言った。優れた人間が愚かなミカドを倒し、新しい朝廷を始めるのは天地の道理である、と。そして、お前様がミカドになり、俺を大臣にする、と。お前様は確かにそう言ったではないか……』

馬子様が走り寄った。そして、短刀で直駒の心臓を突いたのだ」

「……」

「直駒の死体はしばらく野原に放置されたままであった。だが、馬子様が秘密でわしに命じた。それは、あの屋敷の石室でとむらうことであった。馬子様とわしの二人で彼岸花の種を蒔き育て、線香もたいた。そして、今度、仏像を得たわけでもある……」

「……」

無名はしばらく声を出すことができなかった。驚きと怖れが全身を硬直させていた。それから、かろうじて奇妙な声を絞り出していた。

「あの百済石の下には、ミカド殺しのやまとのあやのあたいこまがいる……大臣がとむらっていなさる……わたしのあの仏像もそのとむらいの為のものであった……」

その声が静まり返った部屋で発せられた次の瞬間、南人は脇の刀に手をかけた。そして、刀を抜くやいなや無名に斬りつけた。

「言うな！」

無名は頬骨を裂かれ、悲鳴をあげ、転倒していた。血が散り、白い壁や床に飛んだ。

「死にたいか！」

南人は立ち上がり、無名を睨みながら、怒鳴り、太刀をぶらぶらさせていた。

「以後は一切を語らぬ口無しの人間になることを誓え！　さもなくば……」

無名は、無意識に、殆ど本能的に、囲炉裏に吊るされてある大きな鉄瓶を倒れたまま蹴飛ばしていた。鉄瓶は大きく揺れた後、転がり落ちたが、南人の腰から脚にかけて、熱湯をしたたか振り撒いていた。

「ああ……」

南人はうめきつつ床にうずくまってしまった。

無名は血を流しながら突っ立ったが、そんな様子を見ると、落ちていた鉄瓶の取っ手をつかみ、鉄瓶を振り上げ、力まかせに南人の頭を打ち据えていた。南人が崩れ落ちた後も、二度、三度と打ち続けたので、南人は息絶えてしまった。

（16）

世間虚仮《せけんこけ》、唯仏是真《ゆいぶつぜしん》

聖徳太子はふとつぶやいた。

推古十六年四月、斑鳩の里には春風が吹いていた。

難波への竜田街道沿いの並木も新芽の緑に飾られ、難波からは嬉しい知らせが届いていた。一年前遣わした小野妹子の一行といっしょに、隋からの使いの裴世清《はいせいせい》以下十二人の者が北九州に着いたというのである。

朝廷はさっそく迎えの使者を北九州に送ると同時に、隋の使いの者を歓迎するための館を難波に建設した。

大国の隋が小野妹子らの派遣に対する礼として使者を遣わしてきた、大和朝廷も世間の人々も感激していたのである。

太子も喜ばないではなかった。いや、太子こそ遣隋使派遣の中心人物であったのであれば、第一に喜ぶべき人であるはずだった。

ただ、太子の心をして今一つ晴らさず、この時期にあって、ふと厭世的ともいえる言葉を洩らさせたのは、馬子が人に語ったという太子批判の内容であり、使者歓迎の儀式において馬子が取った態度であった。

「太子は世間を知らない。知ろうともしないお方だ」

馬子は太子の外交姿勢を批判してそう言ったという。

なるほど、隋は使者を送ってきたが、それは、朝鮮半島北部の高句麗を討つために、大和朝廷との関係を強化しておいた方が得策だ、と隋が判断したに過ぎず、いわば反高句麗の同盟を強要してきたようなものであるので、あまり有り難いものではないのみならず、実質的には迷惑ですらある、というのである。

それに、隋の煬帝は太子の外交書を読んで怒り、つまり、日出ずる処の天子云々の書を読み、

「蛮夷の書、無礼なるものあり、復もって聞するなかれ」

と語ったとも言われており、これなども余計な挑発的外交書ではなかったか、その分だけ大和朝廷は隋に対して負い目を持つ結果になったのだ、と馬子は批判していた。

さらに、この度の遣隋に当たっては、聖徳太子の意向を通し、従来は大陸との中継ぎを務めてきた百済の先導なく、大和朝廷独自に事を進めたのだが、百済の反発と懐疑心が強く、小野妹子は隋の煬帝から授かった国書を、百済通過の際、百済に盗まれてしまっていたのである。これは、太子の百済無視策の結果である、と馬子は語った。

実は、隋の使者来朝という表面的なお祭り騒ぎの中で、女帝の引退と太子の皇位継承の話が浮かび上がっていないでもなかった。その動きが朝廷内であったのである。しかし、馬子が動かなかった。

のみならず、その動きを封じるがごとく、彼は百済の不満への考慮と称し、隋からの使者に会うのを避け、それを推古天皇にも進言し、大王や大臣欠席の歓迎式という仕事を太子に押しつけたのであった。

事情を知らぬ世間の多くの人々は、儀式の中心となった太子が大王にも似た仕事をしていると思ったが、内実は失策の中での苦しい孤独な仕事を太子の責任において行っていたのである。

そして、最終的に聞えてきたのは、馬子の厳しい太子批判の発言であった。

「優れた仏教者かも知れない。理想家でもある。だが、現実を、世間を知らないし、知ろうともしない。これは政治家として疑問だ」

重要なのは、馬子が一つの事柄、隋からの国書を百済に奪われたという失態を批判したにとどまらず、太子の政治家としての資質そのものに言及したことであった。

(百済贔屓の、意地も十分に悪い政治屋が……)

と太子は思わないでもなかった。いや、一歩進んで、百済勢力と組んできた馬子の政治的巻き返しを思わないでもなかった。

(隋からの国書を盗ませたのは、馬子ではなかったのか)

とさえも。

しかし、現実の政界の中で馬子と争う気持も力も彼は持てなかった。むしろ、馬子の批判をむべなりとしたのである。

(たしかに自分は皇位を継ぐのにはふさわしくないかも知れない。皇位とは世間だ。そして、私には、世間的人間になりきれない要素が強すぎるかも知れない。馬子が腹で何を思っているかは知らぬ。が、彼がそれだけの自信と執着を政治姿勢や立場に持つならば、それも良かろう。自分は政治家としては一歩身を退こう。自分は世間を騒がせてまで政権や大王の座に執着するほどには愚かでないつもりだ）

斑鳩宮内の瞑想修行の場所の文机には、法華経が置かれてあった。

彼は法華経の解釈講義文を作成中だったのである。

……仏説此経已　結跏趺坐　入於無量義処三昧　心身不動。是時天雨　曼荼羅華　摩訶曼荼羅華　曼珠沙華　摩訶曼珠沙華　散仏上及諸大家……

（仏はこの経を説き終わって、結跏趺坐し、無量義処三昧に入りて心身動じたまわざりき。このとき、天は曼荼羅華、摩訶曼荼羅華、曼珠沙華　摩訶曼珠沙華を降らして仏の上及び諸々の大衆に散じて……）

潅仏会も終えた斑鳩寺の五重塔の相輪は陽光に強く照り映え、柳の緑の色が増し、桜の花が散り急いでいた。

太子は過ぎ行く春の景色の中でいつか経文の世界に没頭していく自分を感じていた。

（17）

縁起なるものを我らは空なりと言い、それは仮名であり、中道である……

インドの仏教家龍樹の言葉である。はるか紀元初めの宗教家の著なども手にしながら、聖徳太子は次第に聖の生活に入っていった。

仏典の哲理は難解であったが、その意味を解き明かしていくことは無上の喜びであった。

彼は終日斑鳩寺の一堂に籠もることが多くなった。そこで机に向かい、筆を執り、瞑想し、或は仮眠もとったのである。部屋の一隅には、半跏思惟像の弥勒菩薩像が置かれてあり、世人には、日々太子自身がその弥勒菩薩像に似てくるようにも伝えられた。

……ひと夢ごとに菩薩さま、ひと夢ごとに仏さま……

斑鳩の巷の童たちの間でそんな唄が流行った。

中央政府つまり飛鳥の推古天皇や馬子もその太子の生活態度を容認し、というよりむしろ是とし、皇太子としての日常生活の仕事からは一切解放してくれ、一か月に一回だけ、政治に関する報告や相談のための使者を送ってくるのだったが、太子は静かに耳を傾け、短い意見や回答を述べるのであった。

昔のように書生っぽく熱弁を振るうことはなかったのだが、言葉は短くとも、千金の重みがあり、使者は仏陀か、弥勒菩薩から貴重な知恵でも授けられたかのように、恭しく頭を下げ、立ち去るのであった。

晴れた日などには散歩に出かけることもあった。愛児の山背大兄王と殖栗王などを連れ、ゆっくりと歩き、少数の護衛が距離を保ち、ひそやかに続いた。

太子は自分の外出が物々しくなるのを嫌ったが、人々は太子に出会うと自ずから道端に座し、親しみと尊敬の念をこめて、喜びの内に手を合わせるのであった。

太子はいつの場合にも気取らず、優しく人々を眺め、ときとして声もかけたが、長身の姿は細くなり、しかしゆったりとした風格を帯びてきた。

斑鳩の里は、一種の聖地として、つまり衆生を救うために下生した弥勒菩薩のような尊い人物が住み、運が良ければその人物に出会い、拝むこともできる場所として知られていった。そして、そこには、不幸な病や運命に打ちひしがれて精神的な救いを求めてくる大衆も少なくはなかったのである。

十二月の或る日、太子が少しばかり遠出をしたとき、道端に一人の男が倒れていて、動くことができないようであった。空腹のせいかとも思われたが、顔に大きな刀傷を残したその男は、仰向けになったまま、悲しそうな眼をして太子を見ているのであった。

太子は一人の男を記憶の奥から思い出していたのだが、念のためにたずねてみた。

「お前は誰だったかな」

「……」

男は答えることができず、目を閉じてしまった。

太子は、従者に水と食べ物を持ってこさせ、時間をかけて口に運ばせた。それから、自分の着ていた衣服を脱ぎ、男にかけてやり、

「静かに寝ているのだぞ」

と言った。暗い顔をして立ち去りつつ、つぶやくように言った。

「食べ物もなく飢えて倒れている哀れな放浪者。何の因果でこうなったのか知らぬが、あまり自分を苦しめないことだ。人間は誰しも罪深いものだからな」


太子の心は常よりも痛んだ。物乞いの姿を見たからではない。貧しい人々の姿はといえば、散歩中眺める世界のほとんど全ての人間がそうであったし、物乞いの一人や二人は散歩の途中かならずいた。太子が独りで悩んでも、飛鳥時代の世の中の政治は、何といっても民衆の生活とは別の次元にあったのである。

だが、太子はその男が誰であるか気がついていたのである。ムミョウ、すなわち行であった。数年前、未だ多少は世の連中と交わり、日常的な風聞も耳にしていた頃、行が何の故か馬子の供の東漢南人と会食中に衝突し、刀で顔を切られたが、鉄瓶で南人を殴り殺し、逃亡し姿を消した、と聞いていた。

何故そんなことになったのか、知る由もなかったのだが、太子は改めて暗然とした気持になり、斑鳩寺にもどると、弥勒菩薩像に向かい、長い間手を合わせていた。

その夜、太子は夢を見た。

いつもの散歩道を歩いていると、自分の前を一人の年老いた貧しい女が歩いているのであった。貧しいというのは注意して見るまでもなく、かくも貧しい人間が同じ斑鳩の里に物乞いでなくして生活しているのかと考えさせられてしまうほどの身なりで、ぼろぎれを幾重にも縫い合わせた衣を身につけ、泥にまみれた草履をはいていたのだが、その上、太子をたじろがせていたのは、女の顔の驚くべき醜さであった。不幸な女というより他にないであろう、顔が扁平で異常に大きい上、口が裂けたように広がっている、一方、小さな鼻がつぶれたようになっているのであった。どうしてそんな顔をして生きているのか、と本人に問いただし、かつは責めたくもなる顔立ちなのであった。背は低いが、横にいかつく、頑丈そうで挑発的な感じの体つきである。

そして、いっそう太子を不安にしていたのは、その女から漂ってくる何ともいえない精神的な不潔感であった。何か根本的に人生の意義を間違え、しかし、本人はそれを是として開き直っているようなふてぶてしさ、そこからくる不潔感、それを覚えるのであった。

何故このような女が自分たちと同じ世の中に生きているのであろうか。本人もその不幸に気がつき、しかし、それだからといって死ぬというわけにはいかないのだ。まったくもって、醜く貧しいから死ぬ、というわけにはいかないのだ！　そして誰が本人に死を勧める権利を持っているというのか？

こんな人種は沢山いるだろう、ただ、自分が身近に注意を払って見ていなかっただけだ、と太子は心を落ち着けようとしながらも、不安な気持と不快感を消すことができずに女を見続けていた。

太子がさらに身を縮めたのは、その女が口をきいたからである。ぎくっとさせられるような不快な声音であった。

「あの子も立派になってさあ。聖徳太子だって。けど、お前さんにこんなものくれたって割りに合わないよ。お前さんが太子の兄弟だということを知っているのかねえ」

お前さんと言われた相手は、昼間見た顔に傷のある行なのだった。太子が与えた衣服を身につけ、それを女が指でいじっているのだった。

太子は我が眼と耳を疑った。が、相手の男は行であり、女は太子が行に与えた衣服をいじり、語り続けるのであった。

「……こんなものくれたって割に合わないよ、わたしたちが太子の親類だということを太子は知っているのかねえ」

太子は闇の中で眼を開けていた。光はどこからも射してこなかった。外では木枯らしの吹く音がしている。

……いったい、どういうことだ、これは？

身動きができなかった。

行と自分が兄弟だというのか？　あの女も親類だというのか？

そんな推測は不可能であった、ありえないことであった。太子は、我ながらのおかしな夢に苦笑していた。自分は推古帝の兄の用命帝と間人大后の子供だ。そして、行は誰の子だというのだ？もしそれがあり得るとするならば、用命帝がほかの女との間で知られざる子を作ったか、大后がほかの男と関係してこっそり子を産んだということになる。それが自分と行が兄弟であるという可能性だろう……

さらにあの鬼女は自分とどういう関係にあるというのか？

嫌な夢だ、というより、変な夢だ、と太子は思った。しかし、その夢の中の女の姿や所作は、夢から覚めたあとでも、生々しい現実感として、太子の五感に残っているのであった。その声や言葉も。これはいったい何であろうか？

同根の教えかも知れない、と太子はふと思った。

生ある万物は皆平等である、と説く仏教の基本には、人類は皆同根である、という思想があっても不思議ではない。いや、仏教の平等思想はこの同根思想と切り離せないものかも知れない、と。

たとえば、太子は自分の父親、祖父、その先十代や二十代前あたりまでは、たしかに自分の家系独自のものとしてとらえることができるのだったが、たとえば百代前とかについては神話の中でのことのようなものとなるし、横の関係については、傍系などの存在などを考えると、ほとんど分かっておらず、或は行や鬼女が意外に近い存在であるということも考えられないではないのであった。

そして、そう考えたとき、太子が太子として生を受けたことなどは、たまたまの運命のめぐり合わせに過ぎなくも覚えてくるのであった。つまりは、永遠無辺に生きるお釈迦様の物差しから見れば、太子も行も同じ種子からの根や兄弟のようなものであるのだ、と。

元来、自分と行は同根なのか？　いや、行だけが同根ではないということこそが理屈に合わないとも言える……

太子は床の上で体を起こすと、外の寒さの中で死を待っているかも知れない行を思い、やりきれなくなった。

外に出て、露台に立つと、冴えた冬の月光の中で、斑鳩の野は寒々と広がっていた。風にあおられてときおり枯れ草が伸び上がって騒ぎ、足元では枯葉が飛び舞っていた。

行が寝ているであろう方向の森は黒い闇に沈んでいる。

あそこで行が死のうとしている。自分の知った男が死のうとしている。知った男？　兄弟だと夢で告げられた。いつ兄弟だったのか自分は知らぬ。だが、この現実感覚はどこからくるのか？

太子は行を助けるために森まで行こうと思いながらも、実行の難しさを知った。こんな夜更け、どうして無事に着けようか。舎人たちも寝ている。馬を出すとて容易ではない。朝まで待ってもらうよりほかにない。

彼は露台にうずくまり頭を垂れていた。

「お風邪をひきますよ」

次の間で寝ていた膳郎女が何時気がついたか、出てきていて、後方に控え、声をかけたが、その本人は風の中でたちまち激しく咳をした。

（18）

「蘇我蝦夷へ
父上馬子を助け、国務にいそがしいとは思うが、頼みごとあり、一筆したためる。

数年前、大臣馬子の付き人であった東漢南人が行という仏像造りの男に殺害されたことにつき、東漢の一族郎党が行を恨み、行に復讐しようとする気持は分からないではないが、事件の真相はというに、同情されるべきは行であり、一種の被害者ともいえることを私が確かめました。

この上は、東漢の一族に対し、貴殿より伝え命じてもらいたいことは、行に対して一切の手出しはすまじきことなり。

行は今、私のところに身を寄せているが、一体の仏像を東漢南人への供養にと持していた。本日、その仏像を添えて、私からも東漢一族の方々に堪忍をお願い申し上げる。

父の大臣にもよろしく伝えられよ。

上宮みこ」

聖徳太子の長子山背大兄王が右の太子の手紙と仏像を持ち、供の者を連れ飛鳥の蘇我蝦夷の館を訪れたのは、無名が太子に助けられてから半月ほど後のことであった。

山背大兄王は、このとき未だ十歳の幼年で手紙の趣旨も知らなかったが、供の者の曳く馬に揺られ、二人の護衛に付き添われ、斑鳩から飛鳥までやって来たのである。

蘇我蝦夷は三十代半ばになっていて、父の馬子を補佐する立場にあり、朝廷の中で重きを置かれるようになっていたが、自分の館は、その頃、甘樫丘とは別処の平野の中にあった。

畑の中の広壮な屋敷に住み、敷地に付き人たちの十数家族の家を建てさせ、住まわせていた。

聖徳太子の使いで山背大兄王が来たというので、皆急いで門の所まで出てきたが、相手が全くの子供なので、いささか戸惑い、てんでに突っ立ったまま、馬上の客人を眺めていた。

「蝦夷殿はおられるかや」

この少年が下司の者たちの感情など無視し、超然として言った後、彼らはなすべき所作に気づき、

「へい、へい、おりまする。どうぞ、こちらへ」

と案内したのである。

中庭に面した奥の一室に通された。晴れた日ではあったが、十二月のことゆえ、部屋の中は冷え冷えとしていた。小者が運んできた火に手をかざし温まっていたが、ふと見ると、庭から一人の子供が部屋の中をのぞきこんでいた。

「……」

眼が合った。相手は自分より五歳ぐらい下の子供である。が、わるびれることなく山背大兄王を見つめるというより睨んでいた。そして大きな声で言った。

「誰じゃ？」

山背大兄王はむっとしてその子供を睨み返した。すると、子供はそれにひるむどころか眼を更に大きく見開いて、山背大兄王を見るのであった。

そのとき、

「お待たせ申した」

という声がして、小太りの男が部屋に入ってきた。

「蝦夷です」

山背大兄王と向かい合って座ったが、庭先の子供に気がつき、

「太郎、ご挨拶をしたか」

とたずねた。

「……」

太郎と言われた子は眼をむいて山背大兄王を睨んだまま返事をしなかった。

「太子様のお子の山背大兄王さまじゃ。挨拶をせい、太郎」

太郎は不満げな顔をし、そのまま横を向くと歩き去ってしまった。


「困った奴だ」

蝦夷は苦笑しながらつぶやき、

「失礼しました。子供なもので」

と弁解がましく山背大兄王に言った。

「あなた様の従弟に当たります。私めの息子でして」

山背大兄王は、蝦夷の姉の刀自古郎女と聖徳太子との間に生まれた子であり、蝦夷の甥という立場で、太郎とは従兄弟同士ではある。


蝦夷は聖徳太子の手紙を数回読み直し、思案顔をしていたが、やがて、

「分かりました」

と山背大兄王に言った。

「太子様に分かりました、とお伝えください」

と言い直し、それから、

「下々の者にまでかかわり、大変なご苦労だ」

と誰に語るともなく言った。

おもむろに仏像を手に取り、

「かたじけない」

と言いつつ、一拝した。


蝦夷からの太子への返書と朝鮮人参の土産を携えて、蝦夷の屋敷を出ると、山背大兄王は飛鳥寺に向かった。飛鳥と斑鳩の間は子供にとってはかなりの道程で、日帰りも困難であったから、そこで一泊するのである。

飛鳥寺の門を過ぎる頃は、師走の短い陽は早くも甘樫丘の彼方に消えていこうとしていて、寒い風が身にしみた。

「太郎という子は、私のいとこに当たるのか」

突然、山背大兄王は供の者に聞いた。彼は蝦夷の館を出てからほとんど押し黙っていたのである。

「さようです」

「生意気な子供だ」

いまいましそうに言った。後年、宿命的な対決を迎え、太郎すなわち蘇我入鹿の野望の前に命の火を消すことになった山背大兄王は、このときすでにその悲劇を予感していたというべきであろうか、激しく太郎をののしった。

「なぜ、あの子は、あのように不遜で威張っているのか。さきほど館を出るときも、家の者たちが、太郎様、太郎様、と機嫌をとり続けているのを聞いたぞ。甘やかしすぎではないのか」

供の者たちは当惑げに黙っていたが、そのうちの一人が、

「大臣の馬子様が蝦夷様以上に太郎を可愛がっておられるらしいのです。大臣の馬子様が……」

と言うと他の者もうなずいていた。

「……」

山背大兄王は不快気な表情をしていたが、

「大臣の馬子と私の父とどちらが偉いのか？」

と、いきなりそんな問いを責めるような口調で三人に向かって発した。

三人は電撃を食らったかのように呆然として口をつぐんでいたが、一人が静かにうやうやしく頭を下げ、

「それは太子様です」

と言った。

山背大兄王はいらだたしげに馬から飛び降りると、飛鳥寺の本堂に近づいていった。本堂の横から出迎えの人間が三、四人出てきたところであった。

「慧慈殿にご挨拶したい」

彼は父の聖徳太子に言われたとおりのことをしなければならなかった。太子は自分の師である高句麗からの僧慧慈に挨拶をさせると同時に、慧慈の方から太子へ伝えるものがあれば手紙をもらってくるようにと山背大兄王に命じていたのである。

その夜、山背大兄王は慧慈の部屋で新羅の仏教の始まりを聞かされた。十歳の幼少の身にその話は面白いということもなく、ましてや昼間の道中の疲れも出て、早く自分の部屋にひきこもり、寝につきたかったのだが、慧慈はゆっくりと茶を飲みながら、その話を楽しそうにするのであった。新羅の仏教が高句麗僧の指導で始まったという因縁にもよろうが、語りながら、自分自身もその内容を確かめ、味わい、喜びを見出しているふうでもあった。山背大兄王はつらかったが、自分を教育してくれているのであろうと思い、一生懸命に聞いていた。

部屋の外では、木枯しが飛鳥寺の建つ真神原を駆けめぐり、けやき林を揺すっていたが、慧慈の部屋では囲炉裏の火が寒さをしのいでいてくれた。

……

新羅の国では、今から二百年ばかり前の納祇王《ときおう》のときに高句麗から仏教がもたらされたのじゃ……一善郡という処に毛礼《もうれい》なる男がいたのだが、或るとき、そこに墨胡子《ぼくこし》という高句麗僧が来て泊まったのさ。

墨胡子の父親は高句麗人だったが、母親は西域の女だったので、墨胡子も朝鮮人としては異様な顔立ちや肌の色をしていたらしい。その上、長身だったので、衣は膝のところまでしか届かず、頭も剃っているから髪がない。

その奇妙な風体の男が、或る春の夕暮れ、毛礼の家の門の前に立ち、何やらのまじないをとなえた後、軒端を借りての宿泊を願い出たのだった。毛礼の家は田畑の中に在ったが、門口には柳の古木が長く垂れた緑の枝を春風になびかせ、広い邸宅だったたと言える。

「泊めてやらないではないが」

と毛礼は言った。

「そもそもお前さんは何を売って旅をしている者か」

「いえ、商いではなく、仏の教えをひろめ、仏の教えを行って歩いている者でございます」

「ホトケの教え？　どこから来たのか」

「高句麗の肖門寺です」

「高句麗？　お前さんは高句麗の者か」

高句麗にはこんな西域人のような人種がいるのか？

「高句麗からホトケの教えをひろめに来た？　ご苦労なこった。が、そのホトケの教えとやらは何だね？」

毛礼は墨胡子を屋敷内に導きながら聞いた。

「まさか反乱の教えではないだろうね」

「ご冗談を。高句麗や百済では、仏の教えを王族や貴族の方々が信じております。ご存知ありませんか」

「そういえば、聞いたことがあるような気もする。が、新羅にはないよ」

少々説明を加えておくと、高句麗の仏教はそれより五十年ほど前に中国の前秦という国の王が、高句麗の王に仏像と経文を添えて僧を送ったことから始まっているのじゃ。百済にも、それと前後して、つまり現在からは二百五十年ほど前に、東晋から僧が送られてきた。

どちらの場合も、国の政府の手で仏教が受け入れられ、普及されたということになろうかな。それは同時に大陸の国からの「下賜」とも言えるものであり、半ば強制的であったともいえようか。

「高句麗では王や貴族が仏教を信じ、また、一般民衆もそれに習っております。なぜに、新羅王朝では、この尊い教えを積極的に取り入れようとなさらないのか、不思議ではあるのです」

墨胡子は毛礼の親切に気をよくして、一服の茶を与えられると、得々として宣伝を始めた。

毛礼は黙って聞いていたが、突然にして言った。

「で、仏教とやらは、何を教え、何をわしらに与えてくれるのか、それが問題に思われるが」

墨胡子は宣伝ばかりしていて中味に触れていないのを恥じ、その照れくささを吹き飛ばすように大声で言った。

「さよう、その有り難さ、有り難さ」

仏教の有り難さ、とは何ぞや。

毛礼の家に留まることになった墨胡子は、毛礼の館の一室を借り、そこを仏教の窟室となし、仏像と仏典を安置し、念仏をとなえ、毛礼に仏の教えを説いたのじゃ。

墨胡子の話を聞く毛礼の態度は、しばらくの間いかにも煮え切らないものだったそうじゃ。毛礼は墨胡子の話に感激してすぐさま入信するなどという態度は示さず、大体がしかめ顔をして墨胡子の話を聞いており、間を置いて質問するのだった。

が、それはこの男がきわめて真面目であったことの証拠かも知れないのじゃよ。

墨胡子は毛礼から新羅人の手ごわさを感じたという。不器用で、頑固で、慎重な、それでいての執拗性。新羅での布教には時間がかかる、と思わざるをえなかったのだが、同時に、新羅は確実に仏教を摂取していき、そして摂取した暁には堅固な実を結ぶであろうと感じたのだ。

新羅の訥祇王がとった態度も印象深い。王は墨胡子が新羅に滞在している間、宮廷に一度招いたが、仏教の普及を国の手で行うということはせず、民衆の手に委ねる方針を語ったという。

「平和の教えを旨とするという仏教の興隆を私が喜ばないはずがない。しかし、私は政府の手でそれを推進したという百済や高句麗の方法は取りたくない。仏教が優れた教えである以上、人々は水を求めるように自然に受け入れ、国中に広がっていくであろう。そうして出来上がった信心こそが本物であろうと思う」

墨胡子は毛礼の家に留まり、窟室で仏の教えを説いていたわけだが、或るとき、庭に生えていた樹木からの仏像作りにとりかかり、一体の弥勒菩薩像を仕上げ、それを毛礼にあたえたのじゃ。そして半年後、毛礼はその像に向かって合掌し、念仏を口にするようになったという。つまり、仏の信者になったのだ。


御子よ、仏の教えは何だと思いますか？

仏教の有り難さとは？

弥勒菩薩像とは？

御子よ、あなたは未だ若い。ゆっくりと学んでください。そして、仏の教えとは何であるのかを考え、学び続け、得たものを自分のものにしていってください……

（19）

法隆寺　籠もりし太子は何想う　観音菩薩かこの世の涙か

……もしも無数の人々が、もろもろの苦しみを受けているとき、この求道者、観世音菩薩の名前をとなえるならば、ただちに観世音はその音声を観察して、その人を苦しみから解放させるであろう……

……観世音は、仏の身を示して救うことのできるものには　仏の身を現して、彼らに説法する。修行僧の身を示して救うことのできるものには修行僧の身を現して、彼らに説法をする……

太子が若い日から手がけてきた「勝鬘経」「維摩経」、そして「法華経」の注解の仕事は、今、法華経を最後として、四十歳の半ば近くになって完成しようとしていたが、太子の長年の師、高句麗からの僧慧慈が半生にもわたる滞在を終えて帰国するに当たり、斑鳩の里に太子への挨拶に立ち寄ったのは、推古二十三年、西暦六一五年、秋も過ぎようとする頃であった。

太子は自分に対する教育や大和朝廷への貢献について、丁重な礼を述べた。

「いえ、いえ」

と慧慈は言った。

「感謝すべきは、そして教育を受けたのは私の方です。太子のごとき稀にみる高い人格と聡明さを持たれた方につかえることができた私は幸せでした。これ以上大和に留まることは、いたずらにご好意に甘え、ご迷惑をおかけするのみですので、帰国を決意した次第です。太子さま、三部経の注解書を私にもくださると聞いておりましたが、それは、私にとって非常に嬉しいことであり、光栄でもあることです。

私は高句麗に帰った後、それを学ばせていただきたいし、広く皆の者に配布したいと思っております」

三部経、すなわち勝鬘経、維摩経、法華経の注解書の慧慈のための写しは脇に積まれてあった。慧慈の言葉に太子は感激し、顔をほてらせつつ、

「これにございます」

と呈した。

三部経の注解書を手に取る慧慈の眼にうっすらと濡れた光を見たとき、太子の眼も涙にうるんだ。

太子は供の者についてたずねた。そして、荷駄運びの者を一人追加したほか、二人の同行者を勧めた。一人は新羅人の韓乗春で、膳傾子を通して弥勒の半跏思惟像をくれた男だったが、再度来日中で、しかし近々新羅に帰る予定であり、慧慈とも面識があった。

今一人は、無名であった。

「師僧、覚えておられますか。もう二十年も前になりましょうが、ほんの短い間、飛鳥寺にて貴僧の朝の読経に接していたこともある男です。

三年ほど前から、この斑鳩寺で雑用などいたすかたわら、仏像を彫っております。歳は五十近くになりますが、もともと体の丈夫な男ですので、何かと便利だと思います。迷惑はかけさせませんから、道中、小者として使ってやってください。名は行というのです。

韓乗春殿のくれた弥勒菩薩にいたく感激し、新羅に行き、仏像作りの仕事や勉強をしたがっている様子でしてな」

「ほう」

馬子の付き人の東漢南人を殺してから、五年間近くを放浪した後、ついに行き倒れ、聖徳太子に助けられ、太子の居住する斑鳩の宮で雑用を果たす一方、仏像を彫り続けていた無名にとって、衝撃的だったのは、弥勒の半跏思惟像との出会いであった。

無名が見たのは、悲と愛に満ちた世界であった。そして愛が悲を取りこんでいる世界であった。その姿は世の始まりからのものであると感じられ、現在をも支配していた。悲しみと愛が時空を満たし、しかし、最後には愛による救済の姿であった。優しいもの想う微笑、静かな指、それらが何故悲と愛という感情で人の心を打つのか。ともあれ、その像が、悲に暮れ、愛に飢えていた無名の心を人一倍打ったのは当然だったかも知れない。


無名はそのとき、自分が何の用事で太子の部屋に入ったのか忘れてしまっていた。彼は、ただ恐る恐る近づき、それから身動きもせず、ずっとその半跏像に見入っていたのである。彼の心が、静かに深く、どこまでも留まることなく、美しく洗われていくのが分かった。過ぎた五年の荒々しい心、いやそれ以前からの業にも似た生来の猛々しさが、広く深い慈愛の前で鎮められ、清められていくのであった。

彼はふと、おののいた。誰かが、自分の背後にいる……自分を見ている、そして自分を憐れんでいる、と。しかし、無名は振り向かなかった。それが誰であるか彼には分かっていたのである。それは二十年も前のこと、無名が初めて飛鳥で仏像を拝したとき、声をかけてくれた人、自分に行という名を与えてくれた人以外にはいようがなかったのである。その人は、今また仏像の前に自分をそっと押し出してくれている、仏そのもののように有り難い存在であり、眼前の弥勒菩薩像と一体になりつつある人だった……

無名が一度新羅に行ってみたいと思い始め、それを口にも出すようになったのはこの弥勒菩薩像との出会いが契機であった。弥勒菩薩への信仰は新羅で盛んで、大和にも新羅からの優れた仏像が多いと知るにつれ、無名は一度新羅へ行ってみたいと思うようになったのである。それゆえ、聖徳太子から、慧慈の供の一人として半島に渡り、その後韓乗春の紹介で仏像造りの仕事を新羅でやってみるかと問われたとき、感激で返事ができないほどであった。

慧慈はしばらく聖徳太子のもとに滞在した後、帰国の途についたが、慧慈の一行のしんがりには神妙な顔をした無名の姿が見えた。

(20)

新羅に渡った無名から、聖徳太子のところへ便りが届けられたのは三年後のことである。韓乗春の知人を通して太子へと運ばれたのである。それには左のようなことが祐筆の手助けによるであろう筆で綴られてあった。

「ごぶさたしております。太子さまのご恩はわすれたことがありません。新羅にきましてから、わたしは韓どののせわで仏像つくりの家ではたらいています。いろいろと寺があり、たくさんの仏像を見ることができますが、太子さまのところにある弥勒菩薩像さまほどにはわたしの心を打つものにはまだ出あっていません。

あの仏像さまは、ほんとうに生きた仏さまのようです。

いったい、どなたがつくられたのでしょうか。

韓どのは、わたしの問いにたいして黙っていましたが、一度だけ気になることをいわれました。

《あの仏像は、二百五十年前の新羅と倭とのたたかいというより、倭のしんりゃくで、新羅の若い王ハサムキンが倭の女王によって砂埋めの刑で殺された新羅浜の悲劇の場所を旅の坊さまがおとずれたとき、心をいためて、その浜のほこらにこもり供養として手がけたものである。それを土地のわかい指導者、花郎だった自分の祖先が完成し、家宝として、大切にしてきたものである》

と。

わたしは、韓どのがいわれる《新羅浜の悲劇》というものについてよく知りません。ただ、日本では神功皇后さまの新羅せいばつのかつやくとして聞かされていただけです。

が、いずれにしても、この話はわたしにとっては楽しいものではありません。いや、不愉快でした。信じられませんでしたし、信じたくありませんでした。なぜ、わたしにとって何よりもありがたい弥勒菩薩像さまといまわしい新羅浜の悲劇とが、このようなかたちでかんけいしなければならないのか、と。

が、韓どのはいうのでした。わたしの心のうちをさっしたかのように。

《家宝だったそのような仏像を敵国だったヤマト朝廷の聖徳太子さまにさし上げたじぶんの心は、ひとえに太子さまへのすうはいと平和へのねがいであり、また、新羅をいたわってほしいからである。太子さまは弥勒菩薩となり、新羅とのあいだに二度とあのような悲劇をもたらさないようにしてくれるお方だ。現在の新羅の国王も太子さまへの自分のこの贈呈のことについては存じておられる》と。

わたしはどう思うべきでしょうか。

わたしは、韓どのにそのような話を聞いた後も、いったい、どなたの作品かいく度か聞き直したものです。わたしにとっては、そのような悲劇とはかんけいなく、たとえば仏陀や太子様のようなお方が美しい夢の中で作りあげた、と言って欲しかったのです。

韓どのは口をとじ、二度とあの弥勒さまのゆらいについて語ろうとはしませんでした。

なにはともあれ、新羅では仏像つくりのわざがすすんでいて、わたしも一から勉強をしなおしています。そして、同時に、わたしの罪をあがなうため、一刀一刀に念仏をとなえ、なっとくのいく弥勒菩薩像をつくり上げてから帰国し、太子さまに献上いたしたく思っています」

太子は無名の元気な様子を知り喜び、一通の返書を記した。

「行よ、仏像造りに打ち込んでいる様子にて私は大変に嬉しい。良い仏像が出来上がり、それを私が見ることができる日を楽しみにして待っている。

それにしても行よ、私の思うところは次の通りだ、すなわち、弥勒菩薩像の表情は、一事件、一心情を越えたものである、と。

その悲しみの表情は、行よ、人間の避けがたい宿命、つまり死というものと争いというものを知った者の表情である、と。人間は老い、死するものである。そしてまた、争いの業から逃れられないものである。その普遍の悲しい真実を表しているのだ、と。

だが、同時に、弥勒菩薩像の愛の表情は、人間のその悲しい宿命を救済してくれる仏の広く、深い愛の表現なのだ、と。

弥勒菩薩の悲と愛を知る者こそ、人生の悲しみと愛を知る者であろう。

しかしながら行よ、仏は普遍の世界におられるが、同時に現実の具体的事象を知っておられることを忘れてはならない。なぜなら、私たち人間は卑近な現実を離れては存在しえない宿命にあるからである。ということは、行よ、私の傍らの弥勒菩薩像が新羅浜の悲劇と、旅の僧と花郎の手によって造られたとしても何の不思議もないということであり、さもありなんとさえ思われるものである。

そして私は、韓乗春が私に献上してくれた気持を得がたいものだと思う、と同時に、深い義務感を覚える者である。私は、新羅に対し、半島民族に対して、いやわが国を初めとする現世一般の人々の期待に対して、十分に応え得るであろうか、と。

行よ、お前の彫り上げる弥勒菩薩像を楽しみにして待っている。お前の弥勒菩薩像には、お前自身の祈念の心が込められているだろうが、それはまたきっと私の心を打つに違いないと思うからだ」

しかし太子は、無名の作った弥勒菩薩像を見ることができなかった。無名が朝鮮に渡って七年目、西暦六二二年、推古三十年二月、太子は四十九歳で病死してしまったのである。太子とても悲を背負った人間の宿命の外には存在しえなかったと言うべきであろうか。

太子が亡くなったとき、高句麗に帰っていた旧師の僧慧慈は大いに悲しみ、

「日本国に聖人がおられた。天から優れた資質を授かり、計り知れない聖徳をお持ちになり、日本の国にお生まれになったのである。古の聖の道をひろめ、仏教を敬われ、人々の苦しみをお救いになられた。

太子はもはやお隠れになった。自分は国は違うが、太子との間の心の絆は断ち難い。独り生きていて何の益があろう。自分は来年の二月五日にはかならず死に、太子と浄土でめぐり会って、太子と共に衆生に仏の教えを広めるだろう」

と言い、追善の法会を設け、自ら経を説き回向した。そして、翌年の誓願の日に言葉通りに死去した。

無名も、聖徳太子の死を知ったとき、呆然として、完成を急いでいた一体の弥勒菩薩像を作りかけたまま放置し、半年の間何もすることができなかった。そして帰国しようとしていた気持と勇気を失った。四年後馬子の死が伝えられたとき、帰国しようかとも思ったが、十年以上新羅に滞在する間に、彼にとっては、新羅で生活する方が楽になっていた。たとえば、彼は新羅で一人前の仏師として生活ができるようになっていたが、帰国した場合、どこに身を寄せたら良いか分からなかったのである。

西暦六二八年　推古三六年　推古天皇没する
西暦六四一年　舒明十三年　舒明天皇没する
西暦六四二年　舒明天皇の皇后であった宝皇女が即位し、皇極天皇となる

無名が帰国したのは聖徳太子の死後二十年、渡海後じつに二十七年目、皇極二年のことであった。彼はすでに七十の半ばを越えた歳になっていたが、新羅系有力帰化人の世話で、後進の仏師の育成を京都西北の太秦の地などで行うことになり帰国したのである。

無名を迎えた太秦の豪族は帰国に際して持参した無名の幾つかの弥勒菩薩像を見て、感動し、語った。

「我が係累の秦河勝は、昔、聖徳太子様より一体の弥勒菩薩像を賜り、この地に広隆寺を建立したが、自分も建立中の寺の本尊に貴殿の仏像を置くことを考えたい」

無名は答えた。

「それは身に余る光栄です。しかし、そのようにおそれ多いことは遠慮すべきに思われます。が、それはそれとして、わたしにしばらくの時間をください。わたしは、まず、わたしが作った弥勒菩薩像を持って太子さまのおられた斑鳩のお寺に行き、それから太子さまが眠っておられるという河内の磯長のお墓に参ります。全てはそれ以後のことにさせてください。お願いします」

(21)

無名が一体の弥勒菩薩像を背負う付き添いの者を連れて斑鳩の里に入ったのは、初冬の風が吹き始めた頃であった。無名は太秦の地から三日をかけて歩いてきていた。七十の半ばを過ぎても歩くことを日常の習慣と心がけていた無名は、昔ながらの頑強過ぎる肉体を引きずっている感じであったが、近年寒さは身にこたえるようになっていた。体の節々に神経痛気味の痛みが時々走るのであった。

しかし、斑鳩の里に入り、斑鳩寺の五重塔が眼に入るようになると、彼は懐かしさと嬉しさのため、足を早めこそすれ、体の痛みを気にする余裕はなくなっていた。

昔、物乞いをしながら、東漢の一党を恐れ、放浪の旅を送っていたときのことを思うと、冬の陽射しもまるで春のそれのように暖かに感じられるのであった。

皆、聖徳太子さまのお陰だ。あの方は弥勒菩薩様だ。弥勒菩薩様ご自身だ。太子さまが消えてしまわれることはない、お姿を変えただけだ。弥勒菩薩様に帰られたのだ……

行（今後は無名を行と呼ぼう。その方が自然のようだ）はこみ上げてくる熱い胸のうちの思いに駆り立てられるようにして斑鳩寺をめざしていった。

「ここから先に行ってはならぬ」

林道が切れて、斑鳩宮の塔を田畑と枯野の中に仰いだとき、武器を手にした数人の男たちが道をふさいでいた。

「……」

先を見ると、さらに多くの兵士たちが斑鳩宮を幾重にも取り囲んでいるようだった。

「これから山背大兄王が仏前で縊死なさるのだ」

「……？」

行には意味が分からなかったが、行の付き添いの男は納得したかのようにうなずき、兵士と小声で話し始め、行にも状況を知らせた。

……

聖徳太子の長子山背大兄王は、推古天皇が死去したとき皇位に就くかとも思われていたのだが、田村皇子すなわち舒明天皇に継承争いで敗れた。二年前、舒明天皇が死去したときも、皇位継承の機会があったのだが、舒明天皇の后の宝皇女つまり現皇極天皇に皇位を持っていかれてしまった。色々な紆余曲折があったが、大臣の蘇我蝦夷とその子入鹿が山背大兄王の継承に反対したのが原因だと言える。

皇極天皇の次を狙う立場にいたとも言えるが、次の世代の皇子たちが育ってきてしまっていた。亡くなった舒明天皇の二人の皇子がそれで、一人は皇極天皇自身を母親とする中大兄皇子《なかのおおえのおうじ》即ち後の天智天皇であり、今一人は蘇我蝦夷の妹、法堤郎媛《ほてのいらつめ》を母親とする古人大兄皇子《ふるひとのおおえのおうじ》であった。歳を取りすぎてしまっている自分を山背大兄王も感じてはいたが、それだけに政治に対する判断力もしっかりしているのだと自負し、他人もそれを認めてはいたのである。

が、歳を取っていて分別がある、批判力もある、ということは、逆に蘇我宗家の蝦夷や入鹿の反感と警戒心を買っていた。特に入鹿は、聖徳太子の威光をいつも背負っているような山背大兄王の素振りや、お高くとまっている感じを与えるその一族に、幼時から強い不快感を持っていたのである。蘇我宗家を軽んじているという不満感なのだったが、それには一種の文化的劣等感のようなものも混じっていた。というのも、仏教およびそれに伴って渡来した芸術や学問について、それらを最初に導入したのは蘇我宗家、特に蘇我馬子の功労が大きかったのは誰もが認めているはずだったが、その文化の本流はいつの間にか蘇我家を離れて、聖徳太子の上宮王家の方へ移っていってしまったし、地域的にも飛鳥から斑鳩へと変わっていってしまったのである。

そして政治的に言えば、蘇我宗家および入鹿は親百済派の中心にいたのだが、聖徳太子以来上宮家を支えている新羅系の力は苛立たしい存在であった。

自分の従弟の古人大兄皇子を次期皇位に据え、かつての祖父馬子のような権力者になろうとしているその腹の内を、一か月前、公の席で従兄の山背大兄王から皮肉たっぷりに評された、その言わんとするところが一つ一つ的を得ていて、それだけに入鹿を憤慨させ、山背大兄王を滅ぼす決心をしたのである。

「あの人は斑鳩の偽聖人です。何の徳もないのに、さも偉そうに、教養が深いかのように見せている。余計な口出しばかりしていて、自分こそ皇位に未練たっぷりなのですよ。私が従弟の古人大兄皇子をかついでなぜ悪い？　従兄の山背大兄王は、我々蘇我宗家にとって最大の邪魔者です。武力で滅ぼすべきです」

山背大兄王殺戮計画に反対した父親の蝦夷を入鹿は嘲笑いつつ言った。

「何を心配なさるのですか。私が山背大兄王を滅ぼしても誰も反対しませんよ。皇族方とて嫌な人間がいなくなったといって内心喜ぶでしょう。あの人のことを皆は、政治家なのか宗教家なのか分からない、いや、そのどちらでもなく、ただ批判するばかりの困った年食い男だと思っているのですよ。なるほど、故聖徳太子は政治家であり、宗教家でもあった、かも知れない。つまり、力もあり、徳もあり、立派な政治を推進し、宗教的実績も挙げられた、かも知れない。が、あの人は、政治にも宗教にも非行動的で、ただ故太子の威光を笠に着て偉ぶり、無責任に批判ばかりしておられるのです。

万一、奇妙な成り行きで大王にでも選ばれたら、でたらめの政治を行うのに違いないのです。無責任な宗教政治、その心配をなさらない父親の政治家としての信念が分かりません。

あの偽聖人を滅ぼしても誰も私を責めますまいが、責められても結構です。私一人が悪者になりましょう。

それに父上、あの男にひっついている新羅の奴ばらの野心の拠り所を絶たねば、我ら、百済の友人にとってゆゆしき事態になること予測できませんか」

入鹿の差し向けた軍勢に一応の防戦はしたものの、山背大兄王はまもなく一族ともども山の中に逃げ隠れた。斑鳩宮の一部を焼いて馬の死体を投げ込み、自害したかのようにも見せかけての逃亡だったが、山中に潜んで七日間後、斑鳩宮にもどっての死を決意した。

ひとまず朝廷の直轄地の深草（京都の東北部）に移り、そこから馬に乗って東国に行き、太子以来の部民をもとにして軍を整え、もどってきて戦えば勝算もある、という考えや意見もあったが、山背大兄王は斑鳩宮にての仏前での自尽を最終的には選んだのである。


……


「入鹿が山背大兄王さまを攻めた？　なぜ入鹿は、そのような行為を平気でするのだ？」

「……」

「なぜ、ほかの皇族方はそれを止めないのか？」

「……」

付き添いの男は答えられずにただ当惑していた。

「山背大兄王さまが自害なさる？　他に手段はないのか？　入鹿の力はそんなに強いのか？　それとも他の皇族方もそれに賛成なのか？」

行はさえぎっていた兵士たちの間を抜けて斑鳩寺に向かって歩き出した。兵士の一人が止めようとしたが、誰かが、

「坊主だ」

と言うと兵士たちは邪魔立てをしなくなった。

じっさい、行は新羅にいる間に、もう薄くなった髪の毛を剃り、坊主頭になっていた。手を合わせて憑かれたようによろよろと歩いていく行の姿は老いた僧の姿と異ならなかった。

本堂にはもう夕陽が散り始めていた。その本堂から幾分かの距離を置き、軍兵らが静かに並立していた。物音はほとんど聞えず、高い松の梢を揺すって渡る初冬の風の音のみがときおり響いていた。先ほど、山背大兄王の腹心の一人の三輪文屋君が、怒ったような、泣いたような声で、山背大兄王の言葉だとして次のような文章を読み上げた。

「自分が軍を起こして入鹿を討てばきっと勝つ。しかし、一身の事情のために農民を傷つけ殺すことはしたくない。それゆえ、我が一つの身を入鹿に賜う」

突っ立っている入鹿方の軍兵と本堂の間に行は進み出てひざまずいた。本堂は板戸で閉め切られ、中が見えないようにされていたが、ただ一か所、明り取りのためか、閉め忘れたようにも開いていた。内部は薄暗く、ときどき、黒装束の影が過ぎっていた。しばらくすると、婦女子の悲鳴とも泣き声ともつかぬ声が、押し殺された感じで、もれ出てきた。上宮王家の親族の者が皆ひそやかに首をくくられ、死んでいっているのだ、と気がついたとき、奥から聞えてきていた読経の声が大きくなり、暗い本堂の中に行の良く見知っている故聖徳太子の顔に似た中年過ぎの男の横顔が浮かび出た。縄の輪を手にしているようで、脇に黒装束の男が二人立っていた。横顔は、一瞬、外の方を向いたが、同時に綱の輪を首に掛けた。

（山背大兄王という悲劇的人物の実像について、最後の瞬間における彼の表情も心境も詳細には伝えられていない。彼は人生の最後に当たって、淋しい諦念の顔であったのか、喜びの微笑をしていたのか、あるいは皮肉な微笑を浮かべていたのか。言えることは、彼が幼児から聖徳太子の側で育ってきたことを思うと、太子の薫陶が死の間際にも影響をおよぼしていただろうということである。

つまりは、彼が自分の方から投降して首を差し出した、そして右のような口上を述べたということを、単なる敗者の余儀ない選択や負け惜しみの口上としては片づけられまいということである。

彼はその行為のうちに父親聖徳太子への語りかけをしていたかも知れないのだ。

《お父上、不肖私のでき得た仏教者としての唯一のことは、自分の欲望のために民、農民を犠牲にするようなことはしないということでございました、これでよろしいのでしょうね》と。

現に、聖徳太子の山背大兄皇子に対する遺言は、

《諸悪莫作、衆善奉行》（全ての悪をなすな、全ての善をなせ）

であったと伝えられている。

そして、斑鳩の里に建つ法輪寺は彼が聖徳太子のために建立した寺とも言われている。

あるいはまた、彼は自分を悲劇に追いやった入鹿の暴虐ぶりをはっきりとさせ、やがては人心が大きく反入鹿に動くだろうことを狙って自尽したかも知れないのである。

事実、山背大兄王の死、あるいは入鹿の暴挙は、二年後の中大兄皇子らによる入鹿暗殺の倫理的、世間的口実の強い根拠の一つになったのである）

「ああっ」

山背大兄王の首に縄がかけられるのを見て、行は叫んで立ち上がり、駆け出そうとした、が、背後の兵士が行の首に太い腕を巻いて引きもどした。行はもがいたが、兵士は行を離さず、むしろ行の首をぐいぐいと締めつけた。

「……」

ぐきっ、という低い奇妙な音が行の首の後部でして、行は息ができなくなった。骨が折れたのである。血の気が失せ、体の全ての力が無くなった。兵士が驚いて手を離すと、行はそのまま地面にずり落ちた。

本堂の内部にもう人間の姿は見えなかった。夕陽が射し入ったそこには、半跏思惟像の弥勒菩薩像が照らし出されているのみであった。行は薄れていく意識の中で、行に向けられた菩薩の優しい眼差しから一滴の透明な涙が滲み出て光っているのを、身動きできないまま仰いでいた。

(22)

お経が聞えてきていた。最初は遠く頭の奥の方で何度も繰り返されていた。それから徐々に大きくなり、突然はっきりした、と同時に寺の中に寝かされている自分に気がついた。天井がそれを教えていた。いや、その天井はずっとはるか昔、行が生まれて初めて寺の中に入ったときの状態を思い出させた。初めて寺の中に入ったとき、それは飛鳥寺で聖徳太子の護衛をする一人として雇用されているうち、日射病にかかり転倒して運び込まれたときのことである。

時間が昔にもどってしまったような奇妙な錯覚を持った。待てよ、と行は自分の頭をはっきりさせようとした。しかし、天井を見つめれば見つめるほど不思議な気持になった。まぎれもなく見知っていた飛鳥寺の部屋の天井であり、それも、倒れて寝かされたときの場所に違いないのであった。

あわてて起き上がろうとした。それも過去の繰り返しに似ていた。が、今度はずっと重いのであった。それどころか、体を起こそうにも首が動かないのであった。無理して動かそうとすると息がつまりそうになると同時に気が遠くなるような痛みを感じた。彼は顔を硬直させ口を半ば開けているよりほかになかった。

あのとき、自分は初めて仏像を見たのだが、と思いつつ眼を横に向けると、そこには彼自身が作り、馴染み、終には拝するに到った、今度持ち帰った弥勒菩薩像の顔が静かな愛をこめた表情で行を見下ろしていた。

ああ、と彼は息をついた。

自分は助かったのだ。しかし、あの斑鳩寺の弥勒菩薩像様は、涙を流しておられたのだ……彼は眼をつむった。そして、叫びそうになる胸の痛みに耐えていた。

何ということだろう、何という悲劇なのだろう……

太子さま、申しわけない……彼はそう思った。太子さまの御子を見殺しにして申しわけない……

「気がついたようではないか」

突然、大きな声が響いた。そして、声のように大きな顔が行の眼の前に現れた。強い眼の光を発し、無造作のうちに行を凝視していた。

「二日間も意識不明であったわけだ」

苦々しさの混じった調子でそう言うと顔を引っ込めた。

「後は頼むぞ、坊主殿」

後ろにいた小坊主にそう言いつつ去りかけたが、

「その菩薩像をわしの館に運ばせておいてくれ」

と言った。

「入鹿さまの館にですか」

「うむ」

「……」

「聞けば、その男はもともと、わしの家で祖父に仕えて、仏像を彫っていたというではないか。命を助けてこうして飛鳥寺に運んできてやったわしが、……と言ってもわしの部下が痛めたわけではあるが、……その仏像をもらったとて文句はあるまい」

「なるほど」

声を出そうとしたが、行の喉からはかすれた音しか洩れてこなかった。

入鹿？　山背大兄王さまを殺した蘇我の入鹿だ！

その男が自分の彫った弥勒菩薩像を持っていく……何という理不尽な……、絶望と怒りのうちに気が遠くなっていった。

（23）

西暦六四五年、皇極四年の春。

蘇我太郎鞍作、通称入鹿は、桜の花びらが舞い散る飛鳥の道を、昂然と胸を張り歩いていた。見上げると花の天井の奥で蒼い空が輝き、あたかも入鹿の栄華を祝し、挨拶を送ってきている感じでもあった。

わが世の春。彼は眼を細め、嬉しそうに微笑したが、すぐに頭を直立させ、周囲を睥睨するようにして歩いていった。もっとも、彼に付き従う家の子郎党十数人以外には、畑の中の桜並木の道に人影はなかった。

畑にも雑草が生えているだけで、野菜の類は見当たらなかったが、ただ畑の彼方に別の道が一本走り、丘陵の方から曲がりくねって降りてきていて、桜並木の道に接近しようとする、そこに二つの人影が現れた。

入鹿は、つと足を止め、桜の木の陰から彼らを眺めた。距離は相当あり、話し込んでいる二人は入鹿の姿に気がつかない様子であったが、入鹿の方は一瞥して彼らが誰だか分かった。その道が学者の請安の家から来ているものであったからかも知れない。

入鹿は冷笑しながら彼らを眺めていた。

「青二才どもめが」

入鹿三十三歳、彼らは十九歳そして三十一歳と聞く。中大兄皇子と中臣鎌足《なかとみのかまたり》。奴らは年中、天下国家の行く末について論じているらしい、請安塾かぶれの一派だ。大いに結構、と入鹿は思う。ちょっと前までは、入鹿も唐帰りの学者請安の講義を聴きに行ったものである。いや、行っただけではなく、請安をして、

「わが堂に入る者、蘇我太郎に如くはなし」

と言わしめたものである。

将来は、そう十年或は二十年先の大和は、お前たちの思っている国家になっていくかも知れない、もし、大臣の自分入鹿が賛成したならばの話だが……

一方の中大兄皇子と中臣鎌足の方は、入鹿を暗殺する話に熱中しながら歩いてきていたのだが話は大詰めに入っていた。二人の陰謀は一年前からのもので、これ以上の討議はけっきょくは徒労に終わ

るに違いないのであった。

入鹿と正面から武力で対抗することは実力的に不可能だ、手段は暗殺以外にない。そう決めてからも半年以上経っているのである。


垂れていた桜の枝木を入鹿が揺すると、花びらが手のつけられないほどに舞い散った。入鹿はその花吹雪の中で二人を眺めていたのだが、二人はなかなか入鹿に気がつかない様子であった。

「空論ばかりに熱中しおって、能無しどもめが」

入鹿は取巻きの連中にも聞こえるように口に出してあざ笑った。

二人の論じている事柄はだいたい分かっているつもりであった。請安塾で紹介されている新しい思想のことだろうと思うのだ。

だが、請安の話は空論が多い、と入鹿は考える。

大陸の唐の制度が如何して現実の大和の国で可能なのか？　特に私有地から公地へ、また、部民から公民へと転換する話、入鹿は冷笑せざるをえない。豪族に支配されている土地や部民たちを朝廷下の公地や公民に統一するという、現存の豪族を無視した政策だ。無力な皇子と貧乏豪族の夢見そうなお話で、それは二人にぴったりの物語ではあるようだがな。

俺なんかは、何をたくらんでいるか分からない請安のおだてには乗らず、塾をさっさと出てきてしまったわい。ふん、この堂に入る者、蘇我太郎に如くものはなし、か。あの請安は、馬鹿か、胡麻すりか、陰謀家だ。

もっとも、と入鹿は考える。奴らが夢物語に興じている限りは天下泰平だがな。青年たちよ、理想を語れ、というわけだ。山背大兄王のように未練がましく自分の皇位継承に執着していたよりはましだ。中大兄皇子よ、請安塾の塾長にでもなりなさい、皇位継承者は自分の従弟の古人大兄皇子に決まってしまったようなものだから他にすることもあるまいよ。

やれやれ。入鹿は二人を眺めているのにもあきて、桜並木を出ると、畑地の中を二人に向かって歩き始めた。

二人は足を止めて口をつぐんだ。一瞬ぎくっとした。しかし、二人の会話が相手の耳にとどく距離ではない。それに、入鹿の後方の従者たちも、おっとりと構えているようである。入鹿は微笑しているではないか。手を振ったな。二人もあわてて手を振った。

「皇子、お元気ですか」

入鹿は近づきながら言った。

「請安先生の所へですな」

「はい」

中大兄皇子は答えながらも、暗殺しようとしている当の相手をまじかに見すえ、気押されまいとして腹に力を入れ、拳を握りしめていた。

「鎌足」

と入鹿は言った。

「お主、今少し役立つことを皇子におすすめしたらどうだ」

鎌足は、恐れ驚きながらも、曖昧な表情を浮かべたまま突っ立っていた。

「お主が熱心に論じている思想は危険だという声が強いのだぞ」

「……」

「危険思想だ、公地公民の思想は」

本気とも冗談ともつかない表情で言った後、

「わっはっは」

と突然哄笑して背を向け、桜並木の方へともどっていった。


「ちえっ」

入鹿が従者たちを引き連れて桜並木を遠ざかっていった後、中大兄皇子は舌打ちをした。

「驚かされた」

鎌足も口惜しそうに言った。

「いばっている。すっかり大臣のつもりなのだ。あんなに沢山の子分どもを連れて……」

鎌足など入鹿の眼中にないことは明らかであった。鎌足の家は大豪族に入らなかった。神祇の家という特殊性はあったにせよ、皇族の身内の召使のようなものともいえる。そのような関係によって、中大兄皇子とも親しい関係が得られていると言えた。もっとも、それが鎌足の出色のゆえんなのであろうが、この鎌足は、若い世代の上流社会仲間で、一目置かれているのであった。皇族や豪族の子弟の間で学問がずば抜けていたし、年長組に属することもあって、誰よりも思慮深いとされていた。が、しょせんは貧乏豪族である。そして、今一人の中大兄皇子は最近どうやら男らしさが出てきたとはいえ、未だひよこことも言えそうだった。

鎌足が入鹿やその従者たちの後姿に感じたのは、中大兄皇子や自分に対する軽侮の態度であった。暗殺の計画を知ったならば、怒ったり怖れたりするより前に笑い出しかねない感じであった。

(今に覚えていろ)

鎌足は唇を噛みしめた。

後代の奈良、平安時代の宮廷貴族の代名詞的存在となった藤原氏の始祖とも言えるのが、他ならぬ中臣鎌足であり、もし鎌足がいなかったら、後の藤原氏の発展もなく、そもそも大化の改新もなかったろうと思われる。伴造系統の神祇の家の長子が何を目論み、どのように成功したか、稀代の策謀家というのが定評である。が、鎌足が策謀だけに頼っている男だったら、表舞台の政治家としては長続きしなかったろうし、藤原貴族繁栄の基礎も築けなかったであろう。

策謀好きはむしろ中大兄皇子、後の天智天皇の方であったかも知れない。先の舒明天皇と現在の皇極天皇との間に生まれた血統書付きのこの皇子は、しかし、弱点として蘇我氏との関係が薄く、そのせいか、血統書第一位の立場にいながら、幼児から今ひとつ明るい視線の中で育てられない環境にあった。

この皇子は頭の良い、利巧すぎるぐらいの子供であった。彼は幼時のときから、自分にとって何かすっきりしない影のようなものを感じていて、その影が実母の皇極天皇にもかかっているのを見ていたのだが、その理由が蘇我宗家あるいは蘇我系統の人々への遠慮から来ているのだということを、次第にはっきりと意識していった。

賢明だがやや腺病質でもある彼に蘇我氏の存在が重苦しくも感じ始められた二年前の十七歳のとき、蘇我入鹿は山背大兄王を襲い殺した。彼はこの事件に強い衝撃を受けた。山背大兄王は、確かに中大兄皇子にとっても煙たい人物ではあった。母の皇極天皇の即位に当たっての競争相手であったし、その後も批判的な態度を政府に対して取り、また、次の皇位継承に当たっての自分の競争者の一人であった。だが、山背大兄王を滅ぼすや否や、入鹿は自分の従弟にも当たる、舒明天皇の子、古人大兄皇子を、かねての狙い通り、皇太子に就けたのである。

古人大兄皇子を次の皇位に就かせようとする計算が見えていた。この事件により、真の実力者は蘇我宗家であり、天皇など傀儡に過ぎないこと、自分は皇位に就けないどころか、場合によっては消されてしまうかも知れない哀れな立場にいることを知らねばならなかったのである。

今までは下男、下女、そして弟などを相手にいささか陰険気味な悪戯を楽しんできた皇子は、今度は自己保身のために、全知全能を尽くして、入鹿打倒の策略に打ち込まなくてはならなくなった。

西暦六一八年（推古二十六年）に新しく建国された唐に留学して帰ってきた学問僧、請安らの語る唐の様子の内、若い宮廷人らに刺激を与えたうちの一つは公地公民の制度であった。一国は、一の君主によって統治され、君主の意思を直接反映した政治形態であらねばならず、各部族や豪族たちの手で寸断されていて良いものではない。君主を頂点とした官僚組織の末端までのしっかりした確立が必要である、ということ。

鎌足という一人の男が賭けようとした政治理念もそこにあった。彼はその思想に乗り遅れまいとした。いや、気がついたとき、彼はそれを実行したいと思っている者たちの中心にいた。

彼は中大兄皇子という皇位継承有資格者の信頼を得ていたのだが、飛鳥寺の球蹴り遊びで親しくなって以来、互いに信奉する理念の実現化を相談する仲になっていたのである。

個人の政治理想は自分自身の利害と無縁には存在しえないものだろうが、この場合も、二人の政治理念の一致は、お互いの利害が合っていたからだと言えよう。そして、その政治理念の遂行に当たっての一番の障害というのが、言うまでもなく、最大の豪族蘇我氏、なかんずく入鹿だったのである。

中大兄皇子が幼時から蘇我氏の影に怯えてきたとすれば、鎌足も自分の家の歴史の遠くないところでの不幸な出来事を聞かされ育ってきた。というのは、他でもない、蘇我氏の興隆は百年前の仏教伝来と共に始まり、馬子のとき、仏教に反対した物部守屋を滅ぼして決定的な権力を得たのだが、一方、鎌足の中臣氏は代々神祇の家柄、すなわち大和神の奉仕人なのであって、馬子と守屋の戦いのときも敗れた守屋側だったのである。以後、仏教の流行ともなり、神祇の家の方は、天皇家の情けと自己満足によって細々と続いてきたようなものなのである。

そもそも、太古以来の中臣氏は、用命天皇二年、西暦五八七年、中臣勝海が物部守屋に加担した科によって馬子に斬られた、その時点で滅びたのである。本流の中臣氏に代わって、関東鹿島の神祇の中臣氏が、鎌足の曽祖父のとき以来中央の仕事を継いでいたのだ。

彼は無力化し、形骸化してしまっている父祖伝来の神祇職に自分を縛りつけるのを潔しとしなかった。勉強ばかりして特別の職についていなかった彼を、朝廷は神祇伯《かむつかさのかみ》任に推したが、彼は病気を理由に再三辞退し、その実、皇族の軽皇子や中大兄皇子すなわち後の孝徳天皇や天智天皇に接近し、個人的信頼を得るのに努めていたのである。

（24）

さて、入鹿がもどっていった桜並木は、やがて飛鳥川にぶつかったが、橋を渡ると、ゆるやかな坂道となり、甘樫丘へと続いていた。山背大兄王をほろぼし、古人大兄皇子を皇太子に据える少し前から、入鹿は父蝦夷に代わって大臣の用を足すようになっていたのだが、同時に御殿のような立派な館を甘樫丘に造営した。

堅固な高い石垣で広く囲っていたのだが、今、入鹿の前に大門が立ち、護衛の兵士たちがうやうやしく入鹿を迎え入れた。

門の中には広い庭が広がり、その先に蝦夷と入鹿の館がそびえ立っている。


入鹿は背が高く、背筋もぴんと伸び、中肉、偉丈夫と言えた。大きな顔には、真一文字に締まった口、形の良い鼻があり、眼が切れ上がっていて良く光る。が、その立派な顔が他人には或る種のやりきれなさを与えるときがあるのは、性の傲慢さが面に表れるからであろうか。精神の訓練を怠っているわけではないが、積もり積もった蘇我氏の栄華のもとに生まれ育った宿命は如何ともしがたいと言える。

派手でもあった。一つ一つの所作、たとえば歩き方とか手振りとかにも律動感があるのである。精神が溌剌としているゆえであろうか、いささか軽薄なせいであろうか、身振りが目立つのである。入鹿びいきはその辺の格好の良さを賞し、敵は反発心を抱いた。


入鹿の館の一角が政務室のようになっていたが、そこに入っていった入鹿は、唐式の机の前に座るなり、指で机を弾いた。誰も出てこないので、両手で力をこめて机を叩くと、側仕えの男が転がるように入ってきて、一枚の紙を差し出した。

来賓の名前が列記されている。貴賓、政友、陳情者ら、ざっと十人位が入鹿の帰宅、花見の散歩からの帰りを待っていたのである。

父の蝦夷は、一年ほど前から仕事を入鹿にまかせ放しで、内裏への出廷もほとんど行わなくなっていた。入鹿は大臣の職を蝦夷から譲られていて、そのしるしに紫冠を頭にして執務に就くのであった。

大臣の地位は朝廷の正式な決定により与えられるはずであったが、入鹿に対する大臣職の譲渡を蝦夷は一方的に朝廷に報告し、しかし、それに対して裏では多くの者が批判していたものの、表立った異議を申し立てる者はいなかったのである。

今も傍らの台に在った紫の冠を、ややもったいぶった態度で頭にかぶると、入鹿は客の名前に眼を通し、その各人についての内容をたずね、指示を出した。

「備前の国造、何用だ？」

「領地のことらしく思われます」

「書状にて申し立てるよう言え。会うときは当方から指示する」

「はい」

「飛鳥寺の僧恵妙どの、来ておられるのか」

「いえ、お時間があれば参りたい由」

「何用だ？」

「さて、閑談と申しております」

「ふむ、得意の閑談だな」

入鹿は苦笑する。飛鳥寺の長老格である老僧恵妙は苦手だと思う。昔からのことで、どうせ今度も説教であろう。

「うーむ、そうだな、夕方、日が落ちた後、池端の東屋に来てもらおうか。夜桜でもいっしょに楽しむことにしよう」

「はい」

「倉山田の石川麻呂……」

「ご本人ではございませんが、家の者が来ておられます」

「通せ」

倉山田石川麻呂は、入鹿の従弟に当たる蘇我一族の男である。すなわち蝦夷の弟の倉麻呂の息子なのである。本家に対する分流ということになるが、従弟なのに年上ということもあってか、入鹿とは個人的にしっくりと行かないものがなくもない。

先頃、石川麻呂は、突然、入鹿には何の相談もなく、彼の娘を中大兄皇子に嫁がせた。その折、入鹿は祝いとして絹の反物を贈ったが、今日はお返しとして書状と焼き物を使いの者に持たせてきたのである。

書状を読んだ後、入鹿は石川麻呂の使いの者に言った。

「お礼など要らなかったのにと伝えてくれ。それより、たまには顔を出すようにと言ってくれ。石川麻呂も蘇我一族だ。大王家の皇子に嫁を出した光栄は我らのものでもある。本当にお礼などは要らなかった。お礼を言いたいのはこちらの方であった」

入鹿は、倉山田石川麻呂の使いの者の顔をじっと見つめながら、ゆっくりと、いささかゆっくりとしすぎる感じで、自分の言葉を自身確かめるかのように言った。


使いの者が帰った後、包みを開けると大きな唐三彩の花瓶が出てきた。

「うーむ」

と言いながら、その花鳥の模様を見て、内心、平凡な、と思った。

当世評判の唐からの三彩だからとて、何でも良いというものではない、と思いながらも、部屋の一隅に置いて飾らせた。

「綺麗ですな」

舎人はそう言っている。

入鹿が平凡だと思ったのは、心がこもっていない形式的な贈り物だということでもある。そこにもどかしさを覚えながらも、如何することもできない。

先ほど自分が石川麻呂の家の者に言ったことは事実だ、と入鹿は思う。中大兄皇子への石川麻呂の娘の輿入れは、蘇我一族全体の栄誉である、と。しかし、そう言いながらも、入鹿は石川麻呂に対して内心の不満を覚えるのであった。自分には一言の相談もなかった婚姻について。

彼はふと、蘇我一族の分裂といった危惧感を覚えないでもなかった。蘇我一族の強みは団結であった。が、馬子が頂点を極めた後、その子の蝦夷は推古天皇後の皇位継承問題いざこざの中で、山背大兄王を推薦支持した境部臣摩理勢、つまり馬子の弟、自分の叔父を殺すという事態を招いたし、入鹿は従兄にも当たる山背大兄王本人を殺した。そして、蝦夷の弟の倉麻呂の子の石川麻呂と入鹿の間にはどうすることもできない違和感がある……

皇子への蘇我一族の者の輿入れ、それはたしかに栄誉ではある。だが、余計なことでもなかったか？　いや、成り行きによっては、由々しいことにもなりかねまい……

入鹿は、しばらく眼をつむり、事態を冷静に分析しようとしていた。

（25）

中大兄皇子は、中臣鎌足と別れて一人になってから、急に不安になっていた。入鹿に出会った、恐ろしいあ奴に出会った、不倶戴天の敵に出くわした……彼は全身に汗をびっしょりとかいていた。

蘇我一族、特に入鹿の存在は以前から彼を脅かしていたが、意識的に入鹿に恐怖を覚え始めたのは、入鹿が山背大兄王を襲い殺す一年前、高句麗での泉蓋蘇文《せんがいそぶん》の軍事革命の話が日本に伝わってきてからである。

高句麗の泉蓋蘇文は、父が第一等官位の貴族であり、その死後は父の地位を継ぐのが順当だったのだが、泉蓋蘇文の性格が横暴だったゆえに、貴族たちが反対してなかなかその地位に就けなかった。

結局、貴族たちに哀願して就いたのだが、地位を得ると残忍性を発揮したので、王と有力者たちは彼を誅殺しようとした。が、それに気づいた泉蓋蘇文は、逆に大臣以下百余名を招待の上皆殺しにし、在位二十五年の栄留王（彼の功労はとくに隋や唐の侵略に対する防戦や外交で輝かしい）をも殺してしまったのである。単に殺しただけでなく、その遺骸を切断して溝の中に捨ててしまった。

そして、王弟の子を王位につけ、自分は莫離支《ばくりし》（日本で言えば平安時代の関白のような立場）という地位に就き、軍務と内務を一手に握り、独断政治を始めたのであった。

その権勢振りは、家臣を踏み台にして馬に乗り降りすることで知られ、かつ、左右の重臣も顔を仰ぎ見るのを怖れ、ひたすら平伏するのみとのことで、日本でも話題になっていたのだが、入鹿は泉蓋蘇文をほめ、つながりも強めていた。唐の侵略や介入に対するには生ぬるい合議制では駄目で、泉蓋蘇文のような強い指導力が必要である、と主張もしていた。

一時入鹿は、泉蓋蘇文の真似をして刀を五本も腰につけたりしたのである。


山背大兄王が入鹿に殺された後、入鹿のことを考えていると、怖れと憎しみのため、中大兄皇子は食事も喉が通らなくなるほどであった。

あの男は間違いなく日本の泉蓋蘇文を目指している！　山背大兄王の件はその手始めだったのであ

り、次の標的は現大王と自分に違いないのだ……


　或る日、中臣鎌足が中大兄皇子に突然言った。

「石川麻呂の娘をお妃にもらいませんか」

やはり、請安塾からの帰り道であった。年の暮であったが、晴れて暖かい日で、見渡す田んぼや草原の枯れ草の上には穏やかな日射しが当たっていた。

中大兄皇子は足をとめた。鎌足は何を言い出したのかとけげんな顔をした。

「十五歳になります。良い娘ですよ」

　と鎌足は言った。

　皇子は、ややあって、少し苛立ちながら返答した。

「蘇我一族ではないか」

「よけいに結構だと思います」

「……？」

「皇子は、蘇我を怖れ過ぎております。精神上良くありません。蘇我をお入れなさい。気が楽になると存じます」

「何を言い出すのだ。私は蘇我などに負けないぞ」

「しかし、現実の皇子は、蘇我をひどく怖れています。それは事をなすのに害となります。お考えください。私どもの敵はまず入鹿です。或はその親子、専横な大臣家です。蘇我を一つのものと考えると手順を間違えます。山背大兄王だって蘇我一族だったのですよ。

蝦夷の姉の刀自古郎女が母親ですからね。

目下の敵は蘇我宗家、そして入鹿です。入鹿と戦うには、むしろ蘇我一族を仲間にいれることは大変に有利でもあるのです。そして、石川麻呂は入鹿が嫌いなのです。私はそんな彼を仲間に入れたいのです。お分かりになっていただけませんでしょうか。石川麻呂の娘をおもらいになるということは、皇子にとっては一石二鳥なのです」

「しかし、蘇我氏は嫌だな……」

「皇子、わたくしの考えが読めませんでしょうか。最終的には全ての蘇我一族を無力化し、政治の主導権を大王家に取りもどそうとする第一歩でございますよ」

「……」

鎌足の提案は突飛なようでありながら意味があった。中大兄皇子はあらためて鎌足の頭の良さに感じ入った。

「鎌足は私に良い嫁を与え、同時に蘇我宗家に対する恐怖症をやわらげる効用がある薬をくれるのだね。そして、さらには、入鹿を倒す大きな根回しをすることになる。つまり、蘇我一族の分裂を狙うのだな」

皇子は確認するように言った。

「さようでございます。が、そのことを二度と人前では口に出されますな」

鎌足は低い声で、しかし強く答え、特徴のある黒目勝ちの眼をきらりと光らせた。

最初予定していた石川麻呂の長女は、蘇我一族の者すなわち石川麻呂の異母弟である蘇我臣日向《ひむか》(後に石川麻呂に重大な不幸を及ぼすことにもなった陰険な人物）に横取りされたが、最終的に手に入れたその妹の遠智娘《おちのいらつめ》は、たしかに中大兄皇子にとって蘇我恐怖症を取り除く薬のようにもなっていた。鎌足と別れてから、不安に駆り立てられつつ家の前まで足早に歩いてきた彼は、柳の木の下で、長くしなやかな緑の枝を体に巻いて、無邪気に春風と戯れている遠智娘の姿を見て、何やらほっとしたのである。

一方の鎌足はといえば、中大兄皇子と別れてから信念に似た事柄を考え続けていた。……歴史は人知れぬところで練られた筋書きによって動かされていく……そんなときがある、それが許されるとき、いや、それが必要なときがある……と。

もちろん、と彼は思う。歴史というものは個人の意志を越えた必然的な力や流れ、或は群集の動向というものによって進んでいくものでもあり、単なる偶然的な現象の積み重ねによって出来上がっていくものでもある。として、しかしながら、それらと個人の作る筋書きとはどのようなかかわりの内にあるかというと、その個人の筋書きがそれら歴史の必然性とか偶然性とかによる現実の流れに逆らっていっては実現化が難しいとしても、鎌足が強調したいことは、歴史は個人の作る筋書きによって動いていっても良い、動かしていけるものだ、いやさらには動かしていくべきものだ、ということなのだった。

つまり、歴史に対する個人の筋書きの優位性、能動性、ということなのだった。歴史の神、創造者たること、それこそが男の仕事ではないのか？　一国の百年、いや千年の歴史が一人の男の作った筋書きによって決定されてしまったとしても、それが歴史の意志、社会正義に沿っているものならば、褒賞されこそせよ、誹謗されるはずがない、という信念であった。

なぜに自分は入鹿打倒の策略を練るのか、それが歴史の流れのうちにあるからか？　その通りである。だが、同時に、その行為が自分の正当な野心充足とあるべき社会正義の達成に必要であるからだ、と鎌足は認識していた。

鎌足にとって野心の充足とは、何はともあれ、政府の中枢での政治活動を意味していた。つまりは、脱神祇家のことである。現在の神祇家は、しょせん無力な神主に過ぎない。その身分に甘んじるには、鎌足は血の気が多すぎたし、才能がありすぎた。

正義心といえば常に燃えていた。蘇我氏の横暴に対する怒りと鎌足が理想と描く政治形態への熱い思いが止むことがなかった。

今、公地公民の思想が唐の影響を受けつつ、東海の島にも寄せていたが、鎌足はそこでこそ活躍できそうであった。公地公民が取り入れられた社会でこそ、鎌足のように優秀な、しかし豪族としては貧乏で無力な者たちは生き返ることができると思われた。ところが、その思想および制度の導入の第一の障害が、豪族連合体政治の上に立ってきた蘇我氏であり、その新しい中心人物の入鹿なのだった。新しい政治形態においては、豪族の権利は一度解体され、原則としては、上から下まで統一された官僚機構によって、全ての政治が平等かつ公平に行われなければならない。蘇我氏の命令系統で勝手に国政が動かされてはならず、結局のところ、蘇我の蝦夷や入鹿が行っている豪族連合体の政治形態は終わらせなければならないのだ。

そして、皇《みかど》一人こそが万世一系の長として、この新しい政治形態、官僚組織の頂点に立たねばならない。で、中臣氏はといえば、もともと建国者の神武大王につき従っていた五部の神の一つの天児屋根命《あめのこやねのみこと》の末であり、もっと早く皇の御心にかなう政治形態を完成すべきだったのが、在地豪族たちに甘くしたために、今日のような蘇我氏中心の強い者勝ちの勝手な豪族政治を許してしまったと考えるべきなのである。皇こそが絶対の為政者、中臣氏はその絶対の忠臣、という古来の理想、それを実現できる公地公民の原則と全国末端に到るまでの官僚制度の確立を、自分の人生をかけて実現させねばならぬ……

その日も、鎌足の頭を占めていたのはこのようなことであった。

(26)

夕方、陽が沈むと、月が昇ってきて、池の端の桜の木々を妖麗に照らし出した。入鹿は、飛鳥寺の僧恵妙に会うために東屋の方へ足を運んでいたが、前にも二度ばかり東屋で恵妙と話し合ったことを思い出していた。そして、今度もそのときと同じように、ご親切な、しかし、いささか不快な忠告なのだろうと考える。

一度目は四年ほど前の暑い日の夜であったと記憶する。恵妙は大臣の蝦夷が行おうとしていた雨乞いの祈祷を止めさせるために入鹿に忠告に来たのである。その夏、三か月に渡って日照りが続き、農作物に被害が出ているのはもちろんのこと、人命も危ない状態になってきたので、蝦夷は、奈良の百済大寺(現大安寺)の広場に、菩薩像と四天王像を安置し、自分が中心になって多くの僧を招き、大乗経典を読み、天から雨の恵みを得ようとしたのだが、そのような蝦夷の発心を止めさせようとする恵妙の言うところのものは次のようなことであった。

「まことに結構な心がけとは存ずるが、大臣が坊様たちを仕立てて雨乞いをなさるというのはいかがなものか。拙僧も招かれておるが、そもそも天地の営みのことは、大臣の手に負えるものでもなく、坊主たちの責任に帰せられるものでもない。差し出がましいことだという批判がある上、もし、祈祷のしるしが出ぬときは、嘲笑され、仏道もいらざる不信を買うことになります。お止めなされ」

恵妙の忠告を入鹿は受け入れなかった。

「お言葉ながら、僧の懸念は弱気な上にも、不誠実ということになりましょう。今、民が苦しんでいるとき、大臣であれ、大王であれ、僧であれ、神主であれ、祈ることは良いことでござる。差し出がましい、とは何たる見当違い。

効果の上がらぬときのご心配、笑止なり。それぐらいのことで不信を買う大臣でもなければ、御坊たちでもありますまい」

三日間、蝦夷は僧たちといっしょに百済大寺の広場で盛んに経を読み、香を焚いた。が、遂に雨はほんの一滴しか降らずに終わった。

ところが、八月に入ってから、皇極天皇が飛鳥川上流の地の岸辺で、ひざまずいて四方を拝すると、たちまち雷が鳴り、大雨が降り出し、五日間続き、九穀が生き返った。

入鹿はそのとき、降雨を喜ぶ以上に、新しい女帝を称える声と父の蝦夷を嘲笑する陰口に腹を立てていた。

二度目は翌年の冬の頃であったと思う。恵妙と話をしながら東屋を吹き抜ける風がひどく寒かったのを覚えている。

蝦夷と入鹿はその頃、自分たちの墓を今来《いまき》という所に造りつつあったが、御陵のように大きく土を盛り、一つは蝦夷、もう一つは入鹿のもので、双墓《ならびはか》と称していた。その墓を作るのに蝦夷は、大臣の権力で一般の民を勝手に使ったほか、豪族たちの私有民をも徴発し、かつは故聖徳太子に仕えその後は太子の親族すなわち上宮家に従っていた部民までをも使用した。

そのことについて恵妙は、公私混同の噂が高いと伝えてきたのである。

「太子の姫子様などは大いに憤慨しておられるそうな。蘇我の臣は国政を勝手に行い、その上無礼な振る舞いが多い、と。天に二つの太陽が無いように、国に二人の君主はいない。どうして、上宮に賜った民をことごとく勝手に使役するのですか、と。

入鹿さま、大臣にご注進ください」

そのとき入鹿は、心に後ろめたいものを感じないではなかったが、それ以上に上宮家に対する不快感を強く持たざるをえなかった。しばらく黙っていた後、入鹿は苛立たしげに言った。

「墓つくりはもう終わります。しかし、私は上宮家は嫌いだ。彼らはいったい何者なのだ？　故太子の威光のもとでお高くとまっている非生産的な連中に過ぎないではないですか。

山背大兄王が言わせたのであろう。あの方はいつも、そう、昔から、偉そうな態度をして、偉そうなことばかり言っている人だ。太子のような学問や人徳があるわけでもなく、我々のような経済力も政治力もない癖に、自分の力を過大評価している不快な仁だ」

今、東屋に向かう入鹿の頭の中で、そういった過去の恵妙とのやり取りが思い出され、大体が不要な忠告だったと思わざるをえず、それは内容がなかったというより、自分の方にそれを受け入れる気持がなかったからかも知れないと思うのであったが、さて今宵もまた似たような具合ではないのかと、愉快ではない予感を覚えるのであった。

東屋では、すでに恵妙が縁に腰掛け、茶を口にしながら、池の面に漂う月の光を眺めていた。

少し離れて座った入鹿は、盃に大きな徳利からの酒を小者につがせながら、恵妙に言った。

「夜風が少々寒いようなので、御坊もお酒がよろしいでしょう」

恵妙は手を横にゆっくりと振った。


「悪い評判が強くなってきておりますのう」

六十歳を越えた老僧は話し始める。

「……」

「父上と貴方さまのこと。いや、山背大兄王皇子さまを殺害したことを申すのではありません。あれは一年以上前のこと。拙僧は終わってしまった悪事については、いまさら、何も言いません。それが大悪事でも」

「人は悪事と呼ぶ。父上も悪事と呼ぶ。貴僧は大悪事と言われるか。よろしい、弁解はしませぬ。しかし、私は社会正義のために行ったと信じております」

「社会正義？　仏教では、殺生は正義の中に入れません。なぜなら、仏心のない正義は正義ではありませんからな」

「……」

「ましてや、今聖であられた故聖徳太子様、弥勒菩薩様の生まれ変わりのようなお方のご長男を……いや、聞けば山背大兄王とそのご兄弟やお子たちだけでなく、故太子様のご兄弟までをふくめた二十三人が亡くなられたという……　上宮家は絶えてしまったというではありませんか」

「今ひじり？　ふむ、異論もありましょうがな。が、まあ良いでしょう。しかし、ひじりの末、かならずしも、ひじりにあらずです。不肖のえせひじりが、弥勒菩薩のような顔をして、わけ知り顔に口を出す。新羅の良からぬ一派とも息を通じて政治をかき乱す、それを責めたのです。自害は勝手になされたのです」

入鹿は、常になく自分の行為を弁解しているのに気がつき、忌々しくなり舌打ちをした。


「過去の話は止めましょう。今日は別の話で来たのです」

と恵妙は言った。

「私めは、いつも蘇我一族に良かろうことを勧めにくるわけで、それ以外ではない。あなたもご存知のように、私ども飛鳥寺の者は、馬子様が飛鳥寺を建立されたときから、ずっと蘇我一族と同じ思いで参りました。馬子様も、飛鳥寺の者は僧から下人に到るまで蘇我家の者同然とおっしゃっておられて、それゆえ、あなたの父君も、言いたいことがあったら遠慮なく入鹿さまに申し述べよ、と言ってくださっているわけです。

私の心配は蘇我家の発展のためです。日本の柱となられる、いや、もう柱となっておられる蘇我太郎さまのためのものなのですよ」

いつものように、いささかくどい前置きを恵妙はする。

「分かっております」

と、入鹿が言うと、恵妙は安心したようにちょっと語を切り、茶をすすった後、言った。

「第一に、高句麗の泉蓋蘇文をほめなさるな。国王を殺して切り刻んだような男をほめることは誤解を招きます。

第二に、大臣の位についてですよ。やはり、正式な手続きを踏んで大臣になられた方が良い。どうもそのことが朝廷の内外に不満の種を蒔いているようじゃ」

第三には、ご自宅を朝廷の政務所のように使われるのは避けた方が良いと思います」

「泉蓋蘇文をほめるも何もありません」

と、入鹿は答えた。

「彼は高句麗の現在の代表者です。代表者を認めないでは二国間での外交が成り立たないではないですか。何はともあれ、高句麗とは百済に対すると同じように友好関係を保たねばなりません」

「泉蓋蘇文は代表者ではないはずだ。王がおりますよ」

「その王には何の力もありません。実質的な責任者は泉蓋蘇文です。それに私は、政治家の一人として、果断な行動力に富んだ彼を高く評価もしています。議論ばかりしていて何一つ実行できない連中と話し合っていて何の国益になりますか。ここ大和の国内でも同じことです。くだらないお喋り屋が多すぎますよ」

「……、では、第二、第三の問題はいかが？」

「……」

入鹿は黙って酒を含み、それをごくりと飲み干して、意味ありげな微笑を浮かべたまま答えなかった。恵妙も同じ言葉を繰り返しはせず、二人の間に沈黙が流れ、池の面に映った月の光の色のみが強くなっていった。

入鹿は恵妙の言葉に答えることは、ひどく簡単なようでありながら、簡単ではない、という心境に出くわしていた。

正規の手続きを踏んで大臣になる、ということはそう難しいことではない。また、自分の館を朝廷の政務所のようには使わないというのも難しいことではない。それらはただ入鹿がその気になればすんだことである。大臣については、ほんの少しばかり入鹿が腰を低くして重臣たちに挨拶しておけば良いことだった。百年ほど前に初めて蘇我家で大臣になった蘇我稲目が行い、その子の馬子が行い、さらに蝦夷がしてきたように、他の部族の長たちの承諾をとりまとめて大臣に推されれば良いのである。そしてまた、大王の顔を立てて、朝廷に通っていけば良いことであった。難しいことではない。が、そのことに関し、入鹿は気が進まないのであった。なぜ、いまさらそのような行為をする必要があろうか、と彼は考える。現に、大王が彼を大臣としてあつかい、何の異議をさしはさまないでいるとき、大臣として振舞うのに何の不都合があろうか、と。

彼は恵妙には返事をせず、星を見ていた。宵の明星が西の空に姿を現し、ひと際大きく光っていた。いつの頃からか、彼はその美しく優れた輝きの星を自分の星だと思うようになっていた。

彼には秘した野心があった。それは三代続いた大臣家を継ぐのではなく、それを越えることであった。百年間、蘇我は大臣を勤めてきたが、それ以上の発展があっても良いのではないか、と。

では、大臣を越えた存在とは？

泉蓋蘇文？

いや、違う、と入鹿は思う。泉蓋蘇文もしょせんは天子を上に戴いている一権力者に過ぎない。

では何者になるのか？　天子、大王家になることか？

そうだ、と入鹿は思う。二十五年前に大陸で建立された唐の創始者は、前朝の隋の豪族の一人、李淵という男であった。隋の朝廷の統治能力が失われ、各地で反乱が起こり、皇帝の煬帝がその臣に殺されたとき、煬帝の孫から譲られて即位し、国名を唐としたのである。

大陸に見習うべきは、公地公民などの制度変更以前に、天子の家が交代しうるというその国家体制なのだ。


倭の国が何故一つの家柄の血統によって支配されていかねばならないか？　その固定観念は壊されなければならない。いや、現王朝とて、実際には何度かの血の交代がなされているとも聞く。それがさも万世一系の王朝のように語られているところにこの国の欺瞞性がある。変転の思想、それこそが正しい。あらゆる意味からして正しい。現実にはそうであったし、宇宙の原理からしても妥当である。

そして、今こそ、蘇我家は新しい王朝を作るべき、そして作り得るときなのだ。堂々と、だ。蘇我王朝。その初代の帝は、蘇我太郎入鹿。隋から唐へ！　だ。

自分は大臣問題などでは頭を下げないだろう。大臣になるために頭を下げていては一生皇帝にはなりにくい。もし自分が皆に頭をさげるとすれば、帝となって皆の協力を求めるときである。そして、自分の王朝を創っていくには、自分の家に政務所を移しておくのが手順というものだ。

誰か、文句があるのなら正面から堂々とやってこい。いつでも滅ぼしてやろう。斑鳩の偽聖人の次に滅ぼされたい奴は誰だ？　次の実績が欲しいくらいである。その実績は自分の存在をさらに大王の位に近づけるだろう……


宵の明星の光が増すにつれ、酒の入った入鹿の眼の輝きも増していった。

老僧は時代の流れを知らない。また、自分の目標も知らない。

入鹿は飛鳥寺からの客人の問いには答えないまま、池の端に歩み出て、月と夜桜を賞しつつ去っていこうとした。

「入鹿殿」

背後から恵妙が呼びかけた。

「今ひとつ、別の願い。当方に居る行の弥勒菩薩像を本人に返してやってくれませぬか」

「行？　弥勒菩薩像？」

入鹿は足を止めて振り返ったが、気がついたように、

「おお、あの首を痛めた老人……未だ生きていたのですか」

と言った。

「しきりにあの弥勒菩薩像のことを口にしていますのじゃ。返してやりなされ」

「それは考えておきましょう。わしには不要なもののようでありますからな」

「……不要ということもありますまいが……」

「いや、不要です。悲しんでいるような、いたわっているような仏の顔。悲しみもいたわりも、わしには無縁です。行とやらに返してやりましょうぞ」

「……」


その夜、入鹿は夢を見た。

草原を一筋の小川が流れていて、入鹿は、父の蝦夷、祖父の馬子、曽祖父の稲目といっしょに丸く座を組んでいた。

「三十三年間大臣だった私は……」

と一番川上の場所に座っていた稲目が語っていた。

「私の二人の娘、堅塩媛と小姉君を欽明大王に差し上げた。大王は二人をいたく愛し、十八人の子を生ませた。つまり、大王の皇子と皇女二十五人のうち、三分の二は私の娘たちが生んだ子供だったわけだ。

用命、崇峻、推古の三人の大王もそれらの子供たちだったということになる。つまりは、わしの外孫たちというわけだ」

「そして、その三人の大王たちは、私にとっては甥や姪ということになる」

と馬子が言った。

「欽明帝の次の敏達帝の御代十四年間、用命帝の三年間、崇峻帝の六年間、推古帝の治世三十七年間の内の三十四年間、つまり、計五十七年間、私は大臣を勤めたわけだ」

「私は二十年間、大臣を勤めてきました」

と蝦夷が言った。

「なるほど」

と入鹿は相槌を打った。

「そうすると、計何年になりますかね。ざっと、百十年になりますね。これは、もう、世襲でしかるべきですよ。いまさら、任命も何もないでしょう？　そもそも、百十年間、世を治めてきたのは蘇我も同然ですからね。百十年間、大和朝廷のために苦労してきたのですよね」

「それはそうさ」

と馬子は言った。

「特に仏教を日本に取り入れたのは私たちで、仏敵との戦いには、それこそ生命をかけてきたのだ」

「その間、大王たちは何をしてきたのですか？」

「……」

「何をしてきたのですか？」

稲目は仙人のような風貌をしていた。細面の顔は長い白髭によって縁取られ、眼はどこを見ているか分からない薄目であった。馬子は、丸顔の精悍な顔つきで、ぎょろ眼であった。いつも見慣れている蝦夷は馬子を病人にしたような感じでもあった。

三人とも、入鹿の質問には答えず、一様に横を向いて口をつぐんでいた。


入鹿が語っていた。

「祖父さま、敏達帝のとき、疫病が流行し、帝はそれを拝仏のせいにし、破仏を宣言なされたそうですね。そして、祖父さまが建立された仏塔などが群集によって破壊された。また、崇峻帝は、貴方を圧迫し、その愚昧な帝に貴方は怒りを抑えきれず、殺した。

次の推古帝は賢明な女帝だったようですね。貴方もついつい三十四年間の長期にわたり、大臣として骨を折り、最後は好々爺としての生涯を終えられた。が、今、思うに、崇峻帝を亡き者にしたとき、貴方自身が皇位に就く機会があったのではないですか」

入鹿がそう語ると、馬子は返事をせず、ただ静かに微笑していた。

「父よ、貴方に対して大王の方々は何をしてきたか、聞くも野暮というものですね。貴方は、推古帝の後、舒明帝や皇極帝を作られた。貴方自身の叔父摩理勢を殺してまでその人々の即位に尽力した。が、あの人たちは、喜び、ただそれだけのことでしたね」

蝦夷は入鹿をたしなめるように片手をあげて、入鹿の言を制しようとしたが、入鹿は言い続けた。

「いや、分かるのですよ。父よ、私にしたって、おそらく同じです。帝は何もしない。私の力で帝に推され、守られ、それを喜ぶだけです。

これは不合理ではないでしょうか。私から見ると、蘇我はもう充分に大王家に尽くしてきた気がします。私もまた皆様と同じように、ひ弱なる彼らに仕えなければならないのでしょうか。もう沢山だ、と感じるのは私の不遜のゆえでしょうか」

三人は入鹿の質問には答えず立ち去っていこうとした。何となく暗い表情で考え深げであった。

「曽祖父様」

と、入鹿は稲目に呼びかけた。

「私どもの祖先は何処から来たのでしょうか？」

稲目はおもむろに右手をあげ、人差し指で西の方を指した。葛城山？　さらに西の空の彼方のようであった。

「朝鮮？」

入鹿は口走った。

口走った自分の声が耳に響き、入鹿は眼を覚ました。

自分の家の系図を見るたびに入鹿は感じることがあった。第八代大王孝元帝の曾孫とされる古代大和政権の重鎮武内宿禰《すくね》の子の一人に蘇我石河宿禰が居て、蘇我石河宿禰……満智……韓子……高麗……稲目、と続いたとされているが、景行、成務、仲哀、神功、応神、仁徳の各暦朝に仕えたとされる武内宿禰の末などというのは、伝説的な上、沢山いて信用できるものでもなく、百年も大臣を勤めてきた家柄にしては、稲目以前が判然としないのであるが、稲目が突然のように大臣として登場してきた背景には、欽明帝を皇位に押し立てた政治状況との関連を感じるのであった。

すなわち、継体帝没後の皇位継承問題をめぐる混乱期を抜け出ての欽明帝の誕生と帰化人集団との密接なつながりを覚えるのであった。欽明政権は、帰化人集団、特に百済系の集団の支持により成立しえたのではないか、ということ、そして、帰化人集団を取りまとめていたのが蘇我氏であったのではないかということ、さらには、そもそも蘇我氏自身が半島からの人間ではなかったのか、とさえ推測できるのでもあった。

たとえば、稲目の祖父に当たる韓子は、百済を新羅の攻撃から守るために、大和朝廷から派遣されていた遠征軍の将軍だったと伝えられ、しかしながら出世の競争相手であった紀大盤の弓矢によって事故死を遂げたとされているが、元来が百済での現地雇いの将軍であったかも知れず、その子の高麗も名前から察するに、現地生まれの男ではなかったか、と思われるのであった。さらには彼らの母親は百済人であったとの話も聞いている……

夢から覚めてしばらく入鹿は寝床の中でじっと考えに耽っていた。

(朝鮮だ)

と彼は思った。

(俺のみなもとは朝鮮の百済だ。文明の先進国、百済。外国かも知れぬ。が、百年以上大臣家としてこの国を切り回してきた蘇我家が、新しい王朝、たとえば隋に代わった唐のような王朝を創り出すとして何の不都合があろうか？　不合理なのは、むしろ、現王朝が恒久的な権利顔をして、弱体化している王朝を存続させていこうとするその虫の良さだ。その甘えとずうずうしさこそ驚きだ。そもそも、大王家にしても、もともとは、外来者に変わりはないのだ。蘇我家が外来者だとしても、大王家も、三百年か四百年前には外来者だったのだ。いや、そんな以前ではないかも知れない。倭の種族がまとまって、和し、大きな倭、つまりは大きな和、大和の混同政府を創ったとき、征服と懐柔と談合の経緯の中で、一番力が強く或は野蛮で、賢く或はずるく、人格的に優れた或は汚い人物が、仰々しい伝説を創りつつ、大王として選ばれたのではなかったか。

それだけではない。その後の政変のときにも、現実には途絶えている王家の血をさもつながっている系統として伝えてきたのではなかったか。

それも結構。だが、いずれにせよ、強い家が弱い大王家にとって代わらねば、国の発展はないのだ。いや、安全すら保てない。自分はこの国の発展と安全のためにも、今、王朝交代を是とするのだ。その昔、神武帝とやらの僻地九州日向の出身者が大和の地に来て、現王朝を創り上げたのに比べれば、文明国百済出身の王家の方がよっぽど進んでいると言えようぞ。弱体化した、そして欺瞞化した九州出の日向王朝など無くもがな！　かつて神武がそうしたように自分は、武力と富みと策略により、新たな即位伝説を創りだすのだ。権力の下、神話は走り、広がり、定着する！）

庭に出て、湧き水で顔を洗い、枯れ枝を手にして地面に書いた。

日向王朝の終焉、蘇我王朝の誕生！　隋から唐へ！

彼の顔には満足げな微笑が浮かんでいた。

「東漢の国押！」

入鹿の館を守っている東漢の警護人を呼んだ。

「今日は、飛鳥の山地を馬で駆けめぐるぞ。選りすぐった兵士二十人を連れていく。すぐに用意をせよ」

（27）

ちょうどその頃、そろそろ夜も明けようとする時刻、中臣鎌足は東の空に輝いている明けの明星を自宅で眺め佇んでいた。

金星、彼もまた、その星を朝にあって自分の星としている男であった。あの星を眺めているとき、自分は叡智を与えられるのだ、と彼は思っていた。


今、ひらめいたものは何だ？

彼は頭の中を素早く横切った或る暗示をとらえ直そうとした。

それはもちろん政治に関することであった。しかも入鹿と公地公民に関することだった。急がなければならない何かが確かにそこに瞥見できたのだった。

何だったのか？

鎌足は足を組んで座りなおし、明けの明星に向かい、冷静に頭を働かせた。

そうだ、入鹿が力を行使して大王家を廃止しようとするのだ。そして、その最大の理由は公地公民のためなのだ。というのも、公地公民、或は中央集権化は歴史の流れであって、誰が反対しても、国が存続していくためにはそのようになっていかざるをえない……国内の経済情勢と国際情勢がそれを促しているのだ……ところが、その流れの前では大王家か大臣家か、の一者の選択が迫られるのだ。二者は必要ではない、そういう発見なのだ。軽視していたが重要なことだった。つまり、公地公民か否かの議論ではなく、誰が中心となってそれを行うか、の問題だったのだ。

公地公民、中央集権官僚制度の前では、第二位は生き延びることができないのだ。一人の絶対的な中心とその下の絶対的に忠実な公僕だけが必要な体制なのだ。蘇我入鹿はそれに気がついているだろうか？　感じてはいるだろう。今、脳裏を過ぎったのはそのことについての暗示だったのだ。

鎌足は立ち上がり、外出着に着替えると、外にすべり出て歩き出した。中大兄皇子の家へ。

朝靄が野の道を覆っていた。こんなに朝早く、と彼は思った。自分の頭は正気なのか、少なくとも、心は平静さを失っているようだぞ。が、急がなければならない。自分の発見は重要なのだ。公地公民の現実化が見えてきたとき、入鹿は間違いなく武力を行使するぞ。泉蓋蘇文のように。そのとき彼が生き残るためには、泉蓋蘇文かそれ以上の者になるより他にないのだ。公僕の入鹿、公民の一人の入鹿など想像できない。中大兄皇子が怖れているその通りになるぞ。邪魔者は皆抹殺というやつだ。

その前に暗殺を実行しなければならない。先手を打つのだ。

今までは周囲から疑われるのを恐れて、請安先生の所への道の往復でしか皇子とは暗殺の相談をしなかったが、そんなゆっくりした調子では間に合わなくなる。今日中にも具体的な準備を進めなければならない……


一方、中大兄皇子はといえば、その朝、遠智娘と寝床で抱き合っていた。季節が暖かくなってきている昨日、今日の薄明の頃、彼は戸の隙間から洩れてくる陽を感じながら、若い妻を愛撫するようになっていた。彼は執拗だった。うぶな妻をいつまでもせめ続け、相手も快楽を知らないまま、ただ皇子に抱かれて体を痛め続けられるのが幸福であるかのようであった。

息を切らせながらも、幾度目かの思いを遂げようとしている皇子は、神経質な性格にも似ず、意外に丈夫な体をしていたともいえるのだったが、それは五歳年下の同母弟大海人皇子《おおあまのみこ》がそのずば抜けた体の発達で、自分と変わらないほどの腕力をもてあまし、力相撲などを挑んでくるその相手になっているあたりに理由があったかも知れない。

だが、皇子は、遠智娘との行為が長引くにつれ、その執拗さをさらに高めている要因を意識せざるをえなかった。

どうせ殺されるのだ、彼は心の中で声にならない叫びを発していたのである。どうせ、自分は入鹿に殺され、死ぬ。残念だが致し方ない、そう思い続けながら遠智娘を抱いていたのである。暗殺など成功するはずがない、自分たちが殺されるのが落ちというものだ……自分と鎌足としか知らぬ陰謀、いったいどちらが言い出したのだったか。自分の方からだった……

そうだ、大海人皇子が棒を振って飛鳥川の岸辺を歩きながら、ふざけて、木陰からすっと出て、人を斬る真似をしたので、

「誰を斬ったのだ？」

と聞いたら、

「蘇我の入鹿を斬りました」

と答え、二、三度木陰から出ながら、ばさり、ばさり、と言い、にやりと笑い、簡単ですよ、と言ったその話を面白半分鎌足にして、

「大海人とはこんな弟ですよ」

と笑いながら告げたら、鎌足が例によって真面目な顔になり、

「皇子はどう思われます？」

と聞いたのだ。

どう思われます？

そう聞かれて自分も真剣にその手段を考え始めたのだった。

だが、そんな事が簡単にできるとは思われない。自分の運命は決まっているのではあるまいか。崇

峻帝が馬子に殺され、山背大兄王が入鹿に殺されたように。口惜しい、口惜しい、今のうちに遠智娘を愛するだけ愛するのだ、蘇我の娘め、可愛い娘め。

体を横にして休んでいると、門の方で人声がした。誰か来たな、と彼は思った。こんな早い時刻に……大海人皇子と釣りに行く約束をしていたことはしていたが、予定日は今日だったかな。しかし、最終の打ち合わせはしていなかったぞ……

舎人が戸をたたいていた。

「鎌足さまですが」

「鎌足？」

こんなに早く？　皇子は耳を疑った、と同時に、来るべきものが来た、ばれたのだな、と思い唇を噛みしめた。

皇子はしばらく返事をしなかったが、やがて、自分を励ますかのように力をこめて、

「何の用だ？」

と聞いた。返事がないので、さらに、

「何の用事か聞いてこい」

と命じた。

立ち上がり、着替えつつ、剣の場所を確認していた。

もどってきた舎人が戸口で言った。

「腹痛のご病気だそうで。以前にお約束のお薬をいただけないか、と鎌足さまは言い、門のところでうずくまっております」

「病気か」

拍子抜けがした。

「通せ」

いらだたしげに怒鳴った。

昼近く、中大兄皇子の館で、鎌足が手洗いに出たついでに、庭から外を眺め、話し合いに疲れた頭を休ませていると、多武峰に連なる飛鳥の山々の道を疾走する騎馬の一群が眼に入った。入鹿だ、とすぐに分かった。先頭を行く男と騎馬の鮮やかな躍動感、腹立たしいほどに評判の良い入鹿の乗馬姿であった。

鎌足は、しばらく呆然として、突っ走る彼らを眺めていた。

何を考えて走っているのか、それも特に飛鳥の住民に目立つ場所を走り回るとは。

山稜に立ち並んで静止した馬がこちらに頭を向けた。騎乗の人影は一様に飛鳥の平野を見下ろしている様子だったが、その内の一人が何やら背伸びをした感じで、四方を指していた。

入鹿の奴め、と鎌足は思った。何を話しているのか。軍略を練っているのか。我々を威嚇しているのか。一団は再び走り出し、別の高所に着くとこちらを眺めるのであった。

鎌足は知らず知らずのうちに肩を落としていた。手ごわ過ぎる相手だと思わざるをえなかった。思わず吐息をして、力ない足取りで部屋にもどりかけた。すると、横合いから不意に馬上の大海人皇子が現れた。彼は、鎌足に軽く目礼した後、挑戦的な瞳を彼方の山地に投げかけ、それから力一杯馬の腹を蹴り、駆け出していった。

鎌足は新しい感動と勇気づけをその姿から得た。

大丈夫だ、このご兄弟が協力していけば、そして、この自分が居れば、と思った。もっとも、この自分に関しては、何やら頼りない気弱さを瞬時覚えていたのではある。

これはつまり、と鎌足は思った。腕力不足から来るものである、と。秀才の宿命かな、と自嘲した。だが、次の瞬間、もっと厳しい撃剣の練習を自分そして中大兄皇子に課する決心をしていた。

昼食に、遠智娘の父親、倉山田石川麻呂が呼ばれてきた。彼は馬に乗り、従者一人を連れ、ゆったりとした風情で現れた。

もともと穏やかな性情の男であった。丸顔で太り気味、動作にやや緩慢の気味があったが、人に信頼感を与えるものでもあった。誠実な人柄で、蘇我一族でもあり、政府内で何かと重要な役職を与えられていたが、入鹿とはどうもしっくりと行かない面があるようだった。入鹿はときおり、石川麻呂を見下した態度を示したり、高飛車な物言いをすることがあったのだが、従弟であり分家の身分であったとはいえ石川麻呂自身は入鹿より歳が上なのであった。

中大兄皇子と鎌足は、入鹿暗殺の計画について、未だ石川麻呂に打ち明けていなかったし、その日とて、暗殺のことまで話を進める気はなく、ただ、親睦を深め、反入鹿の意志だけはしっかりと確認しておこう、という二人の打ち合わせの後、昼食に招いたのである。

石川麻呂との連携は二人にとって絶対に必要なものであった。中大兄皇子に血統の力があり、鎌足に頭脳があったといっても、二人とも無官でもあり、実際の政治や兵力を動かす基盤には欠けていたのである。その点、石川麻呂には現実的な力があった。誠実な人柄によって築き上げられた政界での人脈や地位、組織があったし、何よりも蘇我蝦夷の弟の倉麻呂の長子として、今や蘇我一族の中で、入鹿に次ぐ実力者にもなっていて、中大兄皇子や鎌足が入鹿を倒した後、石川麻呂がそれを支持するならば、大半の勢力は皇子や鎌足についてくると予測できた。


「これは、どうもどうも。陽気が良いのでついお呼びたてをして。鎌足がそんな提案をするもので」

中大兄皇子が石川麻呂にそう言うと、石川麻呂は愛想良く笑いながら答えた。

「いえ、呼んでいただいて有難うございます。呼ばれずともお伺いしたくなる良い季節です」

門の脇の柳の緑が目にも鮮やかな枝を垂らして揺れ、庭の隅の桜の大木は透明で薄紅色の花弁を静かに散らしていた。

三人円くなって胡坐をかいて座り、酒と馳走を楽しみ始めたのだが、その間を皇子の妻であり、石川麻呂の娘でもある遠智娘が下女といっしょになって楽しそうに仕えた。

「ところで」

と鎌足が言い出したのは、しばらくたって酒の酔いがほんのりと三人の顔に一様に浮かんだ頃であった。

「先ほど、山手に騎馬の集団を見ましたよ」

「入鹿でしょう」

石川麻呂が即座に言った。

「何をしているのでしょうかな」

と鎌足。

「何もしていないでしょう。言ってみれば、示威でしょう」

「示威？　威光を示す？」

「入鹿は何を示威しているのですかな」

中大兄皇子も口をはさんだ。

「さて」

と石川麻呂はちょっと躊躇しながら言った。

「大臣の権勢でも示しているのでしょう」

「なるほど、大臣の権勢ですか。しかし、入鹿殿は大臣なのですかな」

と鎌足が言うと、石川麻呂はいささか言いにくそうに歯切れ悪く答えた。

「蝦夷どのが紫冠をお渡しになったからで、帝も認めておられます」

「何故、入鹿殿に渡したのですかな。石川麻呂殿にでも渡せば良いものを。ご年長だし、人望も高い」

と鎌足。

「いやいや、私は分家ですから」

「分家？　なるほど。しかし、本来的には、分家とか本家とかは、蘇我内部の問題で、私どもには関係のないことなのですよ」

「鎌足の言うことは、もっともだと言えましょう。我々にとって、蘇我一族内の分家とか本家とかは、第一義的な意味は持っていないのです。私は蘇我が大臣を引き継いでいくのは当然だと思うし、異論はないのですよ。ただ、蘇我の誰に紫冠、つまり大臣職を託するか、については、一族以外の朝廷や大王の正式な認可を得るべきだったのではないか、と思うのです。その点、蝦夷殿はちょっと独断的というか、軽率だったと言えませんか」

石川麻呂はそう言われて、困惑した表情となりつつ、頭をうなずかせていた。

「おっしゃられる通り、紫冠を入鹿に渡す前に、帝や朝廷に相談すべきだったのですよ。大臣が蘇我でなければならないという法もないのですから」

しばらくして石川麻呂がそう言ったとき、鎌足は一瞬眼を光らせ、石川麻呂の顔を見つめ、念を押すように言った。

「そうですよね。大臣が蘇我でなければならないという法は無い。

そもそも、大臣という職自体、時代や状況により、朝廷が作っていくものですよね」

「黙れ、鎌足、お前は黙っておれ。飛躍してはいかん。大臣は蘇我で良い、蘇我で良いのだ。ただ、入鹿という個人と大臣問題について語っているのだ……鎌足、私の妻の遠智娘を忘れたか、蘇我ですよ。いや、そもそもが、我々の尊崇する聖徳太子様にも蘇我の血は濃く流れておられた。忘れたか」

「そうでした、蘇我は立派です。結構です」

鎌足はおどけて手を頭の上に組んで、降参の真似をした。

「はっはっは」

中大兄皇子と石川麻呂は笑い出した。

「しかし」

と鎌足は言う。

「石川麻呂殿、あの入鹿には困りますよ。高句麗の泉蓋蘇文の真似をして、刀五本を下げて歩いたというのですから」

「あれはいかん」

石川麻呂も真剣な顔になって言った。

「どういうつもりか、私も一度訊いてみたいと思っているのですが……」

庭先に大海人皇子が現れ、皆に軽く頭を下げた。

鎌足がひょうたんの徳利と盃を手にして立ち上がり、縁側に出て膝をつき、

「一献」

と言った。

「未だ子供だ、駄目だよ」

と中大兄皇子が言うのを大海人皇子は聞えない振りで、盃を乾した後、徳利を鎌足から受け取ると、手にぶら下げて、立ち去っていった。

「彼奴め」

と中大兄皇子が言って立ち上がるのを、

「良いではないですか」

と鎌足が制した。

「いや、いかん、子供なのだ」

中大兄皇子が庭に下りて追いかけた。

「こら、待て」


「ご兄弟、ご兄弟」

と鎌足が嬉しそうに声をあげ、手を叩いて二人を見送りながら、石川麻呂に言った。

「良いご兄弟ですよ。智の中大兄皇子さま、武の大海人皇子さま、お二人についていけば間違いないですよ。石川麻呂殿、私どもで盛り立てようではないですか」

石川麻呂も相好を崩してうなずいていた。

「どうぞ、どうぞ」

鎌足は石川麻呂に盃をすすめつつ言う。

「なにぶんよろしく私めをお使いください。何しろご貴殿は、皇子の外親ですからなあ。皇子が一番頼りにしているお方ですよ。

それにしても、そもそもが、入鹿の振る舞いは我ら大和朝廷の精神のかなめでもある故聖徳太子様の憲法十七条に反すること甚だしきものがあると思われませんか？

三条に曰く、君をば天とす。臣をば地とす……

十二条に曰く、国司国造、百姓におさめとることなかれ。国に二君なし。民に両主なし。卒土の兆民は王をもって主とす……

十七条に曰く、それ事はひとりさだむべからず。かならず衆と共に論うべし……

これらをまったく無視しているとしか言いようのない入鹿の振る舞いではないですか。

いや、無視しているだけではなく太子の作られたこのような憲法をけなしているとも聞きますぞ。

そもそもが第一条の《和を以って尊しとする》という国の根本精神をも嘲笑っていると聞きます。

今や、太子の思想か入鹿の思想か、の問題でもありませんか？

外親殿の御高見や如何？」

「いや、いや、中臣の鎌足殿。あなたのような由緒ある家柄の秀才の方の言うことには間違いがないのだ。こちらこそよろしくお願いします」

(28)

いかにして蘇我王朝を誕生させるか。

入鹿が山路で馬を飛ばし、飛鳥の里を見下ろしながら、想いを練っていたのはそのことであったが、現王朝を廃し、要所を自分の軍で押さえるという想定にもとづき、軍兵の配置場所を東漢国押に記録させながら、現王朝を廃そうと思えば何時でも廃せるし、飛鳥の地全体も問題なく自分の手で制圧できる、という我が身の力に満足していた。

飛鳥統治の軍略たるや易し。

とはいえ、肝心なのは、現王朝を廃し、飛鳥の地を押さえるというだけではなく、全国的にも広く支持される蘇我王朝を成立させるということであったから、現王朝をいつ、どのようにして終わらせるかという手順は、十分に練られなければならないことだった。

蘇我王朝を成立させるために、現王朝をいかに操り、終息せしめるか。それには回りくどい道も必要になる……やはり、有力豪族や民衆たちが納得する状況を創りだすことが不可欠だろう……

今年五十一歳になった皇極帝のことを考える。

先の帝、舒明帝の皇后であった女帝は、なかなかのしたたか者だ、と入鹿は内心思っていたが、今でも気味悪いところを持った女帝だと思っている。先の帝が崩御したとき、次に就くべきは、以前から順番を待っていたような山背大兄皇子でもあったのだが、皇后だった宝皇女、皇極がなってしまった。もちろん、山背大兄王を皇位に就けるのが嫌で、皇后を後押しした最大の者は入鹿自身であったのだが、実のところ、当の女帝が何を考えているかは、良く推測しえないでいた。

女帝の政治的理念とは何か？　先々の帝、推古女帝のような理想とか人格の高さとかを持っているようには感じられなかった。現実的な欲と才の勝った性格の女性にも思われ、望みといえば、まずは、中大兄皇子を将来皇位に就けたいことか。しかし、入鹿が推す古人大兄皇子が年長者であることもあり、皇太子になってしまい、次の帝になることがほぼ決まっているのである。

甘樫丘から程遠くない皇居、板蓋宮《いたぶきのみや》の奥に住する女帝とその続きの一隅で生活する中大兄皇子の館を眺めながら、入鹿は女帝と皇子の二人だけの水入らずの会話を思わないでもなかった。彼らは何を語り合っているのだろうか、と。

蘇我の入鹿と仲良くしていくのですよ、お前の順番もきっと回ってくるでしょうから、などと女帝は言っているかも知れない。

なるほど、皇極……古人大兄皇子……中大兄皇子、という順番か、中大兄皇子も自分の庇護があれば帝に即位できるかも知れない。しかし、皇極帝や古人大兄皇子が長生きしたり、古人大兄皇子の子供が優れたりしていると、中大兄皇子の出番は永久に来ないかも知れない。哀れな皇子だ。

だが、中大兄皇子を待たせることはない。もうすぐ、蘇我王朝に代わってしまうのだから……

皇極帝に退位を迫る、そして、古人大兄皇子を大王に即位させる。もはや遅らせるべきではあるまい。公地公民などという思想が幽霊のように徘徊し、それはしょせん、手や足の生えない頭だけの産物で終わるだろうが、万が一そんな制度が皇極帝を頂点として出来上がってしまうと、蘇我氏にとってはまことに都合が悪いし、自分の野心も永遠に絶たれかねないことになる。

口実を見つけ出し、早急に古人大兄皇子を帝の位に就かせなければならない。そして、一年後、古人大兄皇子から自分に皇位を譲らせるのだ。つまり、一定の期間の後には皇位を譲るという条件のもとに古人大兄皇子を帝に押し上げるのだ……、近々、皇子と秘密話を持とう……

大臣になるために皆に頭を下げろだと？　笑わすな、と入鹿は思った。

（大臣には正式の手続きを踏んでなられた方が良い）

と言った僧恵妙の言葉を思い出すと、血が逆流するほどの屈辱感と怒りを覚え、馬の腹を力まかせに蹴りつけ走り出した。

（老いぼれ坊主め。蘇我の力を見せてくれよう）

血がたぎっていた。長く馬を走らせていても疲れを覚えないのみならず、熱い血がかっかっと燃え上がってきて止みそうもなかった。そして、その血はいつか彼を女の館に向かわせていた。

高句麗の女。その女の家がふと或る岡辺の狭間に在った。二年ほど前、高句麗の泉蓋蘇文が王や貴族たちを百人余りも殺したときに日本に逃れてきた貴族の娘であったが、入鹿の囲う女となっていた。

女の日本語はたどたどしかったが、入鹿をひきつけているのは、その女の白い肢体と淫靡な美貌、そしてなぜか身近に感じる血の騒ぎというものであった。


「国押、お前の女に会いに行くぞ。嬉しいだろう」

入鹿は馬を走らせながら、後ろを振り向き、東漢の国押に呼びかけた。

「私めの女にとは何たる言いぐさですか」

国押は息を切らせながら言い返したが、入鹿の言わんとするところを彼は知っていて、憤慨した振りをしながらも喜んだ。というのも、入鹿が女と行為を遂げている間、国押はその女の付き添いの女との行為を強要され、常に不文律のように繰り返されるようになり、国押も内心満更ではなかったのである。


入鹿と国押だけが女の家に入った。入ってすぐの部屋が広い客間になっていて、年寄りの日本人女が突っ立っていたが、あわてて奥に引っ込み、高句麗の女に入鹿の来訪を告げた後、

「ようこそ、ようこそ。姫さまはただいま参ります」

と言いつつ、茶の用意をした。

入鹿はゆったりと支那風の椅子に座ったが、

「茶よりも酒だよ、酒。杯には、俺があずけてある唐来の鳳首杯を出すのだぞ。分かっているな。それから、朝鮮の生にんじんだ、いつものように」

と大声で言いながら、国押にも椅子をすすめた。

だいぶ時間をかけて、付き添いの女といっしょに出てきた高句麗貴族の女は、仕上げたばかりの濃い化粧をして、強い香水の匂いを発散させていた。紫の薄手の衣装をまとい、手首には入鹿が与えた金留めのある白玉の輪をはめていた。

「王様、こんにちは」

と妙な発音で言い、入鹿と向かい合った長椅子に座り、じっと睨みつつ微笑み、大きな竜首瓶から唐三彩の鳳首の杯に酒をついだ。

「国押、俺がオオキミになったと言え」

杯の酒を一気にあおりながら言ったが、国押の戸惑った様子を見ると、いらいらとして、

「泉蓋蘇文以上になった、やがて、オオキミになると言え」

と言い直した。入鹿の眼はぎらぎらと光り、国押を睨んでいた。

国押は興奮し、高句麗語で早口にそのことを告げた。この帰化人系の男は半島の言葉を自在に語ることができた。

「おめでとうございます」

付き添いの女がたどたどしい日本語で言った。

が、入鹿の女は無表情のままで、ただ、入鹿を見つめる眼の光を強めただけであった。

「姫は嬉しくないのか」

入鹿は国押に聞いた。国押が入鹿の女にたずねると、女はぶっきら棒に何事かを言った。

「入鹿さまがオオキミになるのはとうぜんのことだと言っております」

国押が訳すと入鹿は哄笑して言った。

「そうだ、その通り、当然のことだ、姫。俺がオオキミになるのは天命のようなものだ」

女の脇に座り、肩を抱いた。そして、女の顔を引き寄せ、口を吸った。女はなされるまま、いやさらに強く入鹿の口を吸い直した。入鹿の手は女の乳房へと滑っていく。

「国押、お前の女は退屈しているぞ。可愛がってやれ」

そう言って国押をうながしながら、自身は女の衣装を脱がそうと肩口を引いたが、布地が裂けた。

「しっ」

女は入鹿を睨み、立ち上がり、衣装を脱ぎつつ奥の部屋へと入っていった。

「姫、怒るな、新しい絹の衣をこの次に持ってくるよ」

叫びながら、国押にも通訳させると、入鹿は自分の上着を脱ぎ捨てた。そして、沓を蹴って捨て、奥の部屋へと急いだ。


この血の騒ぎは何だ、と入鹿はいぶかしがる。それは自分の血のことでもあり、抱きついて接してくる女の血のことでもある。大和の女には求め得ない脂っこい肌としなやかな肢体、そして積極的な愛の行為、それらに夢中になり入鹿は、女とからみ合って転げまわり、幾度かの思いを遂げたが、その度に不思議な血の騒ぎを、激しい海の潮の流れのように、自分と女の体の内に感じた。それは自分の体に潜んでいた故郷の血に触れたような感激であり、自分たちは正に半島からの人間だ、という意

識を呼び起こすものであり、その共感がさらに彼の血を熱く燃え上がらせたのだったが、最後に女が夢中になって、
「オオキミさま、オオキミさま」
と口走ったとき、入鹿の興奮も最高度に達し、
「オオキミだ、オオキミだ」
と叫んでいた。

やがて春の陽が傾き、山々の影が肌寒い風を飛鳥の野に送り始めた頃、入鹿とその一団は静かに女の館を離れ、甘樫丘の方へと馬を走らせていったが、途中、鎌足の家の近くを駆け抜けた。片側が田圃になっている道で、歩いている人影に見覚えがある、と思う間もなく鎌足だと分かったが、ほろ酔い気分でふらふらとしているようであった。

入鹿はそんな鎌足を馬で蹂躙しかねない荒っぽさで走り過ぎ、鎌足は田圃に転げ落ちて、馬の蹄を避けた。

その夜、入鹿の耳に、鎌足と石川麻呂が中大兄皇子の家で酒席を持ったという情報が入った。

鎌足め、と入鹿は思った。目障りになってきたぞ。まさか、公地公民という海の向こうの制度を蘇我の入鹿抜きで行い得るとは思っていまいが、危険な動きではある。何かしら、政治的な匂いすら漂ってくる。そろそろ貧乏豪族の夢と活動を諦めさせてやるときだ……騒擾罪で逮捕して、それから……

(29)

中臣氏の遠祖は、神武天皇の東征の際の従者として早くも現れるが、神功皇后時代に神託者として登場する中臣烏賊津《なかとみのいかつ》や欽明天皇時代に反仏派として物部尾輿と組んだ中臣連鎌子、あるいは用命天皇時代に物部守屋と結び蘇我馬子に斬られた中臣勝海らのいわば上代からの中臣氏本流とは別の支流の一つに鎌足は生まれたのである。

名族といえば名族だが、仏教興隆の陰で細々と、それも継ぎ足しの感じで職を与えられていたわけだった。

鎌足の勃々とした野心の裏には、名族としての誇りがあって、それはまた、弱体化した一門再興への情熱でもあった。

大化の改新が、その後の日本の歴史において天皇の地位を確立した大きな出来事であったとすれば、その歴史の流れと表裏一体となり、朝廷内で図抜けた力を持つにいたった中臣氏すなわち藤原氏、近衛家の動きは、今日ある国体の姿、少なくとも第二次世界大戦後まで保たれていた国体、天皇崇拝の観念を決定的にしたものとも言えるわけで、その意味で、鎌足は日本歴史の大きな演出家であったと言えよう。

実にこのとき以後の長い長い日本の歴史の中で、まるで大海に浮かぶ浮標のようにも、波に揺られて浮かび、ときには波間に没しながらも、常に国の政治の中心として存在し続けた、或いは復活し続けた天皇家は世界歴史の中でも稀有な存在であるが、かくあらしめた人物の一人が鎌足であったことは否定できまい。

神祇の家に生まれたこの男は、蘇我氏全盛の時代に、一見とんでもないことを考え、ひたすらその実行の機会を狙っていたのである。この男に伝わる信念は、大和神の崇拝であり、その代表的子孫としての天皇家崇拝であり、神と天皇家に仕えるのを天職とする中臣氏の繁栄だったのである。

彼は仏教を否定はしなかった。それを取り入れもしていて、後年自分の子供の一人を僧にもしている。しかし、世俗においては、世の中の中心は天皇家であり、その第一の側近は中臣氏であらねばならなかったのだ。

土地が要る、と彼は思っていた。というのも、鹿島から移ってきた彼の一家は近郷に広い土地を持っていなかったのである。大陸の唐のような班田制になれば各自が勝手に土地を私有することはなくなるであろうとは思ったが、その制度がいつ実行されるか分からなかったし、また実行されたところで、私有地に対する所有者の権利が全くなくなるというものではない。そして、事を成すためには、今こそ土地が要る。

香具山と呼ばれている丘陵地帯が飛鳥の北方に在って、彼の一族はその西面の一帯を継いでいた。そこには祠があって、代々櫛真命《くしまのかみ》が祭られていたが、その一帯で産出する赤埴および白埴と呼ばれる土は高質の埴輪土であり、朝廷に使う埴土として中臣氏が引き受けていたのである。

香具山の埴土は由緒があった。神武天皇が飛鳥の地に進軍してくるのに苦戦していたとき、夢にて神のお告げあり、香具山の埴土にて献上物を焼き、天神地祇に祭るべしとのお告げあり斥候を使い採取もさせた貴重品であり、二十一世紀の現在でも宮中への行事が継続されているほどだ。

香具山の土地を確保し、埴土の秘密性を強く保つことは神祇の家の権利であり、義務でもあると鎌足は思っていたが、土地が要る、と彼が思うとき、それは田畑に可能な平野を意味するのであり、香具山の西北に広がる藤原の野を手に入れることであった。そこは藤の樹の蔓が数か所にはびこる他は広い湿地であったが、年と共に水が退いていっていて、一寸した土木作業で田や畑に変えることが可能だった。

大和の豪族たちがほとんど放置しているその土地を、鎌足は少しずつ手に入れていた。誰の土地だか判然としないものは自分のものにして手を加え、他人のものであるものは交渉して譲ってもらっていたのである。

飛鳥にある本宅とは別に簡易な家も建て、小作を使い田畑を広げていっていた。

春風が吹いていた。中大兄皇子や蘇我石川麻呂と酒宴を持った翌日、鎌足は香具山の麓のその家に古木を使って門柱を立てていた。そして、藤原之鎌足という表札を打ちつけた。

ひと株の藤の木を門の脇に植えようと、家人に適当なそれを求めさせている間、土手に腰掛け、西北に広がる藤原の野を眺め、自分の田畑の領域確認をしながら春の陽光に当たっていた。

彼は満足だった。先の舒明帝が詠んだ歌を口にしたりしていた。

大和には　むら山あれど　とりよろふ
天の香具山　登り立ち
国見をすれば　国原は　煙立ち立つ
海原は　かもめ立ち立つ
うまし国ぞ　あきつしま　大和の国は

が、その内、汗を流した後の疲れのためか、二日酔いのためか、土手の枯草の間で眠気をもよおし、大の字になるなり、うとうととしてしまった。


「藤原の鎌足？　何ですか、この表札は」

軽侮の感じの混じった驚きの声が頭の上の方でして、彼は眼を覚ました。三人、馬に乗っているのが分かる。

「小屋、小さな家？　が在りますな」

別の声が言っていた。

今一人の男は、低く、うむ、と言っているだけである。

「藤の樹と湿地。何をしているのでしょうか」

「……」

「入って見ましょうか」

「うむ」


入鹿だった。馬に乗ったまま二人の従者と一緒に家の庭に入っていった。

「鎌足、おらぬか」

入鹿は一声を発した後、馬で庭を一巡したが、そのまま出てきて、再び土手に上がってきた。

「藤の原っぱのかまきり虫か」

従者の一人が嘲るような口調で言っていた。

「こんな沼地のはずれで、神祇の中臣家が泣く野良仕事ですかな」

と別の一人も言う。

「変人だ」

入鹿が言い捨てて、馬と共に走り去っていった。

最後まで彼らは鎌足に気がつかなかった様子だが、実は気がついての嘲笑だったかも知れない。鎌足は小作人よりもひどい野良着で草の中に寝そべっていて、着飾った彼らにとっては、まともに相手をするのにも馬鹿馬鹿しい気持を起こさせるほどだったのである。

むっくりと体を起こすと、鎌足は藤原の野を眺めた。

馬鹿どもめが、と彼は思った。この藤原の野が豊かな田野になるどころか、政治の中心地ともなり、お前たちが香具山を天と仰ぎ、天の香具山と敬して、大地にひれ伏すときが来ないと誰が言い切れるか。今に見ていろ、藤原鎌足の名が畏怖の念をもって日本中で語られる日が必ず来るのだ。

彼の眼はらんらんと光っていた。その光の凄まじさに気がついていたのは、このとき、空を行く鳥のみであった。群雀は鎌足の殺気に怖気づいたか、野原に転げ落ち、先を争うようにして逃げ散っていった。その姿を見ながら、鎌足は口にした。

飛ぶ鳥の蘇我氏を落とす　藤原の野に……

（30）

どうも雲行きがおかしい。飛鳥を取りまく政界の中で、そんな感情が皆の間で濃厚になってきたのは、その年の五月に入ってからのことであったろうか。

それは端的に言うと、大王家と蘇我宗家との関係において、何か決定的な障害のようなものが在って、その障害が取り除かれないと、両者の協力が上手く行かないのではないか、といった気持なのである。もっとも、人々がそれを表立って口にすることはなかった、というのも、その問題が深刻であればあるほど、迂闊に口にして誤解を受け、とがめられるのを恐れたし、その障害が何であり、いかにすべきかということに、明確な見方なり、立場なりをとり損ねていたからである。

それに、今まで上手くやってきた大王家と蘇我宗家のことではないか、大事に到ることはあるまい、という漠然とした習慣的な感情が強く残ってもいた。


両者の間にわだかまった確執、それは何であったか。歴史を経た今にして分かるのは、そのときの問題は入鹿の巨大な存在であり、それに反抗する中大兄皇子や鎌足らの動きであり、かつは公地公民の思想そのものであったと思われる。

人々もそれを感じてはいた。政界の雲行きは、無言のうちに人々に対して、その問題についての対応を迫っていたと言える。


公地公民の制度は何故必要か。それは本当に必要なものなのか、単なる唐かぶれの思想ではないのか。しかし、国が国として、大陸の唐や半島の三韓に対抗して力を持つためには、豪族たちによって分掌されている現在の私有地や部民の存続は見直されなければならないのではないか。それに、今や朝廷の財政も民情も逼迫しているのだ。蘇我一族や有力豪族たちの部民だけが豊かであって良いものであろうか。

とはいえ、私有地や部民制は自由闊達な経済活動の結果であり、政治的遺産である。経済活動の原点でもあり、大和朝廷の政治的結合の前提を成してきたものですらある。それを解体させ、国の強力な官僚制度で縛ってしまうのは如何なものか。そもそもそんな公平優先の悪平等的な改革がどれだけ人々を幸せにし、国を豊かにするのか。いや、それ以前にその改革は、大豪族了承のもと、平和裡に実行可能なものなのか？　公地公民の思想をあきらめれば、蘇我家と大王家は円満にやっていけるのではないか。

公地公民の発想は捨てられるべきか。

それにしても、公地公民の思想を口にしている中大兄皇子、そして鎌足とは何者か？　なるほど、現大王の皇子かも知れぬが、皇太子ではなく、何の官職にも就いていない。それは鎌足にしても同じことで、伝統ある神祇家の長子かも知れぬが無官の論客に過ぎない。この二人が何をなそうというのであろうか。

この一党さえ静かにしていれば、大王家は蘇我宗家の庇護のもとで安泰なのである。さもなくば、中大兄皇子は山背大兄王のように消されてしまうのではないか。

とはいえ、蘇我太郎鞍作こと入鹿、この男も問題だ。大王家を頭から馬鹿にしている。自分の富と軍事力によってすべてを上手く治めることができると思っている政治家。富は力なり、政治は力なり、すなわち政治は富なり、の男。大豪族連合政治の頂点に立つ蘇我一族の長子入鹿は、大王家の廃絶を考えているのではないのか？

このような思いが人々の胸を去来はしていたが、それらが公に語られることはなく、ただ、思わせぶりな謡歌が口にされた。
その一つは、

はるばるに　言ぞ聞こゆる　島の藪原
(何やらひそひそ話が島の藪原でするよ)

その二つは、

をち方の　浅野のきざし　とよもさず　我は寝しかど　人ぞ饗す
(鳥は静かにしていて、自分も寝ているのだが、人がはやし立てるのだ)

その三つは、

小林に　我を引き入れて　せし人の　面も知らず　家も知らずも
(林の中に私を引き入れてした人の顔も家も分からなかったわ)

陰謀と暗殺を暗示する歌であったろうか。しかし、五月の青葉は、この年も野や丘に輝き、明るいのであった。飛鳥の野を南北に流れる飛鳥川はほど良く降る五月雨に潤され、きらきらと光り、岡辺のけやきや樫の林は、目の覚めるような緑に燃えたち、光の霧を一面にたなびかせた。

田や畑も恵まれた陽気の中で豊かな作物の収穫を醸成しつつあったのである。

甘樫丘から一キロと離れていない平地の中に立つ皇極帝の住む板蓋宮の屋根も未だ新しい樹木の匂いを発しつつ長閑であったが、ただ、その宮の裏手にある中大兄皇子の家が奇妙に人々の眼を引き始めた。

甘樫丘の麓に建つ入鹿の館からも、板蓋宮の裏手に突き出た小柄な館が眼に入るのであったが、入鹿にとってもその家が意味を持ち始めていた。

入鹿は皇極帝を廃位に追い込むのを梅雨明けの七月中旬と決めていた。梅雨の最中では軍を動かすのに何かと支障が起こりそうだったし、民の田植えの仕事に悪い影響が出る。七月中旬以後、梅雨の明けた、かっと照りつける太陽の下、板蓋宮を騎馬団で取り囲み、廃位させ、古人大兄皇子を皇位に就けるのだが、その前日、中大兄皇子と鎌足を騒擾罪で逮捕するのである。

中大兄皇子は流罪、鎌足は斬罪ということになろうが、そのような事自体にはたいした意味はなく、要は二人の罪によって皇極帝を退位させるという口実が大切なのであった。

入鹿自身は古人大兄王の下で高句麗の泉蓋蘇文と同じような地位に就き、軍政と民政を一手に握ることになるが、一年後、帝は病弱を理由に退位し、同時に入鹿に帝の位を譲位することになる……

かくて、蘇我王朝の誕生を内外に宣言することになる。

古人大兄皇子との話には自信があった。皇子の帝在位は一年でも二年でも良かろう、と。皇子も退位後の名誉と安楽な生活さえ保障されればそれ以上は望まないはずであった。……もし、皇子が不相応な未練を持つならば、消すのみである。そして、祖父馬子のような謙譲の美徳などは持つまい。自分はまっしぐらに皇位に就く。

誰がこの筋書きを阻止し得るというのか？

誰がそれを非難できるのか？

隋から唐への移行、それは天命ではなかったか？

（31）

六月になって梅雨入りの雨が飛鳥盆地を濡らし始めた十二日、二か月ほど前から難波に来ている三韓（高句麗、百済、新羅）の貢ぎの使者の上表文が朝廷で奏されることになっていた。もっとも、三韓の使者たちは飛鳥入りはせず、まずは上表文のみが運ばれてきていた。

入鹿はその日の朝奏が形式的なものであることもあって、板蓋宮の大極殿で催すことに同意していたのだが、出廷に当たり大きな銅鏡の前で正装に時間をかけていた。誰よりも立派な体格で、また眉目秀麗でもあった入鹿はその日も、絢爛としてしかも威厳のある身なりで宮中を圧倒したいと思っていたのである。

鼻の下に髭をつけた方が良いかも知れぬ、泉蓋蘇文のように。その方が貫禄がある。そうだ、梅雨明けの七月中旬までにはそうしよう、などと思いつつ、顎を撫でて鏡の中をのぞいていたのだが、付き人が来て、

「飛鳥寺から僧侶が来ておりますが」

と言った。

「誰か、恵妙か？」

入鹿はしかめ面をして聞いた。

「いえ、それが、首曲がりの、歳を食った、坊さんで……」

首曲がりの歳を食った坊さん、それは行のことであったが、彼は飛鳥寺で僧侶とも、お手伝いとも、仏師ともつかぬ生活を続けていたのである。

「首曲がりの坊主？　首曲がりの？　……ああ、俺の部下に首を折られた、行、とかいう老人だな。用件は……弥勒菩薩像のことだろう」

「はい」

「しぶといのう」

「いかがいたしましょうか？」

入鹿は舌打ちをした。

三か月ほど前、行の作った弥勒菩薩像を本人に返すと飛鳥寺の恵妙に答えたまま、放っておいたの

である。

「返してやれ、弥勒菩薩像を」

と言った。

「よろしいのでございますか」

「うむ」

興味のなさそうな顔して鏡の中をのぞきなおしていたが、付き人が出ていくと、しばらくして、その後を追うようにしてゆっくりとついていった。


小雨の中である。行は弥勒菩薩像を背中にくくりつけられていた。

入鹿が出ていき、声をかけた。

「濡れるではないか」

そう言った入鹿にも雨が降りかかり、正装した衣服を濡らしている。

行は驚いて入鹿を振り仰いだ。

「大丈夫です。近くですから。多少濡れましても……」

と行は言った。

「仏さまには布をかけますから」

と付き人も言った。

入鹿は、行のことも付き人のことも、見ていなかった。じっと、弥勒菩薩像の顔を見ていた。

「悲しみもいたわりも……」

やがて彼は独り言のように言った。

「わしには無縁で、不要だ」

「え？」

聞きなおして見上げた行の眼と入鹿の眼が一瞬合った。入鹿の眼は常のように冷たく突き放す光を放っていたが、何やら軽侮の笑みを含んでいるようでもあった。

「だが、ひ弱なお主には、弥勒菩薩が必要なのであろう。せいぜい菩薩に向かって、一生懸命、念仏を唱えるが良かろうよ。おい、お前が担いで運んでやれ。よれよれの首の曲がった老人に担がせては気の毒じゃ」

付き人にそう命じると、背を向けて館の中にもどった。


入鹿が威風堂々として馬に乗り、供の者十数名を従え、甘樫丘を出て板蓋宮に向かったのは午後三時近くであった。小雨が降り続いていて飛鳥の野は煙っていた。入鹿は飛鳥寺の方を眺め、雨の中でも鈍い光を発している仏塔の頂の輪や、深く沈んでいる灰色の屋根瓦、そして瑞々しいけやき林に眼をやりながら、弥勒菩薩像や行のことを思い出していた。

（ふん、あの首曲がり奴、わしに感謝しているかも知れぬな。俺としたことが……妙な親切を……）

が、板蓋宮は近く、すぐ門に着いてしまった。

大極殿に上がろうとすると、二人の小人の道化が入鹿を取りまいて、濡れた衣服を拭いてくれたが、入鹿の太刀を指して、

「お預かりしましょう」

と言った。入鹿がためらうと、一人が、

「濡れてございます。ここから奥は太刀が無用でございましょう。私めが拭いて拭いて、空の星ほどにピカピカに光らせます」

と言った。

「偉大な大臣さまのお刀を預かる光栄を哀れな小人にお与えくださいませ」

と、もう一人が大仰に頭を床につけて言った。

ふざけているのか、真面目なのか分からない。が、入鹿もつい笑いに誘われ、太刀を渡した。事実、濡れた刀の鞘からは雨のしずくが垂れていたし、刀をめぐって小人どもと争うのも大臣の威厳にそぐわなく思えたのである。

しかし、これは一生の不覚とも言うべきものであった。この道化は鎌足の命によって動いていたのである。体から太刀を離さないという習慣を入鹿は破ってしまったのであり、この事が命取りともなった。

広間には十数名の政府要人が顔を出していて、古人大兄皇子もすでに大王の座の脇の席に南面して座っていた。常のように虚弱体質を思わせる青白い顔と、反射神経の鈍そうな眼差しをしていたが、

入鹿を見ると嬉しそうに微笑してうなずいた。無官の中大兄皇子や鎌足の姿は見えない。入鹿は古人大兄皇子に軽く会釈し、自分の席についた。東側の列の北端である。

皇極帝がまもなく現れ南面して座った。この年五十一歳、その日は少しやつれて見えた。

入鹿はこの女帝を見る度に何か形容しがたく苛立たしいものを感じた。それがどこから来るのか判然としなかったが、その理由の一つは、女帝が人間としても、女性としても魅力に欠けている、ということに相違なかった。この女帝は如才に長けている、だが、それだけの気もしていた。女帝の眼はめまぐるしく動く。それがまた、入鹿をしていまいましく感じさせるのだった。

女帝は雨乞いで雨を降らせたとのことで名声を民衆から得たが、それとて雨雲が近づいてきたときに素早く演出したのではなかったか？　人間としていま少し担ぎ甲斐のある、心のとろけるような女帝はいなかったのか、親父殿、と入鹿は冗談半分蝦夷に言ったことがある。この点でも推古帝を成立させた祖父の馬子の方が蝦夷より上手だと思った。

（山背大兄王の即位をはばむために女帝を担いだのだが、この女帝から欲気と抜け目なさと世間知を取り除いたら何が残る？）

もっとも、女帝に魅力がない方が入鹿には都合が良く思われてもいた。女帝を廃位に追い込んでも、息子の中大兄皇子と大海人皇子を除いては誰も命がけで反対はしまい……と。

二か所ばかり開け放した戸口からは、外の緑と雨脚が眼に入ったが、時折そこから吹き込んでくる風が途絶えると蒸し暑くて不快だった。

上表文を読み上げていた石川麻呂の声が震え始め、苦しそうになっていた。気分が悪そうでもある。大臣としての入鹿は職務上の責任を覚え、石川麻呂に近づき、

「どうしたのだ？」

と聞いた。

「いや」

石川麻呂は震えながら答えた。

「緊張しているだけです」

奇妙な感じを入鹿は持った。緊張？　石川麻呂とはこんな男だったろうか、と戸惑った。

石川麻呂は深い吐息をついていた。

先日、彼は重大な決意を中大兄皇子と鎌足から聞かされていた。石川麻呂の上表文の読み上げと同時に、中大兄皇子の部下の刺客が飛び込み入鹿を斬るというのである。石川麻呂はその陰謀に賛同した。が、石川麻呂の心の内に、自分は二人に利用されているだけではないのか、とんでもない間違いを自分は犯そうとしているのではないか。入鹿の死は結局は蘇我氏の衰退であり、自分の首を絞めることになるのではないのか、という気持がないではなかったのである。そしてまた、その陰謀が失敗したとき、自分は入鹿によって殺されてしまう。飛び出してくるはずの刺客が出てこない……事は発覚したのか？　焦りが石川麻呂を襲っていたのである。

入鹿は不審げな顔で石川麻呂を見ていたが、

「部屋の中が蒸して、息苦しいのだろう？」

と言いつつ、誰か他の者に読ませるべきかと周囲を見回した。

と、そのとき、やあっ、という掛け声と共に飛び込んできた男に入鹿は肩口を切られていた。はっと思った瞬間、横殴りの剣は入鹿の頭部をも傷つけていた。相手は顔を引きつらせた中大兄皇子であった。

よろめいたところを今一人の男に脚を切られていた。

入鹿は中大兄皇子を睨みつけたが、刀を空しく求めながら、体を支えることができず、ふらふらと皇極帝の前にのめり行き、どたりと崩れ落ちた。そして、

「いったい、私が何をしたというのですか。皇位にあられる方の皇子がこんなことを……」

と声をつまらせながら叫んでいた。

皇極帝は驚いていたようでもあるし、分かっていたようでもある。彼女は激発的な甲高い声で中大兄皇子に言った。

「皇子、説明をなさい！」


中大兄皇子は床に手をついて皇極に言った。

「鞍作りは、皇族を滅ぼしつくし、皇位を絶とうとしております。

鞍作りの為に天孫が滅びても良いのですか？」

息を弾ませ、眼を血走らせ、体を震わせながら、しかし、言葉はしっかりとしていた。

入鹿は出血のために意識が朦朧としてきていたが、皇極帝が席を離れ、奥へ去るのを見て、共謀している、と感じた。と同時に、絶望的な事態を知り、戸口へ向かって逃げ出そうとしたが、二、三歩進まぬ内、背中を突き刺され倒れた。

呆然と立ちすくむ人々の前で、中大兄皇子と鎌足に雇われた二人の剣士によって、入鹿の首が斬りおとされたのは数秒後のことである。血の匂いの中で、中大兄皇子は幽鬼のように剣を握って突っ立ち、戸口からは鎌足が中を窺い、眼を光らせ周囲を睨みまわし、雨はさらに強く降り続いていた。

（32）

入鹿の首塚、というものが、飛鳥寺の脇に、今日も立っている。平和で穏やかに見える飛鳥の野に、ぽつんと立っているそこには今でも入鹿の首が埋まっているのであろうか。土に風化し、あるいは長い歴史の流れの中で、どこかに持ち去られてしまっているかも知れないし、そもそもが、現実に埋められたという証拠もあるまいが見る人々の心を引くものではある。

仏心のない正義は正義ではない、と信じるアジアの人々、大和の人々の心を思い出し、それが憎まれていた入鹿の首塚をも作らせたのだ、と考える人もいよう。

として、だがその場合、いつ、誰が、入鹿を弔うために首塚を作ったのであろうか。

衆知のように、大極殿で斬られた入鹿の屍は、一昼夜雨の中に放置された後、蝦夷の所に届けられ、蝦夷はそれを見て絶望し、戦う気力を失い、自宅に火を放って自殺したのだが、蝦夷および入鹿の屍を墓に葬ることを中大兄皇子らは許可したと伝えられる。とはいえ、蝦夷の館に持ち込まれた入鹿の死体には首がなく、蝦夷も館で焼死してしまい、葬るべき遺体としては現場に残された入鹿の首以外には判然としたものがなかったと思われる。

いつ、誰が、入鹿の首塚を作ったのか？

現在立っている首塚は鎌倉時代に作られたものとされているが、いつ、誰が首塚を作ったとしても不思議ではないのかも知れない。

実に、仏心のない正義は正義ではなく、仏はいつ、どこにでも、現れたまうゆえに……悲なるものを憐れむべし、それが仏や太子の教えであったろうゆえに……

しかし、この小説ではそのとき無名、すなわち行が最初に首塚を建て、入鹿を弔ったことにしておこう。

事変の翌日の午後、雨が上がり、大極殿の裏手広場に投げ出された入鹿の首を遠巻きにして、群衆は政変について語り合っていたが、その首の処置について行動をとる者は未だいなかった。犬が近寄っていくと、人々は追い払ったが、さりとて、その首をどうするかという新政府の正式の指令が出る前に、進んで触れるのも躊躇していたのである。

するると、首の曲がった一人の老いた坊主風の男が出てきて、しばらくその首を見つめていたが、布にくるみそれを持って歩き出したのであった。

人々は顔を見合わせたが、何やらほっとした気持を持たないではなく、さりとて納得もできないまま、男の後ろについていったところ、飛鳥寺の一隅に土を掘り、入鹿の顔を拭いた後、小綺麗な布に包みなおし、埋め、その上に大きめの石ころを数個乗せ、季節の紫陽花を甕に挿して脇に置き、合掌したのである。そして、つぶやいていた。

やまと路のみろく菩薩ぞ尊けれ　すべてのひとに慈悲垂れたまう

……

行は、数日後、自作の弥勒菩薩像を馬の背に積み、飛鳥から難波へ通じる竹内峠を越えて、故聖徳太子が眠る磯長の聖廟へと向かっていた。晴れた暑い日であった。

（完）

あとがき

「雄略の青たける島」には第十四回歴史浪漫文学賞 創作部門 優秀賞をいただきました。
暴君であり、しかし、同時に詩人であり、万葉集の巻頭も飾ることになった第二十一代天皇の雄略は、その強烈な個性で古代史上に独特の光芒を放っております。

「みろく菩薩飛鳥下生と阿修羅たち」にも作者として深い思い入れがありました。今に伝わる中宮寺の弥勒菩薩の慈悲の顔、そして磯長の聖徳太子廟の清楚な佇まいには、日本人が誇るべき精神の大切な伝統が在るように思われます。

優秀賞をくださった「歴史文学振興会」の方々、および出版にご尽力くださった郁朋社の佐藤社長、スタッフの方々に深謝申し上げます。

【著者プロフィール】

半井　肇（なからい　はじめ）

1938年北海道札幌市生　早大卒

著書に

「初夏の光」（中央公論事業出版）

「新護国女太平記」（新風舎）

「エアポートホスピタル」（郁朋社）コスモス文学出版文化賞受賞

「幕末出帆アジア早春賦　―近史アジア黄白紅漂流記序幕―」（郁朋社）

コスモス文学出版文化賞受賞

「地焼け　天落つ　―近史アジア黄白紅漂流記―」（テン・ブックス）

「白か紅か　―近史アジア黄白紅漂流記最終幕―」（テン・ブックス）等

雄略《ゆうりやく》の青《あお》たける島《しま》

2014年7月26日　第1刷発行

著　者 ― 半井《なからい》　肇《はじめ》

発行者 ― 佐藤　聡

発行所 ― 株式会社　郁朋社《いくほうしゃ》

〒101-0061　東京都千代田区三崎町2-20-4

電　話　03（3234）8923（代表）

FAX　03（3234）3948

振　替　00160-5-100328

印刷・製本 ― 日本ハイコム株式会社

落丁、乱丁本はお取り替え致します。

郁朋社ホームページアドレス　http://www.ikuhousha.com

この本に関するご意見・ご感想をメールでお寄せいただく際は、

comment@ikuhousha.com　までお願い致します。

 ISBN978-4-87302-584-1 C0093